阿微木依萝 著

檐上的月亮

YAN SHANG DE YUELIANG

GUANGXI NORMAL UNIVERSITY PRESS
广西师范大学出版社
·桂林·

图书在版编目（CIP）数据

檐上的月亮 ／ 阿微木依萝著．—桂林：广西师范大学
出版社，2019.4
ISBN 978-7-5598-1671-9

Ⅰ．①檐… Ⅱ．①阿… Ⅲ．①散文集－中国－当代
Ⅳ．①I267

中国版本图书馆 CIP 数据核字（2019）第 045325 号

广西师范大学出版社出版发行

（ 广西桂林市五里店路 9 号　邮政编码：541004 ）

网址：http://www.bbtpress.com

出版人：张艺兵

全国新华书店经销

广西广大印务有限责任公司印刷

（桂林市临桂区秧塘工业园西城大道北侧广西师范大学出版社集团
有限公司创意产业园内　邮政编码：541199）

开本：787 mm × 1 092 mm　1/32

印张：10.25　　　　字数：200 千字

2019 年 4 月第 1 版　　2019 年 4 月第 1 次印刷

印数：0 001~7 000 册　定价：52.00 元

如发现印装质量问题，影响阅读，请与出版社发行部门联系调换。

目　录

檐上的月亮（七章）

发

奶奶在老房子下面种了一片魔芋，高的高，矮的矮，秆子像蛇。我爷爷端着烟杆在黄果树下说，你奶奶和魔芋是一天生的，一天中的任何时候看见她，她都在魔芋地边或者魔芋地里。

确实和爷爷说的一样，奶奶每天都在魔芋地忙活。魔芋活着的时候给魔芋施肥除草，魔芋死了给它们收拾残根烂叶。奶奶从来不准我们去她的魔芋地。

麻脸婶子说，我奶奶年轻时候有一头黑亮的头发，可是后来再也没看见她的头发了。

奶奶的头发都裹在一条青色的帕子里。帕子旧扑扑的，在脑袋上缠成一个不太好看的像魔芋一样的疙瘩。我有一次和麻脸婶子吵嘴，她骂我是老尼姑的孙子。过了好长时间

1

我才搞清楚她为什么这样说。原来是因为我奶奶的头发。我又找麻脸婶子干了一架,追在她屁股后面大骂。

麻脸婶子放下挑水的担子转身就吼,滚!

其实我也很想看奶奶的头发。但是没有机会。她从来不当着我们的面摘帕子。

有一天我在奶奶的耳根下看见几丝灰白的头发,是从帕子里漏出来的,被一阵小风吹得飘飘扬扬,像白色的雨。"你的头发还在吗?"我忍不住问。

奶奶怔了一下说:"哪个喊你这样问的?"

我低下脑袋不敢回话。

我们家背后有几棵花椒树,还有一棵叫不出名字的树,那棵无名树上缠着许多可以喂猪的藤子,春天叶子透绿,夏天开着大朵大朵的白色碎花。奶奶把那棵树当成她自己的,谁也不准动那棵树上的猪草。她在树下插一圈小竹竿,将这棵树围了起来。

我有时爬到无名树上藏起来,躲在蓬松的藤子里,只要奶奶在树下坐着缝衣服,我就会看见她包着的帕子顶上冒出的几根白头发,是从单层的青布帕子里钻出来的。比耳根前后冒出的头发多,在青色帕子的映衬下,那白发十分显眼。

她一定没有想到有人会爬到树上看她的头发,所以她看四下无人,就取下她的青布帕子整理起来。她一摘帕子,我看见那稀少的白发薄薄地盖在发红的头皮上,她肯定感到有些冷,快快地解下围腰裹在头上。

"头发是白的。"我在树上自言自语。

"嗯?"她惊慌地四处看了一下,最后发现我在树上,抄起一根竹竿把我刷了下来。她把青布帕子整理了重新包上去,钻出来的白头发又被压下去,看不见了。

"为什么是白的?"我仰着脑袋。

"和你妈一样,话箩箩。"奶奶揪了一下我的鼻子。

我感觉魔芋才是奶奶的孙子。她即使吃饭也要端着碗走到魔芋地边,要是看见哪一棵魔芋倒在地上,她立刻丢了碗就去把它扶起来。我要是摔了一跟头,她只会懒懒散散地说:"摔得好。"

那天我看见奶奶坐在蜂桶边扎扫把,她和舅婆坐在一起。她们都很老了,眼神不太好,扫把扎得弯弯扭扭的。

"人老了头发就金贵了。"舅婆取下她的帕子,她不怕被人看见。她小心翼翼将头发梳理一遍,用一根黑毛线扎成两股辫子绕在头上,毛线比头发长,绕了很多圈。

"你还好,白头发不多。我的全都白了。都不敢摘帕子让天看啦。想想这日子过得多快,这些娃娃(指着我),昨天还在吃奶,今天就满地乱跑了。"

"日子快哟……"舅婆没再往下说。她看我一直在用眼

3

睛瞄着她的头发,赶紧将帕子包了上去。

奶奶的魔芋地只允许舅婆去,她们忙完了就坐在魔芋地边,看地里飞出飞进的雀子,看对面山上的羊群。我像一只小狗蹲在她们背后,等着她二人可能回头看见我时扔给我一把瓜子。她们嗑着瓜子。有时狗也跑去坐在她们身边,她们一声不响,狗也一声不响。

舅婆后来也不在我们面前摘帕子了。

眼

大伯母长得非常胖,她的眼睛却很小。她家门口有一块大石板,她的空闲时间都打发在那里:蹲在石板上,看天,看山,看经过她门前的人。

王叔叔说,老婆就是看门狗。讨老婆就要讨我大伯母这样的。

我大伯说,他下辈子再也不讨这样的懒婆娘,门口那块石板是她坐平的。

有一天,我爸和大伯打了一架,他们把帽子打落在一条山沟里,我和姑姑找了两天才找到。帽子被泥巴盖得只露一个边角,很多丝茅草倒在地上,路边的一些庄稼也打倒了,像老熊从这里滚了一遍。姑姑说,看吧,你爹和你大伯这两个不成器的，为了你的懒伯母干架了。我说为什么要干架。姑姑说，你爹说你伯母像王母娘娘，管得你大伯屁也不敢放一个，你大伯说他没有被王母娘娘管，他想放多少屁就放多少屁，就这样你说我说，说到最后打了起来。

我爸和大伯打完架各自回家睡了三天，他们都受了伤。我把帽子交给爸，他有点伤心地靠在床头说，你遇到你大伯，他要是跟你说话，你就跟他说，我不要和你说话，他问你为什么不和他说话，你就说，你把我爸的脖子抓出血了。

我妈在门口偷听，笑得要背气的样子。

从那天开始我就决定不和大伯说话了。但我必须把我的想法跟他说。那天我看见大伯从对面小路上经过，我赶紧跑去跟在他后面。他果然扭头和我说话。我心里高兴得要死，但又怕他揍我。终于我还是说话了，想到我爸出血的脖子，我来了勇气抬高脑袋说，我不想和你说话，你把我爸的脖子抓出血了。大伯愣了一下，脸红筋胀回我一句，他把我脑门都打扁了，怎么不说！

大伯母有半个月看我不顺眼，她的小眼睛睁得很大，比平常大多了。可我不怕她。我照样去找堂姐玩。

有一天我又去找堂姐，堂姐不在家。大伯母坐在石板上吹风，屁股上挂着一大串钥匙。她眼睛眯得很小。

我姐呢？我问她。

上街了。她说。

我默默地坐在她旁边，想不出接下来该找点什么事情干。她居然跟我讲起故事来了。真稀奇。可惜这故事讲得真够烂，后来干脆不讲了，唠唠叨叨说了很多她自己的事情。她说到奶奶，然后小眼睛睁得更大，比看我不顺眼时还大。她说，你奶奶说我偷了她的鸡仔，这个老巫……太婆，我偷她的鸡仔干什么？上个月说米少了，起先说是你妈偷的，后来是你婶子，再后来就是我。不过我倒是真的摘了她一个南瓜，长得怪嫩的，可那是当着她面摘的，不算偷。都说我懒，我这粮食自己跑来的？我这些儿女都是不吃饭长大的？你流汗水的时候她们看不见，你坐在这石板上休息她们就看见了。一天到晚要像牛一样，身上套着缰绳才算是好牛，身上光秃秃的就是懒牛。我就是要坐平这块石板！我还要坐烂它！

我在石板上跳了两下，石板硬邦邦的。

那天我在伯母家吃饭，她家厨房有点小，伯母又太胖，好像是卡在厨房里的。我把着门框看她洗锅，她身前的肉挤在灶台上。

堂姐从街上买了几张红纸回来，红纸上写着字。看不懂。堂姐还买了一身红衣裳。大伯母很开心，她白天坐在石板上唠叨时睁得溜圆的眼睛这时笑成一条缝。她说，以后要好好地管住自己的男人,管得住男人的女人才是女人。整天放着男人四处喝酒打架闹事的女人是窝囊废。我这辈子背着"王母娘娘"的骂名,我也不怕。伯母还看了我一眼说,脑门打扁了怕什么,脑壳还在,这么大的房子还在,起码喝橘子水不用省一口给这个,省一口给那个。

橘子水?我想起来了。有一次我爸从外面买了一小瓶橘子水,我忍不住喝了很多,我爸说我没良心,我应该省几口给我弟弟和妹妹。这事情我跟伯母说过。她记性真好。

过了几天,堂姐就把那身红衣裳穿上了。一直来伯母家帮忙干活的哥哥也穿了很好看的衣裳。伯母说,以后我就不能喊他哥哥了,要喊姐夫。

我有了姐夫以后,大伯母在石板上休息的时间就更多了。

王叔叔跟我伯母说,你在养膘吗?我伯母半眯着眼睛回答,是的。

我爸跟我伯父又打了一架,这回我爸没有戴帽子,伯父没有拿电筒。

王叔叔跟我说,你伯母的眼睛越来越大了,好像一对圆滚滚的铜钱眼。你姐夫给她家挣了不少钱吧?上门女婿就是骡子命。

我姐夫后来带着堂姐走了。王叔叔好像很开心地跟别人讲,看,走了,终于拍屁股走了。

我伯母又和从前一样忙碌,这之后她坐在石板上休息的时间越来越少。她眼角上的细纹比从前更多,脸色也被太阳晒得黑乎乎的。有天我看见她背着好大一捆草从对面的山路上摔了下去,半天才从草堆里爬出来。摔了那一跟头没过几天,她又被一只狗咬伤了脚。伯父让三叔的儿子朝伤口撒了一泡尿。他说小孩子的尿是药。那之后,伯母走路一瘸一拐,她又和从前一样坐在石板上休息,不过她的手没有闲着。她坐在石板上缝衣服,剥玉米,挑拣豆子里的小石头。

王叔叔说,看,你伯母又要养膘了。

我把王叔叔的话说给伯母听,她正在穿线,抬着眼睛,举着一根绣花针和一条黑线,半天才说,你王叔叔家今晚吃的什么?

她猜到我刚从王叔叔家里蹭饭回来。

酸菜汤煮老四季豆。我说。

我家今晚吃鸡肉。她笑眯眯地放下针线,进去拿了一只鸡腿给我。

养膘要有养膘的东西才是。她指着我手里的鸡腿说。她把针线重新拾起,眼睛睁一只闭一只,斜斜地对着快要落坡的太阳,将那条黑色的线子穿过针眼。

鼻

三婶一早一晚都端着铜镜照她那矮趴趴的已经瞎了的鼻子。从前这铜镜是不用的,现在天天摆在她手中。早些天她从麦地里回来,鼻尖上粘着几粒麦子,三叔说,你的鼻子长庄稼啦。她没有搭理。现在她话多了起来,"我的鼻子瞎了。"她说。

这天中午,她又端了铜镜坐在门口。精神不太好,头发散披着。她用拇指和食指,顺着两眼之间往下揉,这动作就像她在麦地里扶那些已经结籽的麦秆:它们倒下去,她用两根手指将它们挑起来,搭在其他麦子身上。可是这脸上的鼻子就只有一个,没有另一只鼻子可以依靠。她将鼻子揉得有些发红,鼻梁上的黑斑也红了。

我把黄果皮递到她的鼻子前。问,闻得到吗?她摇一摇头。我又将果皮卷起来挤了一下,果皮里的水像下雨一样扑到她脸上。她打了个重重的喷嚏,使劲捂了一下鼻子。

我说,鼻子瞎了,还会再长一只鼻子。我正在上小学,读到那篇关于壁虎尾巴的课文。

三婶听完大笑。

比土阿妈用她不太通顺的汉话说,你三婶是你三叔和你爸爸从外面偷回来给你三叔当媳妇的。看看看,和她的鼻子一样不值钱啦。

比土阿妈这话把我绕晕了。听着好像我有两个三叔似的。但我还是将它绕给三婶听。她听完只说了三个字：死彝教。

三婶，我们也是彝教。我怕兮兮地提醒她。

三婶确实是和三叔偷跑来的。在她结婚的当天从半路上逃跑了，和三叔藏在山林里，当然还有我爸，还有另外几个人。我爸是被三叔喊去负责打架的——另外几个也是负责打架——如果当时需要打架的话。对方人多势众，他们也人多势众，并且藏于暗处。他们很顺利地把三婶带了回来。三婶很多年没有回娘家，直到她的大儿子出生才敢回去。

这个"不值钱"的媳妇有人喜欢也有人不喜欢。喜欢的人说她胆子大，敢从结婚途中逃出来嫁给自己喜欢的人。不喜欢的人说她丢本分，从结婚路上跑出来活得脸不红筋不胀，太臊皮。她们说，这样的媳妇是"养不家"的，早晚还会跑路。

可是三婶没有跑。

这些旧事都是奶奶告诉我的。她把那些人的样子和说话的口气都模仿得很到位。那些人在遇到我的时候，问起关于三婶的事情，也是那样的动作和语气。

现在，三婶端着铜镜认真修理她的鼻子。她的动作像在修理那些坏掉的家具。也像在麦地里捡麦穗。

鼻子瞎了就瞎了。管它呢。三婶自言自语。太阳落坡时，她将那面铜镜放到高高的窗台上去了。

奶奶说，你三婶最值钱的就是鼻子。我的辣椒都是她舂的。我很多别个不愿意做的事情都是她帮的忙。鼻子瞎了有什么关系？正好什么味道也冲不着。什么味道想冲也冲不着。眼睛不瞎就好。大好。

嘴

陈奶奶吃了一条虫子，我看见的。

你说我为什么不喊住她的嘴？我喊啦！我说，陈奶奶，那酸菜吃不得啦，发霉啦。她说吃得。没有什么是吃不得的。

我当时就想，要不要跟她说她吃了一条虫子呢？真恶心。但我真的这样说了。她听完只吐了两泡口水。就这样。

我还记得当天的情景。是个傍晚，下好大的雨，她坐在堂屋中间，将那碗有虫的酸菜端到桌子上。她的眼睛已看不清东西，那碗酸菜是摸着放到桌上的。然后她又摸来了凳子，最后又给我摸来一只饭碗和一双筷子。我跟你们说，陈奶奶虽然眼睛不好使，但她的手就跟长了眼睛一样。她地里的杂草都是这手上的眼睛看见的。当然有时她会意外地触着荨麻和刺,所以这手粗糙难看,有着许多至今没有愈合的伤口。

陈奶奶一个人吃饭从来不炒菜,嫌麻烦。她说,要是知道我那天去吃饭,就给我杀一只鸡。(这后来我去了好几次她也这样说。)

我们在饭桌上说了很多话。她说得最多。

她说,当年——她喜欢以"当年"开头——我们刚搬来这里,这里的草只有耗子毛那么深,现在这草长得比人还高。这里水源好,土地好,苞谷结得大个。你是不看见我老家的苞谷,哟喂,虫子都比苞谷大!我小时候,就爱捉苞谷秆上的虫子炒吃,有股苞谷的味道呢!刚才这虫子,味道淡,不如苞谷虫好吃。什么?脏?小短命的,饿你三天板凳脚也会咬一口,不知好歹!

我望了一眼酸菜盆里的另一条虫子,它个儿小,瘦,米粒那么长,肚皮上有细细的小脚。我要尝一尝它的味道吗?我在心里这样问自己。我正在犹豫,陈奶奶又把它喝下去了。这回她是端着盆喝的。

我后来又去陈奶奶家吃饭,她的手像是生了重病,一直抖啊抖,碗里的汤都洒出来了。还有她的嘴巴,因为牙齿掉得只剩三颗,一嘴饭转来转去地嚼。

我说,陈奶奶,你生病了吗?

她说,生病了。生大病了。吃五谷杂粮的都要生病。

陈奶奶的手虽然抖个不停,但她手上的眼睛灵得很。她每天还坚持去地里除草。她也除不了几根草。可她像着了迷一样喜欢往地里跑。她的手一触到泥土,我就看见她皱巴巴的嘴角露出一丝笑意。她用颤抖的、急喘又缓慢的声音说,一摸着这泥巴,心里就踏实。

陈奶奶像年轻人一样忙活,她的眼睛看不见太阳了,所以她用手在地上找太阳:她把手放在泥巴上,去感觉阳光的温度。只要她说,温吞吞的,还早,那她就会留在庄稼地。她又说,凉悠悠的,可以收工了。她就会缓慢地,像爬虫一样回家。

她每天出工前都把手放在墙壁上找太阳。只要感觉太阳暖烘烘地在墙壁上,她就可以放心出工。下雨天她是不出工的。

以前她没有想到在墙壁上找太阳的办法。以前她只打听太阳。她问我,今天有太阳吗?我说有。她就会拿着已经锈了的镰刀和一只撮箕出门。

有一天,我去看陈奶奶,她已经很久很久没去庄稼地了。她躺在火塘边,眼睛半睁半闭,手比从前更抖。我有点看不清她,火塘里的火就要熄灭。我喊她,她没有理我,只像老猫一样动一动身子。

我跟你们说,陈奶奶只有嘴巴还有动的力气。她再也不能起来给我摸一只碗和一双筷子了。

耳

我妈靠在墙脚生闷气,昨天晚上,我爸的小脚趾被耗子咬了。他说流了起码有半碗血。然后他埋怨这屋里来了这么多耗子是因为我妈没有本事,她连只耗子都毒不死。她就因为这埋怨坐在那里生了一上午气。不吃饭。

你不饿吗?我凑上去问她。

她瞪着我说,爬开些!然后她又说,根不好,种不好,萝卜开花籽不好,和你爹一样,都他妈没有良心。她说早知道这样,就不该把我生下来。这话她经常挂在嘴边。和平常一样,说到这儿她甩起了眼泪。

要不是为了你,我早就回你外婆家去了,还守着这个烂心肝的!她往墙壁上擦了一把鼻涕。

我像往常一样坐下来听她说话。因为这个时候走开会被抓回来打。

就在我不知道该怎么办的时候,我大伯母来串门了。她总会在我父母干架之后来串门。

我记得王婶子说,你爹妈之所以干架,就是因为你大伯母,她总是在你爹和大伯一桌喝酒的时候说,哟,老二怎么才喝这么点,是不是耳根子也变软了,二嫂也当上王母娘娘啦?你爹就是为了证明他的耳根,才故意找你妈吵打。就这么回事。怎么?你不相信!小短命的,我是看你可怜,你爹打你妈,你妈干不过就拿你出气,我这全是为了你好。以后他们吵打,你躲着点吧。

　　我后来也觉得王婶子确实对我好。如果我是她生的就好了。

　　大伯母走到我们面前,拍了两下裤脚的灰尘,也靠着墙坐了下来。

　　怎么的,又干架了?大伯母抓了一把泥沙在手里搓。她半眯着眼。她的狗也跟来了。

　　可不是。耗子咬了他的脚趾。我妈愤怒点头,语气很重。

　　大伯母哈哈大笑,说这老二的脾气怎么和他的帽子一样讨人嫌了。耗子咬了他的脚一定是他脚臭,耗子以为是臭袜子,要拖去做窝,错咬的。大伯母说得非常肯定,好像她就是那只耗子似的。这之后她还告诉我妈一个新闻,说我爸和山上那个长得像白骨精一样的女人有什么问题。绝对的。说到那个白骨精,她也相当嫌恶的样子,往地上吐口水,嘴巴有力地"呸"了一声。

我知道大伯母为什么也这么厌恶那个女人，虽然我没有见过，也许见过，但我从王婶子那里得知，她年轻的时候长得实在好看，我大伯对她有心思。她大概也有。他们这点儿心思后来让王母娘……我伯母知道了，更要命的是，她还知道我奶奶曾经夸赞那个白骨精，说看那大屁股，就是可以生一窝儿子的料。从此我伯母看那个女人的时候眼睛就睁得特别大。

有一次那个女人来伯母家找水喝，王婶子这样形容：她从山下来，背着一只大口袋，汗衫都湿透了。她问伯母有没有水，给她喝一口。我伯母头一天正为了她和大伯闹架，气还没消，于是"呸"地往地上吐了一记口水，说，喝去。那女人气得冒烟，但实在没有力气干架，摇头晃脑指天指地，什么也说不出来，走了。

白骨精是大伯的。由于想到王婶子的话，我肯定地朝她们点头说。

我妈和伯母听到这句岔话突然停了下来，吃惊地望着我。她们互相看了一眼。大伯母脸红了一下，但很快就收住。她正在教我妈怎样找机会教训白骨精。她敢保证，我爸和白骨精绝对干净不了。

爬开些！我妈撵我走。

大伯母吞了一下口水，好像她还要说点什么但没有说得出来,吞下去了。

她们再没什么可说的时候,决定散伙。大伯母起身拍拍屁股跟我说,你跟我来吧?我送你些白糖冲水喝。

我惊恐地望着她。我想到奶奶讲的故事,说从前有个小孩,因为乱讲话被毒死了……

来挑拨了一上午,我的耳朵也该喝点糖水补一补(她用小手指掏了一下耳朵)。你跟着去呗,多拿点。不要白不要。我妈看大伯母走远,对我说。她现在已经不生气了。

既然我妈这么说,我只好跟去。

我跟在大伯母背后,走到红椿树沟,遇见王婶子了。她长笑着和伯母招呼,完全看不见我的样子。狗也很高兴地在脚前跳来跳去。然后她们坐在泥坎上说话,说关于我妈的事情。

……不是打着火把自己来的吗?大半夜的偷跑出来。她娘家人都不同意,她自己溜了。听说那天下着飞雨,周身浇得透湿,你婆婆开门一看,呀,惊了一跳,以为见着鬼了。现在可好!那男人可不是她想管就管得了的。一看她就没有那个本事。总的说来,这自己来的,就是不值钱!

该背时!伯母拍着她之前被狗咬伤的左腿说。由于下力重,她赶紧揉揉。

她们边说边笑。最后王婶子说,这女人家,就数我伯母最有本事,看我大伯如今是越来越像个男人,出门穿得像样,回家吃得像样,就是从前那瘦巴巴的脸,也因为今天这光亮的脑门给撑得很有门面了。原来男人脑门上脱掉几根头发,不但不显得老气,反而显得洋气,看上去像个教书的。……还有我大伯的耳朵,一看就是有福气的人。耳垂那么厚。贵气。

可是王婶子之前跟比土阿妈说,我大伯那耳朵,软趴趴就要掉下来,一看就是被揪成那个样子。贵屁。

可是我伯母现在听得实在高兴,她跟王婶子说,哎呀,砍脑壳的,我去赶场买了几斤白糖和鸡蛋,正想喊你一起,我煮的荷包蛋可不是一般的好。来来。她起身拉着王婶子走了。狗也不要了。把我也忘记了。

她们走去十步的样子,听到狗叫,扭头看狗才看见我。

伯母说,小短命的,躲在那儿一声不吭。还玩!还不回去,等下你妈打不死你!

腰

比土阿妈年轻时候住在老高山,她们那儿的妇女全都用脑袋背水,就像牛那样,往脑门上套一截绳子,水桶吊在背后。因为山路险滑,她们走路的时候脚趾要狠狠抓着地面,所以她的脚趾头也成了木匠用来抓檩子的抓钉……这样比喻也不太准确……对了,你见过那种煮熟了的鸡爪子吗? 向里弯着,倒钩刺一样的。就是那个样子。

有时候她的鞋子里钻了泥沙,她脱下来抖沙土的时候可真费劲,因为泥沙根本不在鞋子里,而是在她的鸡爪子一样的脚趾头中间。她得用一根狗尾巴草刷出去。她是不舍得用水洗的。在高山顶,水比脚趾头金贵呢。

伯母说,看见了吧,她今天这么大的脾气和脑门上的牛劲,全是背水背出来的。还有,她为什么走平路看上去也那么用劲呢?老习惯啦,她的脚趾头早就不管平路还是陡坡,一味要抓着走。

比土阿妈说话总喜欢把脑袋往前一冲,倒真有几分牛要拱土的样子。

不过她最能显示背水的是腰。她的腰就是一根竖着的扁担。可是现在看着有点细弱,"要断了吧?"她也经常这样说。

她闲下来的时候,最愿意跟我们讲她背水的日子。除了我们再没有大人肯听她唠叨了。王婶子说,天天讲她背水背水,烦死个人!

比土阿妈脱下她的鞋子,告诉我们她是怎样练成了这样一双脚爪。还有她的腰。她让我们伸手摸一下,然后问,是不是感觉到有水桶压过的痕迹,还有小石子印在腰上的感觉?

我们糊里糊涂点头又摇头。

有是没有?她又问。

我们要说,有,有这么大。比画出一个磨盘大的石头样子给她看。她就会很高兴地说,对嘛,我这腰,它是有牛神附体,全村没有一个女人能背水超过我。这么的……

如果我们说,摸不出来呀,就那么几颗肉疙瘩,它算石头吗?比土阿妈很生气,她把脑门往下一送,低眼瞪着我们,我们赶紧缩起来。

可是刘婶子说,你们不要听比土阿妈吹瞎牛,她的腰早就报废了。上回她家老头子摔在泥沟里,她都背不回来。

我们把这话说给比土阿妈听,她嘴皮抖了几下,恨恨地望着刘婶子的屋檐说了三个字:老母牛(刘婶子的绰号)!

有一天我们看见比土阿妈去水井边打水。用那种我们也可以搬动的开着大口子的胶壶。那胶壶从前是她丈夫用来打酒喝的。现在她丈夫老得走不动了,打酒的力气也没有了,这胶壶便用来取水。

比土阿妈,你为什么不用桶?我们指着她的脑门说,快用你的脑袋背水呀。

她靠在大石头上,懒懒地抹了一把脸上的汗水,指着脑

20

门说，知道吧，我的脑门滚烫，它生病了。

比土阿妈的脑门就那么一直病下去了。一直没有好。那之后我们每次看见她取水，用的都是胶壶。

她的腰好像病得比脑门还严重，连半背篓猪草也背不动。她也不再让我们摸她腰上的"石头"和水桶压过的痕迹。甚至到后来她干脆把我们都忘记了。我们经过她身边，她都是低着头走路，脑门上的那股牛劲儿被帕子盖住，看不见了。

刘婶子说，看吧，我说她的腰早就报废了。还不信。

肩

我病得在床上起不来。已经一个多月。我妈走到我跟前，她大概在哪里刚刚落了几滴眼泪，声音轻得像在水上漂着。她要给我洗澡。这是一个月来第一次要给我洗澡。

那澡盆子是我更小时候用过的，现在我蹲在里面正好。

她说，你都九岁了。看看，这三岁的盆子就可以装下你。

我晕沉沉望着我住的竹楼，现在我看所有的东西都会动，都是活的。楼板上垫着的竹子就要站起来，就像晚上挂在山墙上挡风的薄胶纸，风吹三夜，就将它卷走了——它是敌不过那强风的。这竹子恐怕也要站到门外的竹林中去。

这时候竹楼外间传来刘婶子的声音，她说，你这娃儿，怕是撞邪了。我瞧着像。然后她走了。她走路向上一冲一冲的,要捅天的样子。

我妈装着不看见,等刘婶子走远她才说,这个冲天炮!

但是我妈真的信了刘婶子的话。她不仅想要请毕摩来打羊皮鼓,还准备去请住在山那边的"黄神仙"。她自己还学了些什么东西,拿鸡蛋在我身上滚一遍,打一碗水站三根筷子,在门背后竖着一支竹扫把……嘴里成天嘟噜嘟噜念些什么。她看上去神秘莫测,好像突然间学会了什么法术。这一切事情做完,再来看一眼我的气色,问是不是好一些了。

我也不清楚病是不是好一些了。我想我应该好一些才行吧。

现在她给我洗脚。我从澡盆里出来,坐到床上了。她蹲在床前,头低着。她的肩膀在我的眼底下晃动。我从来没有在这样的角度看见她的肩膀,是一根缩短的细扁担。可是从前我以为这肩膀多么宽。有一阵子我们家里没有借到耕牛,她和我爸商量,想用肩膀架着绳子犁地。因为她说,她在伯母家看电视,电视里那些拉船的人就是这么干的。犁地嘛,一个道理。她很自信这肩膀可以吃力。绝对的。我爸没有同意,还让她不要随便开国际玩笑。

曲比阿妈说,看吧,不听父母安排自己嫁来的人,就是这个下场。(她看见我妈终于借到一头耕牛,自己犁地。)

刘婶子接了曲比阿妈的话道,是呀,要是头胎生个儿子,十年后还可勉强接她的班。看人家对门那个,四年生了两个儿子。这都是命,她当初打着火把来,现在想打着火把回去,怕是万不可能了。

我当时在她们面前玩泥巴,听到刘婶子说儿子,我紧忙站起身拍胸口说,我也是儿子。

刘婶子和曲比阿妈相互笑了一阵,指着我:你是个屁。

刘叔叔好像更了解情况,他在众人面前摆手道,你们懂个锤子,她那是自己喜欢。喜欢懂不懂?你们没听别个说吗?她跑出娘家时跟她大哥说,就凭他那双眼睛,也要值五千块!

我也是听刘叔叔这样说,才知道我爸的眼睛值五千块。

说到五千块,我又想到我奶奶。她说我三叔的儿子值一万块,而我顶多就值一毛钱。

正当我想到这里准备开口问我妈,一毛钱多还是一万块多。她却先说话了。

你会不会死?声音很低,刚好让我听见。

我不太明白死是什么东西,看到她的手在抖,连肩膀也在抖,好像在害怕什么事情。

不会。我说。

她立刻抬头望着我。好像放下了什么让她扛不动的东西,那肩膀也不抖了,脸上有了一丝笑意。

这天晚上大伯母来串门。她们坐在竹楼下聊天,吃着半碗瓜子。我躺在竹楼上,盯着落在眼前的半片月光发呆。

她们聊到了关于生女儿的事情。我大伯母说,她不再准备让两个姑娘上学了。反正山上这么多的女娃娃,都没有几个上学的。上学有什么用呢?再说那两个不成器的,读了三年不知道名字怎么写,浪费钱。她要把钱攒起来,看以后她的小儿子有没有上学的本事。

我妈说,应该尽力让他们上学。尤其是女娃应该多读书。如果她的肩膀不报废,她还有力气挣到钱,不管男女就一定要读书。难道让他们一辈子窝在这里吗?像我们一样,像路边的草一样,拔来扔在哪儿都沾着一脚的泥。

我伯母应该在叹气。然后她们聊了一些别的。临走时,伯母好像留了一瓶子什么药酒给我妈,她说,早晚往肩膀上搽一遍,脱皮的地方很快就长好了。

伯母走后,我妈打开瓶盖往肩膀上抹药酒。那酒味冲到竹楼上来了。我好像突然间有了力气,起床趴在竹楼缝隙往下看。月光照亮了她的肩膀:绳子勒过的暗红色痕迹。

这肩膀值多少钱呢?

落　叶

　　四叔是父亲最小的弟弟。他是最早离开村子的人——以失踪的方式。

　　我所指的"失踪"是他的去向。他从来没有一个固定的地址。有人说他在这里,有人说他在那里。在别人的传言中,四叔是分身在四处的影子。他的职业五花八门:小混混,泥瓦匠,叫花子,算命人(四叔的口才好,有人说他可以去做职业骗子)。也有人说他贩卖毒品正在坐牢,在某个监狱里悔罪。总之人们在四叔离开后添油加醋,把他的出走当成新闻天天说道。每个人都具备了千里眼可以看到我四叔的落魄。

　　"不安安分分干庄稼,出去当二流子,真是个败家子儿!听说有人看到他在哪个桥底下捡垃圾,还捡到个神经病婆娘?"

"我也听说了。但有人说不是在桥下，是在哪个煤矿?"

四叔在这些传言里不仅成了流浪汉，还捡了个精神失常的女人。

最后人们不多猜疑了，一致定论:只有小学三年级水平的四叔是个混混的可能性最大——混混就是流氓的意思。

这种定论与四叔的口才有关，在更多人的想法里，口才那么好的人不可能混得像叫花子那么凄惨。他一定得是个坏人才对。那么，得出这样一个定论应该是最正确的。

他们说这些话从来不避讳我。

从此以后，我就是流氓的侄女。当四叔消失在村子，我走在那些人面前，他们就用打探流氓后人的眼神和态度来问我，因为我是小孩子，他们用不着跟我客气，语气骄傲而刻薄:你么爸在外面杀人了吧? 你还没有换牙，你猜猜看?

他们深信没有换牙的小孩身上潜藏着某种神秘的力量，话一说一个准。不管谁家的鸡丢了，他们都会跑去问没有换牙的孩子。这些孩子在他们眼里就是巫师。他们也把我当成巫师。但我还只是一个孩子，我不能掌握这些人的心思。

"不是，"我说，"奶奶说么爸出去打工。"

他们有点不高兴。可是对于巫师的话，又不能信。那之后不再问我这个问题。换了别的问题，一直把我的第一颗牙齿问掉了为止。

人们看笑话的心理永远高于他们的同情心。高明的人无非是在笑完之后来一番自省,然后掏出他们悲天悯人的同情。

可惜这种笑料并没有保持多久,很快四叔回来了。那是他离开村子三年左右。

前面忘了说,四叔在离开村子之前有一段短暂的包办婚姻。那场婚姻里,他有了一个儿子,离婚后归他抚养。他走以后,不满周岁的堂弟先后在大伯家,三叔家,还有我们家,轮番照顾。

人们大概就是因为这个原因而编造出各种各样的谣言。因为他们不允许这样的人出现在村子里。怎么可以这样呢?都结了婚为什么要离婚,这是忤逆父母的意思,尤其在有了孩子之后还离婚,简直可恨。那是要打倒的。非打倒不可。

他们多少人都过着打打闹闹的日子,照样白头到老,儿孙满堂。因此,四叔回来后,他们说,咋可以这样儿戏?你看你现在,土地也没有了,娃娃这么小。你老母亲那点包产地粮食——只够她自己吃!

"还出去吗?"他们最后有点同情的样子。

"还出去。"四叔说。

他真的又出去了。在走之前,他特意带着堂弟去街上下了一顿馆子。堂弟只有两三岁年纪,断奶早,不知饱足,吃那一顿馆子回来拉了三天肚子。当然四叔是不知道的。他把堂弟交给我父母照顾很快就离开了。

堂弟最后轮到大伯家照顾时,被他母亲接去照顾了一阵子。那时堂弟已经五岁了。后来才知道,堂弟在他母亲那里放羊。那是他后爹特意给他安排的任务。

五岁的孩子放羊,在许多人眼里是不靠谱的。但堂弟做得很好。虽然羊群跑散的时候他也大哭大喊,但总算没有弄丢一只羊。并且在不久以后,他身上拥有所有小羊倌统一的特征:瘦黑,脚力很好,声音洪亮,面容严肃,少言寡语。

四叔后来把堂弟接走了。他们成了流浪父子。村里没有他们的土地,也没有他们的房子。

在走之前,四叔在村里住过一段时间。并且没有提要不要出去的事情。我们当时还以为他要定居下来了。他的房子建在离我们家很近的半坡上。地基是别人送的。与其说那是他的房子,不如说那是奶奶的房子。按照村人的习惯,还没有成家的子女要和父母住在一起。房子的地基也是送给奶奶的。四叔只是沾了个顺水人情。

事实上,四叔照样是顶无片瓦的人。奶奶特别疼他,但她是个年迈的老人,手中所有值钱的东西就是三五只鸡和一条半大的看门狗。

我当时特别羡慕四叔可以去到山外闯荡。我记得,他有一支非常漂亮的钢笔,是从外地买来的,经常别在他上衣的口袋里,露出一个漂亮的钢笔头。我很喜欢那支钢笔,有几个晚上都梦见那支钢笔是我的。有一天,我弱弱地跑到四叔家里,问他借那支钢笔做作业,说好了借一个星期,但第三天四叔就跑来拿回去了。这件事情在当时我很生气,认为四叔是个吝啬的人。我的三叔看到我那么委屈,当即承诺给我买一支更好的钢笔。但是他没有办到。直到现在也没有给我买——现在我三十一岁——当年我十一岁。总之,那个承诺我到今天也没有忘记,还认为三叔欠着我一支钢笔。

三叔的"遭遇"提醒了今天已经是大人的我,不要轻易给小孩许下任何承诺。小孩是世界上最可怕的生物。

很多年以后我明白,四叔只是比我更爱那支钢笔而已——他很爱学习,有练习写字的习惯。那支钢笔不便宜,肯定花了他不少钱。也许用掉了半个月薪水。

为了这件事,当时很记仇的我在四叔带着堂弟走的那天早上没有去送他。后来我一直找着很多借口:早上下大雨,没有雨伞出不了门;我的鞋子坏了,赤脚不愿意出门;陈奶奶喊我帮她割猪草,我没有时间出门。

一定还有更多借口。但是现在已想不起来。即使再想起来,也只是驴脾气的少年闹出来的冷笑话。

有时候,你彻底离开一个地方反而容易被人很快忘记。

至少四叔是这样的。最初人们津津乐道，说他肯定把儿子带去卖掉了，还有别的各种各样的传言。但逐渐就不谈他了。

四叔抛弃了他的村庄，村庄也将他抛弃了。之后有好几年时间，四叔没有带着堂弟回村子看看。谁也不知道他们去了哪里。

直到有一年，我从西昌坐火车去外省，在车站遇见四叔。他在车站附近工作。那时他已重新组建家庭。堂弟也长成了一个半大少年。

四婶不识字，没有工作。她是个地道的彝族妇女。因为彝族方言的不同，我们在沟通上有点困难。我的耳朵很笨，除了本地的彝语，其他地方的彝语怎么也听不明白。

他们一家三口只靠四叔微薄的工资度日。房子租在城边，房间里没有像样的家具。为了省钱，煮饭从来不用电，在租房的门口搭了一个小偏棚，里面放着一些干草、柴棍和引火的纸箱皮。

我的堂弟操着一口西昌本地话，很时髦的样子。他确实和村里的少年不一样。唯一的遗憾是，上学成绩不好，拼命一样上了五个一年级，读到二年级再也不愿去读了。也许他读到三年级，我可能有记错。

堂弟之后的时间都用来帮忙干家务，有时也很顾家的样子，捡一些柴火和瓶瓶罐罐回来。可是他后来变得很懒。而且整天比四叔还忙,一天到晚见不到人影,饭也很少回来吃。

我见到他时,他像个真正的小混混,与西昌一些问题少年流里流气走在街上,留着长头发,戴着一根奇怪的项链。他像个外向的孤独症患者,与一帮娃娃混在歌城唱歌,喝酒,猜一些简单的老掉牙的谜语,这些游戏完了之后,他沉默得像一棵树。反正我们相遇的那天,他带我出去见识的就是他平时的精彩生活。

"姐姐,我记得你以前才这么高一点呀。"他惊异地望着我的身高,用双手比画着。那是他见到我说的第一句话。虽然分别了很久,亲人的血缘始终没有让我们感到生疏。

那是堂弟流浪多年以后,第一次见到亲人。他那天显得很激动,恨不得将他平时去过的所有好玩的地方都带我去走一遍。

"你会喝酒吗?"

"不会。"

"我会。"他抿嘴笑笑,又说,"我记得毛坡有个高松树。是不是叫高松树?那里好像有好多野果果。是不是?"

"是。你没有记错。"

"还有个张满屋基(指屋子,比处为方言),对不对?"

"对。"

"还有个邓家屋基,那里有好多丝茅草。对不对?"

"对。"

堂弟兴奋地回忆他的故乡,并且很高兴得到我的确认。可怜的是,他离开故乡的年纪实在太小了,存在于他脑海里更多的是羊群。而那里并不是他的出生地。也许那是他的伤心地。只是他跟我只字不提。他有时像个坏孩子,很野蛮地跟他的伙伴说笑打闹,有时又很天真,尤其他问我关于故乡的事物时眼里充满了想望。可他更多的时候却像个大人,成熟而又压抑。

我在四叔家里住了短暂的一天。那之后又是两三年没有见面。

等我再见到他们父子的时候,地点已经换到了外省。四叔带着堂弟到了浙江一家砖瓦厂。厂子里一大半是四川人,并且大多是我的亲戚。当时大姑父的弟弟承包了那个砖厂,我在附近做针织时,曾在砖厂里住过一段时间。四叔一家正是我在砖厂那段时间来的。

堂弟的头发剪短了一点,却可笑地留着一撮小胡子。

"在西昌实在管不住他了。怕他跟那些娃儿混出事情来。"四叔无奈的样子。

堂弟在异乡并没有感到不适应,他和四叔一起在砖厂里干苦活。因为他没有文凭,连个普通的电子厂也进不去。

"为什么不读书?"有一天我问他。

"不想读。"

"为什么不想读?"

堂弟忍了半天,从牙缝里挤出几个字:"学费呢?"笑眯眯地望着我。

我原本在心里还有点埋怨四叔不该离开村子,在家里认真种地也许可以供堂弟上学。可我突然想到自己,只好沉默。

堂弟来到砖厂后,变成一头吃苦耐劳的小牛,头发从早到晚都是灰扑扑的。因为他一天中的大部分时间都在砖坯车间。上班的时候看着很像个大人的样子,但在他的裤子后包里,却装着一只奥特曼。我这才想到这个猛士只有十四岁。

四叔和堂弟做着同一份工作,因为他要时刻看着堂弟。工作中许多严肃的程序堂弟不会认真对待。他上班就跟玩一样,还不能真正理解那是一份职责。他看待工作就像看待他裤子后包里的奥特曼。

来到砖厂以后,四婶也有了一份工作:扫场地。扫地是不需要文凭的。他们比以前更节省,因为他们还没有房子,也没有土地。而这时,他们的家庭又多了一个成员——我那两岁左右的堂妹。

听说四婶的父母答应给四叔一块地基修房子。他们这次全家出来打工,就是为了挣那修房子的钱。

我看见四叔比过去老很多,他的头发掉得也快,脑门上看起来光光的。他不参与砖厂里任何赌博,也不抽烟。只喝少量的白酒,那纯粹是为了缓解疲劳。

四婶是砖厂里最不受欢迎的女人。当然,这个"不欢迎"只是私下妇人们的议论。最初他们不知道我是四叔的侄女,说什么话不避着我。

"那个女人,连鞋刷子都舍不得买。你没看,她天天跑去这家借那家借。啧啧,一块钱的东西都抠死的样子!"

"就是,上回来借我盆子洗衣裳。我没干。"

"嗨,这都啥年代了嘛,还说要去山上找柴煮饭。哈,哪里有柴!还以为这是她家老凉山哩!"

"咦,啥都好,就是那要命的方言听也听球不懂。说普通话又说不清,跟她说话就像对牛弹琴。"

她们该说的一样也不漏掉,大概还想知道点新闻,兴致勃勃地问我:"你也是凉山的,她家离你们那里近不?"

"近得很。"我说。

"你们不会是亲戚吧?"她们有点紧张。

"你们说的这个女人,是我四婶。"

"啊?"

"她不姓'啊',你们可以叫她乌嘎。"

34

我后来离开了砖厂。跟着我所在的针织厂迁到了别的地方。

四叔一家也在砖厂做了一年回去了。四婶留在家里看孩子,四叔和堂弟又辗转去了别的地方。

去年,我在河南见到了堂弟。他从天津赶去参加我妹妹的婚礼。大冬天穿着薄衣服,冷得发抖还说不冷。

"练练气功就好啦。"他说。

几年不见,居然学会了气功?

带他去衣服店,逼迫了好久才选了件不太厚的打折外套。四十元。

那天在河南喝了很多酒,不知道为什么,他的心情十分低落。话也特别多,他靠在凳子上,后来居然掉了眼泪。

"姐姐,你晓得不,我最大的愿望就是像张国荣一样,啪,从二十四楼跳下去。是二十四楼吗?好像是。但是那样太恐怖了,我想最适合我的是,穿一身白色的衣服,然后把头发也留得长长的,染得白白的,然后——吃下一整瓶安眠药。多好,是不?"他甚至把自己带入了那种死亡的幻境里,脸上表露出很享受的样子。

经过很长一段时间的谈话,我发现他并非自己所说的抑郁症患者,他最大的病因是穷。因为在说到自己新建的家的时候,有点声嘶力竭:"我现在连个厕所都还没有啊!

姐姐！"

我一言不发,呆呆地望着他被泪水模糊的眼睛。他的呼喊就像四叔曾经丢失的那块土地的叹息。四叔曾经的抱负,想要出人头地的理想,如今只化作堂弟声嘶力竭的呼喊。

"你起码有房子。差个厕所算啥?我回去帮你修!要得不?你问问姐姐,我们家以前比你现在还糟糕,搭个草棚子住在河边,吃不像吃穿不像穿,你问——"弟弟劝着堂弟。但他自己也忍不住红了眼圈。

酒醒以后,堂弟又变成开朗的会气功的幽默少年了。

今年四月左右,四叔从新疆打来电话,说工地上的老板很不好,活路太累,伙食也不好,还不预支工钱。想借点路费离开那个地方。他和堂弟两个人加起来身上只有一百块钱。问我借一千块路费。

原本说是来广东找工作,我也希望他们来这里。就在四叔打电话的那天下午,我去招聘点看了看,所有招工单位都把年龄定在四十岁以下。四叔的年龄已经超了好几岁。即使年龄合适,也没有文凭。

考虑到没有文凭,又怕给我们增添麻烦,四叔最终没有带堂弟来广东。他们回了凉山。四叔在西昌附近找活干。堂弟去了浙江某工地,一个人。他今年还未满二十岁。

我此时写下这篇文章,却不知道怎么结尾。这也许就和当年四叔离开村庄一样，一心只想走出去，与自己的命运来一次斗争，至于往后的结局，他那时一定不会多想。

　　我想人的选择有时就和树叶一样，从树上落下来，之后的命运多半是听凭风的安排。

小马哥和他的女人

　　我在成都的时候,租的是郊区大杂院式的房子,我的邻居有卖煤球的,有拾荒的,有收荒的,有卖蔬果的,还有在工厂做工的。这些邻居有的成家立室了,有的还是单身汉。

　　小马哥,他三十五岁了,听说还没有谈过恋爱,恋爱是个什么东西呢? 他懒得想太多。

　　爱情是这样的,你越想它,它越不来,你对它冷冷淡淡,它却来了。

　　爱情敲响小马哥的窗户的时候,是小马哥搬进大杂院不久。他的爱情也是在他之后搬进来的,那个留着短发的女人,比小马哥小一岁,她的房子挨在小马哥旁边。

　　小马哥是收荒匠,比拾荒者又稍微好一些,那时候,我并不懂"收荒"这个词,一路追着许多人问收荒是什么意思,没有人回答我,他们当我是傻子。小马哥每天骑着二八式自行车,一根扁担挑着两个箩筐架在自行车的两边,一路喊着:

"收荒哦——收破铜烂铁,旧冰箱旧电视旧洗衣机——收荒哦!"他的声音可以保证七楼以上的住户都能听到。

——我是在马路上听他吆喝,才知道"收荒"的意思。

小马哥每天的工作,就是围着成都二环路以内的小街巷转,有时候去"踏水桥",有时候去"八里庄",转得远了,也不知去了几环路,总算还是有收获的,旧报纸总会装一箩筐,破铜烂铁也会装一箩筐,运气好了,会架一个旧彩电回来,那样,赚钱就会多很多。

小马哥休息的时候,实际上也是在工作,他将白天收来的旧报纸叠整齐,用绳子捆好,然后堆放到自己租住的房子角落。房子里没有什么家具,就一张桌子,桌子上站几只碗,躺着一双筷子,胖乎乎的锅黑着脸蹲在碗边——再没有其他用具。破铜烂铁,会要它们破得不行,圆的罐子,踩扁它;方鼓鼓的铁盒子,踩扁它;塑胶的瓶子,也要踩扁它——把所有该踩扁的都踩扁了,才拾起来装进麻袋,扛去堆在旧报纸的旁边,至于旧电视和破冰箱,没有合适的价钱不慌卖,修整修整,兴许还能用。我的一台十四英寸的黑白电视机,就是小马哥修好了卖给我的,二十五元,不贵。

还有一些弯得不能再用的衣架和配件缺东少西光杆杆的自行车,天才的小马哥也能将它们修整好,我是贪便宜的,买了许多旧衣架,并且,再买的时候,绝不让他修,逼着他少收几毛钱,我自己修。

小马哥的房间有一半是被他收来的废品霸占了,他自己的床,紧紧贴在一面墙壁上,蚊帐乱糟糟纠在一起,高高地挑起一个角,挂到墙面上去。只要不是用蚊帐的季节,那蚊帐就会一直错综复杂地挂在那里,周年不洗。床尾是小马哥爱看的书,《故事会》,非常受宠地躺在枕头边。

单身汉除了收荒,夜晚陪伴他的就是《故事会》。不必问他会不会寂寞,他会有点白痴地反问你:寂寞是啥意思?

其实,也不能说小马哥不喜欢女人,或者他厌恨女人,没有女人缘,等等;实际上,他的口才不是一般人能比的,他在《故事会》里看到的故事,会在他整理破铜烂铁、叠旧报纸的时候,一一讲给他的邻居听,听故事的,当然以女人最多。

女人喜欢在洗衣服的时候听故事,如果讲故事的是一个单身汉,那最好,时不时可以讲几句不咸不淡的笑话。院子里有一口老井,没有抽水的绞杆,单是一根长绳子缠在一只半大的铁桶身上,铁桶一般放在井口的一边,用时先放半盆水在桶里,使它有一些重量,这样放下去的桶子,能轻松取着水。女人们爱在晌午时候洗衣,那时候的太阳正是火辣,可以很快地晒干衣裳。这个时辰,也正是小马哥收荒回来休息的时候,他的"休息"就是整理废品。故事就是在这个时候说出来的,听众们也是在这个时候边洗衣服边凑的热闹,她们还可以大肆地指挥小马哥帮忙取水,小马哥自然会很殷勤地效劳。

小马哥的女人也是洗衣服的一员,当然,这得是星期天的时候,周一和周六,她都在一家厂子做工,工作很辛苦,差不多与搬运工一样,要将装什么东西的桶子一个一个举到车厢里去,桶子足有五十斤左右,她每天要举几十个。这个干粗活的女人,她的体格非常壮实——穿工作服的时候就很壮实。

下班之后,洗完衣服之后,女人就会换上十分妖娆的长裙,裙子一定是紧身的,颜色以绿色为主,偶尔是大红色;紧身的长裙把她不粗不细的腰身纠缠得水蛇一般可爱,她涂上浅色的口红,画上眉毛,然后才出门去散步;走不远的,也就站在门口的菜园边看一看那些矮小的蔬菜而已。她是个离异的女人,儿子判给了前夫,她每天的空闲时间都用在了散步和打扫卫生上面,化妆占了一部分。好似所有离了婚的女人,总会有一段时间是在疯狂地打扮自己,或者疯狂地购物,或者去哪里玩到深夜两点,好像要把自己的青春岁月全都捞回来,那些,所有的那些,曾经美好拥有过的东西,都要全部捞回来。

事实上是捞不回来的了,已经失去的青春,以及曾经拼命忍受的那段婚姻,都成为过去了。小马哥的女人在离异的最初，有些亢奋，也有点不知所措。她每天早晨起床，穿衣，梳头化妆（上班不化），然后出门买一份早点，吃完后便开始拖地。她拖地与别人不一样，有一块毛巾，那是她的"拖把"，用手顶着它，先从墙壁上抹下来，再从墙脚有序地擦到门口，擦五遍，最后一遍再用新帕子清理。我从来不去她的家，实在邀请得热情，也只敢站在门口探头看一看。她不点日光灯，点的是彩灯，牵一串在床边，一串挂在小衣柜顶端，我常常为了她的彩灯胡思乱想，总觉得她会在晚上端一杯酒坐在彩灯下自言自语，给自己说一些云山雾罩的话——假如是我，我就会这么干。

房东太太是很喜欢小马哥的女人拖地的，因为这个胖乎乎的懒惰太太，会因为她的勤快受到一些激发，也打湿了拖把哗啦哗啦拖自己的楼梯，自从小马哥的女人搬进来，胖太太仿佛领悟到，女人应该疯狂地拖地才算女人。

我是一个非常能受刺激的人（在打扫卫生方面），看她们像山贼一样疯狂地打整自己的山寨，只感到可怕，如果这样的女人嫁出去还这般疯狂，她的丈夫肯定要每天被拖来洗五遍，最后一遍还得扔进洗衣机脱水了，再提出来。

小马哥的女人在搬进来的第四个月，对小马哥有点好感了，也许因为小马哥的故事，也或许因为小马哥的诚实，她换上长裙后，不再出门散步，而是倚在门边跟小马哥和其他的房客闲谈,说话归说话,眼睛却水灵灵地盯着小马哥看。那秋波里的情意,她自己已经表露完了,只有小马哥看不出来,好像没有谈过恋爱的人就非得那样迟钝,才表示他从来没有遇到过爱情。

旁观者是清楚的,然后告诉小马哥,小马哥却非常吃惊地说:你崽儿莫要骗老子,这玩笑开出来很大的。

他自己说的玩笑,却不认同这是玩笑,于是暗暗留心,发现那眼神里确有十分爱意,便偷着乐了几天,才胆怯地和人家说话。话就如灯,越说越亮,说到那个关口,以为过不去,谁料过去了。

小马哥和他的女人确定恋爱关系的时候,我只知道院子门口的苞谷刚刚抽穗,有一些长豆角挂在枝干上,小马哥的女人义务地给房东太太锄草,小马哥当然也在地里陪伴。

水蛇一样的女人不再钟爱于拖地了,她买了一支拖把,画几下,然后梳头洗脸,穿戴整齐,便挽着小马哥出去散步。他们还没有住在一起,还在为"住在一起"培养一下感情。

他们喜欢在傍晚时候出门,那时候路边已经亮起了路灯,橘红色的灯光洒在路面,让生硬的路面顿时温软几分,这样的路正适合谈恋爱的小马哥去走。

路边有一片池塘,不对,好几个路口都有池塘,荷叶暗暗地躺在池水上,附带着荷花的香气。小马哥会去摘一朵荷花给他的女人,这个看《故事会》的收荒人,此时也学着故事里的人物,给他的爱人献上一朵花,当然,不一定非是玫瑰。

小马哥的浪漫是骨子里本身就囤积的,此时,遇上了他的爱人,这些浪漫便飘飘地出来了,使得他的爱人很高兴,喊他只用一个字:马。

吃饭的时候,她喊:"马,吃饭了。"于是邻居出门来,坏坏地撺一句:"马,吃草了。"小马哥嘿嘿笑着就从自己的屋里走出来,打个拐角,去女人的房间吃饭。对邻居的笑话,小马哥不会生气。

小马哥和他的女人是在那一年的年底结婚的,结婚后便留在了小马哥的老家。我没有再见到他们。

小马哥和他的女人走后,大杂院里依旧住着一帮人,拾荒的,卖煤球的,卖蔬果的,还有在工厂做工的,小马哥他们空下来的房间,很快又被租出去。

我余下的这些邻居,卖煤球的人有一个十分可爱的绰号——煤老坎。这个别名后来在《山城棒棒军》里看到过,当然,此"煤老坎",非彼"煤老坎"。卖菜的,也有一个绰号——菜娃儿。那是个绰号满天飞的年代,就连小马哥,人们也叫他"马收荒"。

我的绰号不能告诉你们,我只告诉你那个时候我住在大杂院里,那个叫"马收荒"的人,他有一段简单的爱情,他的女人总是"马、马"地喊他,听得我起了一身鸡皮疙瘩,但现在想起来,却是一件极其幸福的事情,即使那段爱情不是属于我的,我也感觉到了快乐。

——只因为他们的幸福在我的记忆里走过。

走族（三章）

　　我称推着木板车、骑着自行车、担着挑子步行的小贩为"走族"。他们一般只卖单一的货物，最多不超过三种。这些人和茶房的小二一样，肩上一律搭一条白色毛巾，作为擦汗的汗巾子——无论男女，都有一条汗巾子。

　　他们一年要穿破至少五双鞋子，或者更多。如果是女人，常年不穿好看的衣服，头发要么梳成辫子，或者高高扎起，要么，绾成一个圆形的髻。当上走族的女人，她们的青春多半耗在街头小巷和批发货物的市场上，她们一生最好的赞美全都献给货物。那些货物就如她们的孩子，如果下雨天，她们自己淋湿也没关系，一定会脱了雨衣给货物穿上。

　　一般情况下，走族男子的妻子也是走族，再有的时候，走族夫妻的孩子也是走族。他们代代相传。走族的孩子很小就会算账，他们还没有上学已经认识钱，而且会帮忙找钱和收钱。走族夫妻如果是担挑子卖东西，如果孩子尚小，走族男子就很受罪了,他一个箩筐装货物,一个箩筐装孩子;那孩子如果疲惫,一定会在热闹的街巷熟睡,那么,他得找一个纸箱,把他的孩子装在纸箱里睡一会儿,货物就临时摆在那里,等到孩子睡醒再担着货物和孩子离去。

在这样的地方无法生出浓重的同情心,因为人人都是这么过的,满大街都是走族——我曾暂住于成都,遇到过许多这样的走族。我没有同情他们,当时。

我也曾是走族中的一员,虽然只是短短的一个月,却在那一个月里,让我过得没有希望和抱负,也让我对人生失去许多幻想。

当然也有强打精神的时候,比如我的朋友,她推着自行车缓慢地走在街上,一边喊着"卖核桃——新鲜的核桃!"一边擦着汗和我说她的理想。

她说,将来有一天,她要在成都热闹的街口开一家水果超市,把现在所有卖过的水果都聚在里面。

那是个美丽的理想,也是个没有根据的理想。至少我看着她狼狈的样子,不太相信那个超市会出现在热闹的街口。但我要强打精神。

人是为了理想而活的,哪怕是个渺茫的理想。

我把遇到的一个一个的走族,都刻印在我的脑海,像记住我的每一个亲人——

卖梨的小红

我确定这一天不下雨,小红不信,她固执地丢一把红雨伞装进自行车的前兜里,还冲我做个鬼脸。

"这么早去?"我望着她后座上驮着的梨。

天还没有完全亮开,我揉着眼睛,靠在门框上。

小红转身回到屋里,给她生病的妈妈温一碗饭在锅里,还倒一杯水放在桌上,嘱咐几句,拿了秤杆和小马扎出来,一本正经地说:"不早一点出门,等你赶到市场就没有你的位子啦。"她瞪我一眼,催道:"快点绑你的货。"

我的货不用绑,一直在自行车后座上没卸下来,我只需往筐篮里加些东西就可以出门。

"昨天前天都没有开张,看来要自己吃了。"我一边装核桃,一边这样埋怨。

早晨的路真清静,空气也好,可惜我一边骑车一边打瞌睡。我像瞎子一样凭感觉跟着小红,她在前面哼着小调,配合这个调子的是其他一些早起的人的自行车铃声。那些铃声一般都是冲我来的,它们的主人飞快地绕开去,再扭头恨不得一巴掌抽死我似的吼:"你个瓜娃子! 不想活啦?"

我忽地睁开眼,见那人眼如铜铃,眉似张飞,两脚叉在地上，一只手的食指有力地指着我——在吼完之后，那表情才缓慢地放下去。

"只有这样的路才是人走的嘛。"对于别人对我的吼声已经麻木的小红，自顾自地赞美早晨清爽的路面，反正，她清楚那些人不会真的下车揍我。早起的人都有自己的事情要忙。

草市街的小市场空荡荡的，通过市场的门缝一眼看见它的冷清。看门的大爷在他的小寝室里泡开水。他是个少有瞌睡的老人，每天只要三四个小时就睡饱了。

市场是暂时的空，就像一座舞台是暂时的冷清，好戏还没上演之前，所有的空和冷清都是为了热闹准备的。

别人给钱的摊位不敢占，占也白占，人家来了还得让开。撇开固定的摊位，剩下的那些小旮旯才是我们要抢占的位置。

别轻看小旮旯，城里妇女买菜尤其喜爱小旮旯，她们看小旮旯就如看小乡村，小乡村虽小，菜蔬一定是最好。

起码我妈妈买菜是这样的，专挑那些拿筐拿箩、拿扁担拖板车的，只要那些东西装着白菜萝卜和红薯，她就仿佛看到那些菜蔬背后的土地，想象它们长在土地上的样子。

小红深谙妈妈辈的心理。对于老江湖来说，不需要听她与顾客油腔滑调，只需要看她抢占的摊位——假如她有机会

49

抢占。

一般都是有机会抢占的。没有机会创造机会。比如鸡不叫就起床,骑二十里地,找个满意的摊位。

"打游击的人你得快,去慢了没你的份。"小红对她的经验加以解释。

她称流动摆摊的人都是"打游击的"。她已经埋伏在各个市场两年了。

此时,她已经占到了一个最好的旮旯儿。小马扎已经搬来支在自行车旁边,开始清闲地看看市场,想象着这一天的生意和热闹的场景。

我也把摊子摆在她旁边,看来看去,也只有这个旮旯儿最适合。

"你去别的地方摆嘛,笨蛋,这里万一生意不好,全都要泡汤!"小红紧张兮兮地,眼睛四处搜寻适合摆摊的旮旯儿。

哪还有适合我的摊位?我就觉得这地儿不错,是个风水宝地。我已经预感到生意火爆的场面了。

摊子后面是公共厕所,免费的。厕所门口堆着踩得稀烂的菜叶和几只发馊的桶子。

市场打扫卫生的女人拿着大扫把进来了,同时咣当当地拖着一把铲子。

"这些王八蛋菜鬼子,跑两步也舍不得,总是丢总是丢,

50

丢他妈个脑壳!"女人狠狠地铲着菜叶往桶子里装,装一铲子"哐当"敲一下桶边,配合着她的骂声,显得很有威力。

这个早晨的清静,随着哐当声划破了。天豁然开朗,市场里逐渐有小贩拖着货物进来。他们有自己的摊位,不紧不慢地打开摊子前的小门,走进去,先坐下来歇一歇。

扫地的女人斜眼看向我们,目光移到车子后座的筐篮里,好像找什么东西,什么东西也没找到,才放心而有些失望地收回目光。

小红瞪她一眼,转过头轻声说:"明明想看是不是卖白菜的,是的话,那些烂菜叶就赖给我们。"

女人扛着大扫把走了。

市场里一下子就挤满了人,来了许多卖干货的,什么当归人参红枣枸杞,靠墙的地方,一男子拉开一张胶纸,在上面摆了一堆什么膏药,墙边站着一块牌子:王神仙膏药。

市场管理人来了,她们拿着厚厚的一沓票据,票据印着五角、一元和两元。这是来收流动摊位的钱,一般只在上午收,下午差不多每个市场都是免费的。

管理人走到各个摊子,看看卖的什么东西,以及货物的多少,然后开出合适的价格。

小红交了一块钱摊位费,我的核桃比她的梨贵,也多,交一块五。

小红已经卖掉五个梨,那位瘦太太拉着她漂亮的女儿,笑嘻嘻付给小红三块钱,并且谦和地说:"三毛钱就算了,下次还来买你的梨。"她跟着又接了一个电话——"啥?三缺一?马上就来!"

　　牵着女儿提着梨飞一样地赶三缺一去。

　　小红不好意思硬要那三毛钱,只好被动地慷慨一回。但她听那妇人说三缺一时很不高兴,"买几个梨抠门得要死,三毛钱也不放过,打麻将怪舍得,呸!"

　　好一个"呸",马上呸出另一些买主。生意好的时候就是这样,你丧着一张臭脸也有生意。我呢,已经对二十几个人说了近三十遍核桃的价钱,没一个真心买主,尽是闲问价钱。我微笑的脸,已经失去弹性了,我一笑,酸麻的肌肉半点也不配合。

　　我干脆绷紧脸。又一位问价的来了,"核桃多少钱一斤?"

　　"二十!"我看也不看她。

　　那人瞪我一眼,斜着把目光牵走。

　　"喊你清早不要借秤,你不听,现在晓得厉害了吧?"小红打发了又一个买主,十分同情地望着我。

　　早晨确实把秤借给一个老头称蒜。

　　老江湖的小红又给我普及一遍生意人的忌讳。这些忌讳带着不可解的迷信色彩,在小红的称呼里,它们叫"规矩"。

大部分规矩与早晨有关。比如,一早不借秤给外人(除了自己一伙的都是外人),除非自己的货物已经开张;还有,早上不换钱,早上不吵嘴,早上的第一个客人的生意要尽量做成;再有,早上起床穿衣,要规规矩矩坐在床边,不要一蹦老高站在床上穿衣服。

晒衣服也是有讲究的,衣服在前,裤子在后,袜子又在裤子之后。

睡觉也有规矩,晚上睡觉脱下来的衣服,可以放在枕头下,裤子袜子之类不能放在床头,偶然在床头撞见,那就好比撞见鬼,要惊叫几声。如果女摊贩结了婚,她的婆婆肯定会嘱咐她,不要把裤子放床头,不然男人挣不到钱,生意会不好。如果她放了,那就等着挨骂。

摆摊的男人的头,女人绝对不可拍打,包括他金贵的头发。我隔壁那对夫妻,就因为女人拍了一巴掌男人的头,她的婆婆横眉竖眼就咒骂,"男人的头是拍不得的! 拍了要倒霉的!"

男人的头代表运气,运气好的时候,你一拍,没(霉)了。——那些老江湖是这样解释的。

小红讲完这一串规矩,已经过了晌午。早饭还没吃。早上不能"出钱",没"进钱"咋能先"出钱"呢？所以饿到现在。

卖油条的王婆婆领着她的孙子在市场门口的左侧摆摊，她是推着三轮车四处卖油条的，没有固定的摊位。我们已经在很多个市场遇见，彼此逐渐熟悉。

小红跑去买了两根油条，两杯豆浆。

王婆婆总是那样心好，每次都要多拿两根油条送我们。但我和小红都不会接受了。我们实在害怕王婆婆的孙子。那家伙总在你拿着两根油条准备离去时，仇恨地望着你吼："又多拿！又多拿！羞羞！"他会狠狠地用两根手指在脸上画几下。

这次也只拿了两根油条，并且小红的脸还红红的。我知道是怎么回事。

下午，小红的生意淡下来了，就像火热的太阳，到这个时候打了阴坡。她的梨还剩半筐。我的核桃卖了五斤。终于卖了五斤。

卖膏药的男子坐在王神仙牌子下吃泡面。一辆装着梨的板车，咯吱响着从他身前晃过——朝着我们的方向来了。

小红的生意对手来了。他们的眼光撞在一起，生出一股自然的敌对之意。

板车戛然而止，停在小红的正对面了。卖梨的男子抽出一块毛巾，擦着染灰的梨。

经过擦拭的梨仿佛刚从树上摘下来,男摊主又在路边扯一些树叶撒在梨身上,梨子顿时上树了,它们闪亮的光泽在下午淡白温热的阳光里充满生命力。

看来小红不算最精明,真正的老江湖应该是他。他像个神奇的魔法师,虽然一脸的络腮胡子,头发也几天不梳洗的狼狈模样,但他打扮那些梨子的技巧,好似深情的男子给他的女人描眉,他的细心穿透他表面的粗糙。

可这样一个人,他也只是一个普通的流动摊主,甚至,我看见他细心之外的俗气的眼神,也正望着小红的梨子发恨。他只爱他的梨子。

小红的梨好像变丑了,仿佛生满了斑点,过来问价的人低头看看筐篮,很快又转到板车那边。

小红和板车主吵架了,怎么开的头我并不清楚。等我从厕所出来,二人梨也不卖,只顾着骂架。

男人骂架很少见,尤其能骂过女人的男人更少见。他的络腮胡子上下弹动,那些乱七八糟古里古怪的话就冒出来了。

他说:"人民的眼睛是雪亮的,他喜欢我的梨子,我喊他,他肯定会过来,如果他嫌我的梨子不好,我喊他,他不会过来,对不对?"

"你少找那么多理由!那个人明明是来买我的梨子,你为什么要喊？你就是在抢我的买主。"小红也不客气。

"咋能说抢呢？要说抢,也是你先抢了我的买主,"男人往四周招一下手,"你们不晓得,就刚才那买主,明明看准了我的梨子,他的脚都已经向这边拐了,她要不是喊他一声,那个人就不会过去。"

"是你先喊了我才喊。"小红解释道。

"那个人买了没有嘛?"有人忍不住问。

"没买。吓跑啦。"男人略带尴尬地说。

四周逐渐围了许多人。他们想继续看热闹,但没有热闹可看了,小红和板车主看见这么多人围着,有点不好意思,都收住嘴巴不说了。

吵完架之后,两个卖梨的人都没有心思卖梨。僵持一会子,我和小红又转到另一个市场。

草市街只剩下一个卖梨的人。

梁家巷不是娘家巷,我总是想成"娘家巷"。我们从草市街转到梁家巷已经快要天黑了,天边铺满铅灰色的云,看来不会有雨。

梁家巷离住的地方有多远,已经不能计算,小摊贩从来不走直路,专走弯弯扭扭的巷子,越是密集得不能透气的居民区越讨小贩喜欢。我和小红就是这样的人。把我们走的路一条条拉直,够来回家乡好几趟。

梁家巷到下午没什么人买菜,倒马桶的人怪多,好像这条巷子的人统一在傍晚倒马桶,清早不倒;清早从这条街上走一趟,能闻着清新的香皂味。

梁家巷和别的什么巷一样,刷马桶的尽是妇女,男人不用马桶,也不刷马桶。单身的汉子连看马桶也会烦躁——这无所谓,所有的妇女都清楚,他们不用,不代表他们将来的女人不用,他女人不用,他孩子还不用吗?

(这一带的居民房的厕所都修在外面,较远。)

妇女们刷干净的马桶一排地放在厕所门口,每个桶子身边竖着一支刷把。那些穿着睡衣的女子,洗洗手,涮涮拖鞋,拿了自己的桶子,摇闪着回去了。

下午到梁家巷,不是来卖东西,纯粹是来看刷马桶。偏生我又喜欢看人家刷马桶。小红每次提起来梁家巷,我总是显得特别高兴。刷马桶的女人,她们的姿势总让我想起一些人——她们穿着浅花色旗袍,喊着"梁太太来啦?",那边也回一句,"凤姨娘碰巧啊!"——"宋二公子,你咋看人不转眼睛呢?"那个身穿红色衣服的女子站在深巷子的墙角,眉头快要低到触着地上的草花了——

我简直要疯想到天边去了。

"三块钱全部买了,哪有这样卖梨的呢?不行!"小红的声音像从天上砸下来的,她对着眼前的男子不满意地说话,一只手挽起红衣袖,把最后几个梨子拿起来,在男子的眼前晃了一晃——我朦胧里看到的她的样子,落在过去是个深闺小姐,落在这里是个卖梨的。

那男人扬长而去,小红也不追一句:"宋二公子,你慢走。"

那些刷马桶的女人临近天黑了,桌子就支到门口来了,这时路灯也亮了起来,白面绿底的麻将上桌了。这边的人喊,"张氏,砌长城啦!"那边厨房里包着饭的嘴巴吐出两个字:"马上!"

小红的麻将虫子上来了,它们在她的眼睛里爬,翻滚,跳跃,怂恿。她说:"你看着摊子,我去看看热闹。"

她哪里是看热闹,分明是等着排轮子。

好几个摊友都去排轮子了,这条街上只剩下货物和驮着货物的自行车,偶尔有那么两个摊贩守着摊子,眼睛也是瞄着麻将桌子,他们听一听麻将的声音,耳朵就能得到放松,骨头也好像得到放松了。白天斤斤计较够了,到了麻将桌子上,双袖挽起,眉开眼笑,有钱打钱,无钱打耍,只要有了麻将,就有了共同语言,再不熟悉的人坐上桌子三五圈后,家里祖孙几代都攀扯清了。

小红终于排着轮子了,前面那位大爷腰杆痛,打了十二圈之后,才把位子让给她。

她现在完全投入了战斗，当然，也投入到闲聊中。闲聊总是要找话来说的，小红三句话不离本行，一只手往摊子一指，那些人点一点头，顺便扬起一只手，让我把摊子推过去。

　　我的核桃在麻将桌边卖完了，并且，她们说了无数声的谢谢之后，要我帮忙把核桃敲松了放在桌子上，这样，她们可以一边打牌，一边吃核桃。当然不是全部敲松了放在桌上任人吃，她们不会那样大方。

　　小红因为赢了一点钱，把几个卖剩下的梨送给了她的牌友。最后，她把位子让给一个卖草果香料的小贩，那人生怕别人抢了位子，赶忙用一只手把住桌子的边缘，屁股一扭地坐到位子上，才来得及说声"慢走"。

　　回去的路上车子少了，走路的人多。小红摸出电子表一看，八点五十，等于摆了半场夜市。

　　"以前我爸活着的时候，他也在这里摆摊……如果他没有病死，他还会……"小红用手指着一棵树，那树下站着卖苹果的妇人。她只说了半句话，没有继续说下去。

　　她骑着自行车走远了。夜风卷起她的头发，像树叶一样胡乱翻动着。"快点。"她反手招呼我，声音有点沙哑。

　　我想，她疯狂地喜爱麻将，是为了缓解心中的苦闷吧。她没有朋友。我也不是她的朋友。

　　我站在灯下待了几秒钟，想起她得了癌症的妈妈正躺在病床上。

咸鱼巷

咸鱼巷窄得像一条弯弯的鸡肠子。人多而又下雨的时候,伞永远别想撑开。

咸鱼巷因卖咸鱼而得名,但是到后来,坚持卖咸鱼的人只剩下王婆婆,她的同行有的去卖菜,有的去卖猪肉了。

那时王婆婆已快六十岁。她的名字在那个时候就不被大家知晓,所有的人都喊她"王婆婆"。她就像那些远古的女人一样,只有姓氏,没有名字。这个姓,我也不确定是她的姓,还是她夫家的姓。

王婆婆有一辆旧得连铃铛也不响的人力三轮车,她奇妙地在车头拴了一个易拉罐作为车的喇叭。只要人多的地方,她咣当当撞几下罐子,路就腾出来了。

她的车上装着各种咸鱼,用大小不等的塑料袋子装起来,只等到了咸鱼巷,再把它们一个袋子一个袋子地打开,翻出来,整齐地摆在摊子上。

摊子是没有支架的平地摊,用油漆画出位置。

王婆婆的摊子四四方方,长一米五,宽一米五,她每天在这个面积内摆上货物,绝不超出画好的线条。也就是说,她不会占左右两边摊友的便宜。当然,她也不允许别人占她的摊子。

我最初摆摊在咸鱼巷,正好摆在王婆婆的左边,那天,她左边的摊友没有来。我十分讨好地把线条空出一大半,我想分她一点地方,但是她看也不看,依然把咸鱼叠起来一层一层摆在自己摊子内。

我卖的是干海带。

王婆婆应该没有吃早饭,还不到中午,她已经摸出一个馒头在啃。

下午没有生意,王婆婆旁边的摊子空出来了,那个摊主早早地收了摊。我赶忙跑去占住位置。

"我以为你憋站在那里不会动哩,看你还是很精灵嘛。"这是王婆婆第一次跟我说话,没笑。

她的牙齿落了几颗,其中一颗是门牙,落了门牙的嘴说话关不住风,好比两扇门缺了一扇,那风声就从另一扇门里灌进来。她说的某些字,听起来总是另一种音。

咸鱼巷的张氏,那是个快嘴女人,她的摊子恰好在王婆婆的右边。她十分喜爱说话,叫她一天不说话,等于一天不让她吃饭,心里总是慌的,脸色也是慌的,好像她有什么苦等着倾诉。

偏生王婆婆闷得像个葫芦。那边兴致好得要命地开了一个好话题,到王婆婆这里,被掐断了。这等于大好的春天开了一朵鲜花,结果让一个闷雷给打掉了。

张氏逐渐和王婆婆疏远了,虽说摊子就挨在一起。她也不说话,好像她从此以后就断了说话的爱好一样。

王婆婆去了一趟厕所。张氏跟我诉苦:

"你说她一天闷着不开腔,难道说几句话有那么恼火吗?老子有时候怀疑她会不会是哑巴——假如她和买主也不说话。"张氏揩干净咸鱼身上的灰尘,眼睛望着我。

原来她并没有什么特别悲哀的事情要诉,只是闷慌了,怪王婆婆不与她讲话。

"我上个月不注意摆多几片鱼在她的摊子上,其实也就是鱼的尾巴支过去一点罢了,我的老天爷,她那个不高兴哟,拧起鱼尾巴就甩到我的摊子上来啦!你说哪有这样的人呢!不就是一点小地方吗?还占不得了吗?几十岁的人啦,还这么小气,画条线就是死规矩吗?"张氏说得有点激动,把揩咸鱼的帕子也甩到地上去了。她的人五十多岁了,她的脾气也五十多岁了。

"你咋不说话呢?小女子,你不要学那个闷猪嘴,我跟她说我的女儿病死了,我是哭得好伤心的呀,你晓得她啥反应不?她屁都不放一个!就没有见过这种无良心的,难道人家死了姑娘不值得同情吗?她的眼泪是石头做的吗?"张氏说得想哭了。但她还是控制了一下情绪,随着来了一位买主,她就把眼泪化成笑容了。

"是值得同情,我想——"我还没有说出来,王婆婆上完厕所回来了。张氏向我悄声道:"不要说了,她听见……"

张氏把方才卖来的钱塞进一个塑料袋,那是她的钱袋。随着,她捡起帕子摆弄她的咸鱼,好像什么事情也没发生,脸色一下子转阴了。

王婆婆始终不说话,不和我说,也不和张氏说,她甚至连看也不看张氏一眼。

反正也是陌生的人,原来不认识她们,现在也不用认识了。下午收完摊子,我连"再见"也懒得跟她们说。

冬天我搬家到咸鱼巷,已经快要过年了,咸鱼巷的房租从七十涨到九十,比起我之前的房租还算便宜。我租的小单间,没有厨房,也没有厕所(厕所在外面,公用)。过道不是过道,所有的住户在里面支着炉子煮饭。过道是公用的厨房。

我没有想到,王婆婆和我住在同一个院子。我和她在过道里撞见,她的眼睛亮了一下,像是小小的惊喜,说了句"你也在这里住啊",不等我回答,拿着桶子打水去了。

她的房子是靠着楼房另建的偏房,房东喊它"小偏偏"。

偏房原不打算出租,是准备放杂物的,王婆婆看它价钱便宜,租来了。

偏房前后开门,后门是一小片荒地,王婆婆向房东讨它来栽菜,原本荒地里撒满的垃圾,王婆婆都细致地清理干净了。

也许那小荒地才是王婆婆要租偏房的原因——这是我和王婆婆逐渐熟悉之后,她带我通过那道后门,见着她的菜园,她说话的喜气让我猜想到。

王婆婆不是一个自来熟的人,但熟悉之后,待人极好,有什么新鲜瓜果必然会摘几个送她的朋友。而她的性情十分古怪,也有不爱她的邻居喊她"老怪物"。

整个冬天王婆婆都不生炉子烤火,我说:"冷了呀,王婆婆你不冷吗?"她穿着厚厚的棉裤的短腿往门外伸一伸,她坐在门里边,她说:"怎么会冷呢? 不冷的。我从年轻时候就不烤火,现在也不烤,我身体好得很。"她又把腿缩回去了。

她的腿原本不怎么短,裹了厚厚一层棉裤,看上去好像短了许多。

裹这样厚的棉裤,她却说不冷。

王婆婆的车子坏了,链条断了一扣。她舍不得去修。天还不亮,我起夜经过偏房,看见她亮着十五瓦的灯泡,在那片不太明朗的灯光下修着车子。

她不舍得点瓦数高一些的灯。她的房间是那样暗，没有敷白灰，四面墙壁是灰色的水泥砖，那些砖缝里还挂着水滴一样的坚硬的泥渣。王婆婆往墙壁上贴过一些报纸，贴不稳，墙壁上只剩下米汤的痕迹。她用米汤做胶水。

她蹲在车子的一侧，她的影子被车子的影子压住，只剩下一个头影浮在地上。

王婆婆很俭省，她的灯要在天黑尽了才开。如果不是赶着天亮前修好车子，她不会舍得亮灯。

我突然想起奶奶，她也是不舍得点灯的人，如果没有什么事情，她不开灯，她习惯摸黑；她的眼睛白天看不见亮，仿佛失明的太阳，而晚上却看得见黑，黑是不发光的月亮，是她最为熟悉的，她在黑夜里走路和白天一个速度。

王婆婆喜欢拴围腰，修车的时候，更要拴围腰。在城里拴围腰的除了卖猪肉的，整个咸鱼巷，闲着也拴围腰的只有王婆婆。

她的围腰有一股咸鱼味。不仅如此，她的头发也有，衣服也有，差不多连鞋子也有。张氏还特别说："同样是卖咸鱼的人，我身上就不会有那怪味。"她很骄傲地低着鼻子去闻一下自己的衣服。我记得她说话的每一个动作。

我站在门口已经多时了，王婆婆去拿筷子搅链条才看见我。

"吓死个人啦！半夜三更不睡觉站那里做啥?"她拍着胸脯,好像要喊魂。

我走进小山洞一样低矮的门。

"我帮你。"我说。

"算哒算哒,我已经修好啦。"她站起来蹬一下车子。链条声音咔啦啦响,是一种健康的响,取下来的废弃的链子丢在墙角,像一截生病的发黑的骨头。

王婆婆去洗手了。她取下黑色的毛线帽子拍打着灰尘,露出一顶灰白的头发。

我生出一个古怪无聊的念头,想看清楚王婆婆有多少白发,有多少黑发,我眯着眼睛,好像近视眼一样眯着眼睛盯着她的头发。没有看清。她一闪,很快又戴上另一顶帽子。

王婆婆把取下的那顶帽子挂在钉子上,反手捶了几下腰,咳嗽几声。"回去睡吧,再过一个钟头要摆摊了。"她说。

奶奶以前也用这种口气跟我说:"回去睡吧,清早还要上学。"

王婆婆的脸变成了奶奶的脸,她仿佛从后山那个土堆子里又爬出来了,直伸伸地站在我眼前,她的围腰怎么不绣花呢?我又想跟她犟嘴:你怎么不绣桃花? 看你绣的哪门子花,我一点也不喜欢。——我把眼睛一闭,再睁开,是王婆婆

66

站在眼前。

我要回去睡了。王婆婆还不睡,她把咸鱼整理一遍,把灰尘一样的碎末倒出来,装进一只花瓷碗。

"帮你关灯吗?"

"不,我自己关。"

她把碎末拿到厨台,倒进一只盐巴袋子。她用它炒菜吃。

"还不快去看,那边干架啦!"咸鱼巷卖豆腐的豆腐西施喊着我。她是个老豆腐西施了。"走啦走啦,是王婆婆和张氏干架,你不去吗? 嗯,难道你不去吗?"豆腐西施拽着我问。

要去的,非去不可的。可是,怎么就干架了呢? 来不及多想。

王婆婆揪着张氏的头发,张氏也揪着王婆婆的头发,我挤进去看见这个场面。

"你个老怪物! 你祖宗的——哎呀,放开老子的头发!"张氏被揪住的脑袋在胸口处喊。她被王婆婆扯着头发往下按。

王婆婆呢,她的头发是被张氏向后扯住的,这样,她的脑袋就是仰着的,两只眼睛就在顶面了,她的声音也就从顶端砸下来：

"老妖精！你自己的摊子不摆,天天弄几条鱼尾巴扫进我的摊子,是霸占吗？是不是霸占！你还骂我祖宗,你没有祖宗吗？嗯？你骂我祖宗！"

两个人因为祖宗的事情扯得更凶,谁也不肯松手。原本稀松的头发,平时看着风也能吹走,这会子好结实,两个人都铆足了力气,也没有将对方扯成尼姑。

"老子的头发反正也要掉的,你扯吧,你这个孙子养的！"

"你才是孙子养的,你,你是姑娘生的。"张氏的头又被按下去一点。

"算了吧,两个老疙瘩了,还那么大的火气吗？放啦放啦！"

人们终于看不下去了。他们总算肯帮忙劝架了。我正使劲抱着王婆婆,不要她被张氏扭倒。我不知道这是劝架还是帮忙。

市场管理员来了。过了一会子,110也来了。他们拿着一个小本子,记着张氏和王婆婆的话。

"好啦,两个都有错,这事情就这样了,不要再打了啊。你看,你们都这样大年纪了,要互相帮助嘛。"警察说。

王婆婆捂着头,张氏也捂着头。张氏的眼睛还恨恨地看着我。

市场管理员把她二人请去。我也跟着王婆婆去了。途中,王婆婆好像有点害怕,拉了拉我的袖子。

"你们摆摊就摆摊,怎么摆着摆着就打架呢?这影响多不好呢,让买主看笑话,你们自己也损失了,是不是?"管理员指一指外面的巷道,"看,满地都是咸鱼片,这不是浪费了吗?还分得清是谁的不?"

"分得清!"张氏和王婆婆同声回答。

"怎么分?"管理员忍不住想笑,但是感到这是一件严肃的事情,赶紧端了茶杯堵住嘴。他把笑容都喝下去了。

"我数好的,有几片,什么模样,我都清楚。"王婆婆说。

"我也数好的,有几片,什么模样,我也清楚。"张氏说。

"好吧,那就去收拾烂摊子,不要再打了。"

王婆婆蹲在巷道里捡鱼片,张氏也蹲在那里,周围的人都退开了。

"这是我的?"王婆婆捡起一片干鱼尾巴,因为鱼头不见了,她也不确定是不是自己的。她好像是在和张氏说话。

"锤子才是你的!我的!"张氏一把夺过去了。但是凑到眼前看一看,又放下了。她也不确定。

这回王婆婆很平静,她没有发火。被抢空的左手又去摸起另一片长得熟悉的咸鱼。

两个人把确定是自己的鱼都捡起来了,不确定的就由它放在那里。她们固执得那样可笑,都不要不明身份的鱼。

那些鱼被一个流浪汉笑呵呵捡跑了。

王婆婆生病了。到了春天,所有树上的叶子都发了芽,王婆婆却在这个好时节生了病。

没有人照顾她。

医院的走廊里站着一个人,我一眼看出来是王婆婆。

"风怪凉的,你怎么来啦? 不要耽误你做生意呀。"王婆婆低声低气地说。

她不知道,我早就不摆摊了。咸鱼巷的张氏也不摆摊了。她回了乡下。她走的时候想来看一看王婆婆,但是没有来。她也不知道为什么想来看一看。

"给你炖的汤。"我把小碗递了过去。

王婆婆颤抖着手。她把碗接去又放回桌子上。

"俭省了一辈子,莫不是为了生一场病来的? 一大把的钱,就这样滑出去了。"她抽出手帕擦了擦眼睛。

"我最近眼睛总是看不清东西,那些咸鱼,我看起来好像是活的,但有时候又好像不是鱼,好像是泥巴,灰不溜秋的。你说怪是不怪?"

"不怪,我奶奶以前也眼睛不好,但是过一阵子就好了。

70

她说是被风吹坏的,把眼睛里的光吹反过去了,等哪天风再把光吹回来,眼睛就好了。不消放在心上。"我说。

我说的是谎话。奶奶眼里的光一直没有回来。

王婆婆嘿嘿地笑,"你不要哄我啦,我晓得我的身体。老不中用啰,我晓得的。"

看她喝完那碗汤我才拿了汤盒离开。她走到院门来送我,又转身回去了。

王婆婆生的什么病,没有个具体,反正不是什么大毛病,但又周身疼痛,好像哪里都有病。

这之后,我有一个月没去看她。我忙着自己的事情。

一天,我看见房东径直推开王婆婆住的偏房,拿着扫把走了进去。

"王婆婆呢?"

"王婆婆回去半个月了。你不晓得吗?"房东拍打着旧床上的灰,捂着鼻子说。接着又跑出门,将一床旧棉被扔在地上。

"她女子接她回去了。"

"她女子是捡来喂大的,对她不好,那女婿对她也不好,她生了气跑出来打工,怎么又肯回去了呢?"邻居刘四姐蹲在井边洗衣服,她接了房东的话说。

"不回去干啥!这样老了,还干得动啥? 啥也干不动!"

房东摇了摇头，"只有服老呀，无法的事情。"

"她女子好像也不管她的。"

"是不管，但是被王婆婆家族的人骂了一顿，只好管了。这次接回去也怕是撑不了多久，不过是接回去等死罢了。听说出院的时候就软绵绵的了，像软棉花一样的了。"房东望着那床扔出来的露着里子的破棉被。

"钱也花光了？"

"花光了。——房租还少收她一个月。"房东露出慈善的面容。

王婆婆住院的时候，我还天真地想，她会再次回到咸鱼巷。

她没有再回咸鱼巷。

王婆婆的菜园又变成垃圾堆了，住在二楼和三楼的人知道王婆婆不在了，那间房子从此空下来了，他们便毫无顾忌地站在顶上扔垃圾。每天的某个时候，都能听见垃圾袋"啪啪"地响在菜地里。

菜地又回到它最初的荒地模样，好像王婆婆从来没有来过这里，这里的一切还是它最初的样子。

咸鱼巷再也没有王婆婆去摆摊，哪怕姓王的，也没遇见。

但咸鱼巷还是老样子，下雨的时候，一把伞怎么也撑不开；还有张婆婆或李婆婆在里面摆摊。

王婆婆的摊子被豆腐西施的媳妇租来卖活鱼了。

王婆婆大概真的死在乡下了。

一加一等于五

八里庄有一条破旧的老巷子，它真是太旧了，旧得没有春天和秋天，只有夏天和冬天。我这样说有点奇怪，但真正住在这条巷子的人会清楚，这里的春天和秋天看不到一朵花开，也瞧不着一片叶落。这里没有一棵树，也没有一盆花，只有夏天风来过巷子的痕迹——风从别的巷子带来一些纸屑，或者，把这条巷子的纸屑带到别处去。冬天，低矮的房屋被雪覆盖了，使这条巷子看上去仿佛不存在，仿佛平地消失了，哗哗抽水的声音才能告诉你它是存在的。这里的人都使用井水。

这条巷子住着乡下来谋生的人。他们的身份在这里是平等的，所以，老远的地方，偶然走着一个人，便会有一群人与之招呼。他们相处得像亲戚。

这条巷子有四百米左右长。它的上下左右全是新建的房区，那里的高楼站在老巷子的任何一处都能看见。新建的楼台上栽了许多花草。想知道春天是不是来了，远远地站在老巷子把头抬起来望一望新区楼台上的花草就知道，当然，要避开仙人掌，那家伙一年四季都穿着刺丛丛的绿衣裳。

我是住在这条巷子里的人。

我初来这条巷子是冬天，那时候，穿着红色的套头卫衣。衣服单薄得像蜻蜓的翅膀。

这条巷子虽然旧扑扑的，但它该有的小店一样不少。麻将馆必不可少，然后是快餐铺子，门顶横着一块布条招牌；再有卖菜的小铺子，占着一间直走五步横走五步便能走完的小房子，卖菜的人在门口支着一块木板，上面摆着一些小菜。余下的小铺子，有卖杂物的，有卖香烟的，有缝纫铺，有替人做旗袍的，也有录像馆，一块钱，或者两块钱，看一天或者半天，茶水免费。

这条巷子总让我想起武大郎卖烧饼的样子。

巷子的其中一家卖菜的与我比较熟悉。他们一家三口，男主人喜欢戴一顶毡帽，只要一到秋天，那顶毡帽就一直不离他的脑袋；女主人周年系着围裙，头发永远高高绾起。夫妇还很年轻，小女儿七岁。七岁的小姑娘也会卖菜，单是称东西慢一点，比如豆芽，她的动作总像是在地里慢慢地拔，小撮小撮地拔，生怕将豆芽尖子触断。她的妈妈不很高兴，说她："你不能快点吗？啊？你数蚂蚁是不是？"

小姑娘更不高兴，她噘着嘴："我长大不是卖菜的。"

就这一句话，把她妈妈回得没有话说。

我喜欢这条巷子，因为它的普通，使我感觉轻松。但我不是武大郎。我是武松。我经常跟这条巷子的人说，我在老家打赢过三只老虎。他们问老虎什么样子，我说老虎被我打得不成样子。

"你叫啥名字啦？"

"我叫苏美美。"

我就是这样认识苏美美的。她也是听完老虎故事还问老虎什么样子的人。难道她真没见过老虎吗？

苏美美不识字，她是被卖到什么地方又跑出来，最后跟了一个大他八九岁的乡下男人，住到这巷子里来。苏美美二十九岁了，来自云南某个地方。

二十九岁的苏美美不漂亮，但是不难看，她的一头长发很招人喜欢。尤其看人的眼神，总是显得非常认真、仔细、巴心巴肝，并且，她一点也不能错过你给她的任何话，包括一个单纯的眼色。但是，她的心神不怎么集中，虽说那样认真地看着你，却无法记得住你所说的话，或者你要她必须记住的话。假如跟她闲聊，她跟不上话题，你已经聊到北京了，她还在四川那个疙瘩沟张望。

苏美美的男人是个轻微的瘸子，走路总是一偏一偏的，他即使拿着一个水杯走路，也显得那样沉重。

但他是善良的，巷子里没有一个人轻看他。他们都亲热地喊他老余。

老余并不老,他穿衣打扮却真是太老了。他的一件单衣,一条泛白的裤子,听说穿了快要十年。

那年头做的衣服质量好得吓人,在我刚记事的时候,我们乡下的女人洗衣用棍子敲,在那一堆湿衣服上,敲出梆梆的声响。

老余穿着的衣服,看那样子也是那一类敲不烂的衣裳。但是棍子敲不烂的东西,时间有本事把它捣毁,现在,那衣角的线头都散开了,很快就要烂掉了。

苏美美说,你扔了吧,换件新的。老余不肯。

老余是担着挑子卖东西的,有时候卖水果,有时候卖干货,比如当归、枸杞子,或者白果。

老余一年要穿多少鞋子呢?苏美美竖着手指算了算,她说,十五只。

怎么会少一只?因为另一只穿掉了,或者穿烂了,或者被耗子拖跑了,再买一双凑在一起,穿一段时候和那一只一样新旧,那么,三只鞋子便可以轮流穿。当然只有一只脚在轮流。

苏美美不识字,她从来也不戴表,老余给她买只电子表,她一直放在箱子里,偶尔拿出来看看,看不懂,又放回箱子去。

她一天干什么呢？她不会算账，不会卖东西，出去又怕走丢，她只有给老余煮饭。但是生意不好的时候，买不起米了，房租也要拖欠了，怎么办呢？只有这个时候，苏美美才会着急。她会一直坐在那间偏棚里，托着下巴想问题。

她的问题在肚子饿了的时候就不想了。她拿着一只小盆到邻家去借米。

老余的脚到了寒凉的天气就走不远了，平时，他像一匹倔强的马，别人能走多远，他就撑着走多远。因为他是担着挑子卖东西，意味着从早上出门，就要一直不停地走到晚上，直到挑子里的东西卖完。实在卖不完的，再挑着回来。

老余有一次说，他走累了，那天，下着雨，他卖梨子。他走在一个叫什么延伸段的公路边，把挑子放在路边休息，当时没有买主，结果城管来了，他们穿着好漂亮的衣服，一套的，裤子也好看。城管以为他在那里摆摊，他们不让他摆，他说他没摆，他只是走累了休息一下，城管哪里肯信，把挑子掀了一掀，梨子就那样滚出去了。有好几个梨子滚到路中间，又滚到车轮子底下，车子气力也不费，把它们碾得粉碎。老余好大的脾气，他说他那天的脾气简直就是雷公，等那几个城管走了，他在后面放炸雷一样地吼：我得罪你二大爷！

苏美美也知道老余的脾气，有时候她把菜炒煳了，老余就端着碗站起来大声说，不是吼，只是大声说：炒的什么狗屎!

苏美美就那样被吼了几次,终于不敢把菜炒煳了。但她说老余还是对她很好的,不像以前那个人(之前买她的人),那个人简直就是牲口,他那一家子没有一个是人。

巷子里一到晚上只亮着几盏店铺的灯,没有路灯。这些夜晚亮灯的铺子,有些是麻将馆,有些是旗袍店,还有录像馆和杂货铺。还有一些零碎的灯光,是从巷子的一条又一条像开叉的分巷缝隙里穿出来的。这些细条的分巷,就像树枝子,在主干的周围伸展,或者隐藏。

晚上还亮灯很久的是苏美美和老余的房间。苏美美要做手缝,她就在巷子的衣服铺里拿一些衣服帮忙缝补暗角或藏线头。对苏美美的这个工作,老余真是烦透了。她挣的钱不够交她耗去的电费。

老余没什么爱好,不抽烟,不喝酒,不打麻将,如果真要打,他只打五毛钱一把的。可惜五毛钱一把的没有人玩。

又过一个冬天,苏美美要去摆摊卖货了,因为老余的脚越来越不得力。但是她不会算账是个难题。

那是罩着雾的早晨,巷子里有几条狗跑来跑去,除此之外,行人很少见。苏美美来找我了,她要学算术。老余让她来当我的学生。

老余真是太看得起我,我在学校的数学考试每期都是第一名——倒着数。

但是，教她算术还是没有问题的。那时我刚刚从学校出来没有多久，老师教的东西还记得一些。

我把小学时候经常背的乘法口诀默下来给她。她像得了武功秘籍那么高兴，拿着看了又看，才递回我手上："呵呵，我认不得。"

你认得就不用我教了。我一把抢过来，自己背起来了，不管她是不是在听，是不是记得住。

"一加一等于几?"过了一个月，我这样问苏美美。

"等于五。"她肯定地说。接着又不肯定了，又换了一个答案："等于一。"

"等于十!"我重重地说。

"哦，我以为等于一，或者五……"她有点惭愧的样子。

苏美美又拿着乘法口诀回去了。我给她换了一张新的。

闲着的时候，我就去苏美美的房间亲自教她。教完了乘法口诀，又教她织毛衣，我只会织平针，于是只教她平针。她总是有力气把毛线针挑得变形。

老余真是个好家长，只要我们在研究乘法口诀或者毛线之类，他都非常自觉地端着茶杯出去了，一直慢悠悠地从巷子的这头走到那头，又从那头走回来，再走一遍。时间差不多了，才回到房间，必然要笑呵呵问苏美美："学得怎么样呢？嗯？是不是有些印象了呢？"

苏美美和老余的房间在冬天简直是冷库，地上冒着湿气，铺得不很齐整的小红砖没有一块是干燥的。床就站在小房间靠墙壁的位置，为了不挨着墙，隔了一点距离，但是床上的被褥还是很有潮气。苏美美在房角放着一只煤炉子，有时煮着点什么东西，有时什么也不煮，只是亮着煤球。煤炉子旁边放着一张小木凳，她坐在那里取暖。

"夏天倒可以，凉快。"苏美美说。老余也这么说。

他们的房间过去是一口水井。苏美美和老余来巷子时，找了好几家房东没有空房子，只好暂时住进这里。房租倒是便宜。因为房租便宜，老余和苏美美再也不打算搬家。

又过了一些时日，苏美美照样弄不清一加一等于几。她也有她的道理，她说："乘法口诀不是说一一得一吗？那么一加一不是也应该得一吗？怎么一个得一，一个又不得一了呢？不得一，那我算来算去也得五，你说，它不得五，也不得一，得的是什么呢？"

得的是老余和她一起去卖东西了，她挑一担子东西，老余挑一担子东西，他们一起出门，一起回家。老余帮她算账，顺便教她算账，教不会也教。

"她的精神不大正常了。听说被卖到那里气疯了一阵子，后来好些了，才被老余讨来当婆娘。"

"老余真可怜。他是个孤儿。"

"老余不可怜。生个崽崽就不可怜了。"

——巷子里的人聊开了。

那时春天，我一抬头就看见新区高楼上开得红艳艳的花。我想苏美美早晚会算得清一加一等于几的。不然她怎么摆摊呢？

行乞者

　　哪怕是晴天也别想看清太阳,太阳藏在天空的灰尘背后,好像是被夸父追到灰尘后面去的。天空压得很低,很久没有见到一片干净白亮的云彩了。

　　不过阳光依然可以穿透灰尘,穿透那些看着像云彩一样的虚假屏障。

　　天桥上有几个行乞者,他们上半天守在天桥的左边,下半天守在右边;因为阳光上午晒在右边,下午晒在左边。我说的是夏天。秋天和冬天他们追着太阳跑,用夸父的万分之一的速度左右移动。

　　行乞者都有一只碗——这是废话,他们当然需要一只碗——摆着,或者端着。他们在天桥上来回走动,或坐在某个角落,很少抬头看天,不管那里的太阳是高是低,与他们毫不相干。他们对阳光的喜恶也不明显,不喊冷也不喊热,虽然他们会追逐阳光,但也会避开阳光。天气实在太热了,他们就脱光上衣,露出经年不洗澡的疙疙瘩瘩的肌肤。

行乞者驻守的天桥旁边有个宽敞的空地,立着高大的围墙,缺口处和四周堆满垃圾,从前有客车在那里停顿,现在客车停在外面的路上,围墙里臭烘烘的。只要站在天桥上,就会时不时看到几个人立在光天化日下解手。小孩子的粪便就更不用说了,如果你是一个近视眼,建议不走围墙边的小路。但是行乞者毫不在乎那空地上飘来的臭味,他们守着这个天桥就像守着一块风水宝地。

有时天桥上会多出一个新来的行乞者。她是位学生打扮的年轻姑娘,背着背包,长头发,低着头,面前写着"求6元路费回家"。她隔一段时间就来,所求的路费2元起价,最高15元。她低着头,我看不到她的模样,但通过那黑亮的长头发,我想象她是一个清秀的姑娘。最初我没有将她列入行乞者的行业,我认为她可能真是需要帮助,那么给她6元回家,回家就好了。可是她回家几天又来了。

有人说,她比别的行乞者更高明,她抛开了一切行乞者所必需的条件,比如一只上了岁月的碗她也不需要准备。他们猜她的背包里一定有几根粉笔,那东西比碗可轻多了。而且粉笔写下的字可以擦去,不像碗,那样的碗一旦端在手里,就只能一直端在手里。粉笔写的字就像人们刺在身上的文身,为了某一时刻的需要将它刺在身上,等不需要的时候再

83

去洗掉就可以了。如果这个女孩擦去她写在天桥上的字,然后在别的什么地方与我相遇,那时她抬起脑袋,我一定认不出她。这样想来,她确实是一个很有远见的人。

我对端碗的行乞者更注意,虽然那位年轻姑娘的粉笔字写得比我好,我的目光还是转移了。

端碗的行乞者有时收入火爆,人们会很奇怪地在同一天大发善心,看见前面的人往碗里放钱,后面的人也跟着准备。直到那只碗满当当的,使那位行乞者看上去像一个暴发户,比谁都富有的样子了,人们才想起来收手。不过这种火爆的场面并不会使行乞者特别激动。

他们也有相当惨淡的时候,碗里只有一块钱引子,从早晨到晚上,没有讨着一毛钱。这个时候他们也非常懒散,靠在哪个栏杆边,仰头张着嘴睡觉。

秋天时,我将注意力锁定在一个中年行乞者身上,他和那位年轻姑娘一样懂得变通,他不会死守着天桥。他会端着碗一路晃着走到天桥对面去。那儿有一家银行和一家大型超市。我看见他上午守在超市门口,下午守在银行门口,晚上才回到天桥。天桥他是必须回的,这地方已经像他的家了。他守在银行门口的时候多。超市门口有保安会驱赶他。

银行门口比天桥确实热闹十倍,那儿有理发店和手机铺子,成天放着高分贝音乐,他坐在这地方也不容易打瞌睡。

那天秋凉,我看见他将衣服脱来拴在腰上,也许那段时间他得了什么病,身上全是疙瘩,就像山洞里的石疙瘩那样,由于皮肤黑黄,那疙瘩看着令人心里发麻。这样一种惨状却没有多少人给他钱,人们绕道而走,目光落在那些疙瘩上立刻就转开了。

这位满身疙瘩的行乞者后来一直满身疙瘩,似乎那些疙瘩会在衣服下使他难受,所以他干脆不穿衣裳。一年四季除了冬天身上裹一些乱七八糟的破布,春夏秋三季都光着身板蹲在天桥上。由于在银行门口和超市都讨不着钱,他只好回到天桥,在这个地方时不时有人弯腰朝那只破碗里扔几个硬币。

时间一长,行乞者身上的疙瘩越来越多,也越来越大,有的甚至细溜溜地悬挂着,风大一点还能将它们吹得像铃铛一样晃荡。有时我怀疑听到了他身上肉铃铛的响声,类似于纤夫们的号子在天桥上的风中回响。不过我不能确定,那段时间我神经衰弱,失眠多梦。

有一段时间我没有看见那位行乞者,我想他大概去看病了。自从他身上的疙瘩多起来之后,天桥上的人也不太愿意给他钱。可是没过多长时间,他又来了。这回他换了位子,不在天桥顶端乞讨,而是坐在天桥往下的台阶上,堵住了人们下桥的路。他坐北朝南,矮趴趴蹲在那儿,人们当然不能一脚将他踢到桥下，无论他多么碍眼也不能。人们走到他背后便抬脚去了另一边的台阶。

他身上沉甸甸的，面前的碗却空荡荡。

而一直本分行乞的另一位老人，他的碗就像一片庄稼地，庄稼不好不坏，也就是说，他作为行乞者的生活也不好不坏。他常年穿一件黑色外套，无论春夏秋冬，他都不会像那位满身疙瘩的同行一样将自己残酷地暴露在那儿。人们有时候可以接受天上的虚假云彩——因为虚假的云彩遮不住阳光，人们需要阳光，阳光是万物之灵——但不会接受像天桥对面那样恶臭的场地，那股臭气简直让人绝望。在我的猜想里，这位年老的行乞者非常了解人心，其实他可以去算命，等到某一天他的胡子足够长，皱纹足够多，那么就可以买一副黑框老花镜架在鼻梁上，在那儿也写上几个字，当然不是"求 6 元路费回家"，而是写上"神通广大"的字样。

但是他目前只能当行乞者。

手艺人

　　我每天要从天桥上经过,去那边的超市购买食物。天桥上坐着一个手艺人。他每天都在。

　　手艺人主要编织玫瑰花和昆虫之类,玫瑰花编得栩栩如生,昆虫编得活蹦乱跳。他面前的竹篮上插着已经编好的成品,正好是路人伸手可摘的高度。手艺人坐在这些玫瑰花和昆虫的后面,人们最先看到的总是他的编织品,第二眼才会看见他。有时甚至没有人看见他,人们只欣赏到那些玫瑰花和昆虫。路人看到这些活灵活现的东西总是大加赞赏,这些昆虫和玫瑰花给了他们好心情,然后他们面带微笑迈着轻快的步子离开了。

　　你一定认为手艺人的眼光是失望的,不,他毫无表情。他看着路人离去没有丝毫失望的样子。他只微微抬了一下手,把新编成的昆虫放到那些成品中去。

　　手艺人脚下摆着半成品和一捆编织用的半青半黄的叶

子。我称它们为叶子。这是他每天必须摆在那里的材料。我每次走到天桥的一端,老远就将目光锁在这手艺人身上,有时他手里正拿着一片叶子摆弄,有时坐在马扎上打瞌睡。他身材偏瘦,肤色黑,穿一件灰白的衣裳,由于经常坐在马扎上也就不知道他的身高。他生意极差。在我观察的那些日子,没见他卖出一朵玫瑰或一只昆虫。

在我看来他是个失败的生意人,虽然勤勤恳恳,但所干的一切好像与生意毫不相干。他摆在天桥上的不是生意,倒像是一片风景。他不会像其他生意人那样去留住每一个观看的人,并且大费唇舌将他的成果推销出去。他不会这么干。他坐在那里像一尊雕像,会编织的雕像而已。

那天风和日丽,手艺人戴着草帽。我被他的装扮吸引了。

"多少钱一只?"有人走过去,拿起一只昆虫问他。那人显得十分高兴,大概是因为这手艺人今天戴了草帽。

"十元。"手艺人掀开草帽回答。他只说了这两个字就不作声了。他在忙碌地编织另一只昆虫,那昆虫已经有了半个身子。

"不能便宜点吗?虽然很像,但毕竟是假的。"客人脸色有些阴沉,明显是对手艺人的态度不满意。

"不能便宜。"手艺人摇头,然后就不再理那客人。

我想到卡夫卡的那些"饥饿艺术家",我猜这位手艺人与那些饥饿表演者一定有着相同的爱好。并且他们都一样固执,饥饿表演者在被人猜测他可能吃了东西时,会十分无辜,要求延长表演时间来证明他滴水未进。那位客人在说这些昆虫和玫瑰花不是真东西的时候,这位手艺人与那些饥饿表演者一样投出一股委屈而又严肃的目光。不过他毕竟是在天桥上,他的身份也不是饥饿表演,所以他只是把那位客人晾在那里。

我有时也为他这种对待客人的态度着急。他来这里摆摊好像不是为了糊口,而是为了表演他的手艺。也许有一天他会编一只笼子将自己装起来。不过暂时他的摊子只有这些昆虫和玫瑰花,他的头上也只多了一顶帽子。

毕竟他不是真正的饥饿表演者,到了中午,他和天桥上所有的生意人一样,手中都端着一只塑料饭盒。他们的饭菜来自对面那条巷道两边的小摊子,那里有一群人常年卖着炒粉和廉价的砂锅米线之类。

他戴帽子的这一天吃的是炒菜,四季豆炒肉。我看得比较清楚。这是我这么久以来见到他伙食最好的一次。

我在他对面站着,偷偷望着他手中的盒饭。他将饭菜很快吃完,还用舌头舔了一下盒子。这个动作让他旁边的算命人笑了一下。我注意到,这个算命者的生意算不上太好但也不是太坏，像四季豆炒肉这样的盒饭他一星期可以吃两次。因为从天桥上路过的人也许没有心思买玫瑰花和昆虫，但他们愿意坐在算命者面前伸出左手或右手。

"自己编的吗？很好看。"等手艺人吃完饭，我走过去，很冒失地赞美他的帽子。

"瞎编的。"他擦一下嘴巴，捡起放在脚边的矿泉水喝了一口。那水用来浇花，也用来洗叶片上的泥巴。

"你可以编帽子。买帽子的人多。"

以广东的气候，卖帽子肯定比卖玫瑰花和昆虫强。

"我喜欢编它们。"手艺人指着昆虫和玫瑰花。也许他不习惯和陌生人说话，显得有些慌张，这一慌张就不由自主把帽子摘下来了。他秃顶。剩下的头发数量也很糟糕。

我在昆虫和玫瑰花面前站着，它们被风吹得想要飞走。也由于这风，昆虫和玫瑰花更加好看。手艺人始终没有问我想不想买它们，他对待我和对待所有人的态度一样，别人问一句他才答一句。这种态度有点像大自然对人类，你是这样看他，他是那样看你；也许你觉得他冷漠无情，但他却可以编织出这么多情的玫瑰和活生生的昆虫。

可是他一点生意也没有，他说他喜欢编织昆虫和玫瑰花，然后就一直在那儿守候和编织。我很想对他说，你编织什么呢？有什么意义呢？人们只看不买。人们会觉得在天桥上看与放在家中看没什么区别,反正天桥天天要走,这玫瑰花和昆虫也可以天天看到。在这样的天桥上,人们喜欢看昆虫和玫瑰花就和他们喜欢去哪个地方看免费的猴子表演一样,他们很稀罕,却不可能将猴子牵走。可是我没有机会说这样的话。手艺人根本不理我。他又摸着两片叶子在手中缠绕。

他的昆虫和玫瑰花没有被我们买走,好像被上帝买走了。

很长时间过去了,我以为手艺人最终会因为生意惨淡而搬走。可是没有。不过他的摊子有了一些变化,在那些昆虫和玫瑰花之间拴着一些小人儿,那些小人儿的手都可以摇晃出声音,他坐在昆虫和玫瑰花背后,像招魂一样摇着那些小人儿的手。

也许他根本不是什么手艺人,他是招魂者。

蓝帽子

我们要去长隆欢乐世界旅游。

这是雾气沉沉的早上,我和丈夫走在"官厅"旁边的巷道里。我们遇见一只老鼠和一只猫,那只猫我们喊它"黑眼睛"——我写了一篇关于"黑眼睛"的小说——那只耗子我们称它为金格先生。它们对立站在巷道两边,它们之间隔着雾。我和丈夫之间也隔着雾。现在这天气越来越坏,雾气把每个人都隔开了。我睁大眼睛,发现眼睫毛粘着雾水,把我的眼皮压得快要掉下去。但我的眼力还不算太坏,我看见他的胡子这一天刮得非常干净,搭配上我前几天给他购买的雅戈尔保暖衬衫,看着还蛮清爽的。这一天他一点也不像个工人,鼻梁上架着黑框眼镜,看上去书生味十足。

我来东莞三年,三年来我们一起吃饭,一起散步,唯一没有和他一起走这条他每天必走的上班之路。这条路他走了七年,每天一个来回。路上有个墓园,修得清静雅致,他每天要穿过这片墓园去上班。这条路不算长，可是每天走也不短。我气喘吁吁跟在他后面。

经过那片墓园时，我把目光锁在脚下，心里凉飕飕的。但我还是鼓起勇气看了一眼这片墓园，树林下摆满了罐子，一个挨着一个，这地方和我想象的样子相同，风景虽好但荒草萋萋。也许它本来就应该荒草萋萋。一个中年男子甩着胳膊在墓园的台阶上上下下锻炼身体。我猜他每天都来，因为他上下台阶的脚步娴熟，好像那儿的每一颗石子他都知道怎么避让。

我们离开了那片墓园，它在我们身后很远了。我扭头看了一眼，那中年男子还在墓园的台阶上跳来跳去，我收起心情，也投入到这次旅游的状态中去。

我们到了厂区门口。我第一次看见他上班的地方。门口已经站了不少他的同事。他们像过节一样高兴，有人手中端着一碗街边买的炒面，站在旅游大巴旁边吃得津津有味。灰尘就在这所厂房的旁边飞扬，那儿正在修路。往常我在夜市上看见他们都穿着蓝衣服，有些疲惫但又无限轻松的模样走在街上，或者坐在哪个烧烤摊喝啤酒。

"嫂子。"他们之中有人这样喊我。有人咧嘴笑一下，表示招呼。

我认识的那个四川老乡端着面条在一棵树下吃，他头也不抬,有点狼吞虎咽。他知道我在写东西,有一次他跟我说,要和我讲一讲他的往事,但希望我尽量给他写得帅气潇洒,因为他还打算找个人结婚。他前一段婚姻破裂了,家中有个留守儿童。三年来我在他的腾讯空间看见三条类似的"说说":明天儿子 6 岁生日,可惜我不在家,祝他生日快乐,儿子,爸爸这辈子对不住你。

他今天穿着休闲黑西装,吃完那碗炒面之后看上去风度翩翩,很有几分潇洒之相。他好像没有看见我。我坐在旅游大巴上,隔着一道雾蒙蒙的窗玻璃。

我在车上等着我丈夫的同事们,他们还在不断赶来的路上。这是一个比较集中的工业区,不断有人来上班。与我丈夫上班的厂子挨着就是另一家厂,差不多全是女工,她们下穿不太合身的灰白裤子,上穿蓝色工作服,等她们把自行车停好以后,就从塑料袋拿出蓝色的帽子往头上戴去。这时候她们看上去身材肥大,面无表情。她们经过那道厂门,稍稍停一下脚步,不用抬头地将手中的上班卡照到那个机器前。

"都到齐了吗?"有人上车点名。

车子开动了。

途中,导游给每个人发了一瓶矿泉水和一顶蓝帽子。这帽子和刚才那些上班的女工戴的帽子差不多,无非是前面印了这家旅游公司的名字。

他们之中大多人把帽子戴了起来，我顺着过道望过去，全是帽子，虽然不是很壮观，但这么多帽子看上去也很惹眼，那帽子下的每一张脸都笑眯眯的。他们有些人在高声说话，有些在听导游从那支破响的喇叭里发出的声音。

我睡着了一会子。等我醒来已经到了景点。太阳已经出来，雾气没有之前那么浓。所有人都下了车，蓝帽子走到广场上，手中都拿着免费矿泉水。

他们在景点门前拉开一条公司准备的横幅，前面是公司名字，后面是某景区一日游。所有的蓝帽子都站到那横幅后面去了，他们抬头挺胸，阳光照亮了帽子也照亮了帽子下面的笑脸。

这是个近期大力宣传的景点，里面花花草草，桌子椅子，踩高跷，十环过山车，剧场等等，专等着这些蓝帽子前来享受。

一进景区，帽子们就走散了。不过是三五成群地走散。我和丈夫时不时看见几个帽子，那帽子已经不戴在头上了，全部挂在他们随身带来的背包带子上。一个包上挂好几个人的帽子。这些不戴帽子的人因为不穿厂服的缘故，精神抖擞，声音响亮。我不认识他们，但我只要见到别在他们身上的蓝帽子就知道他们来自哪里。那些帽子是他们的标志。就像我的肤色是我来自大山的标志。我看见一两个蓝帽子就赶紧跟丈夫说，看，你的亲戚。

蓝帽子们只用了一个上午就把这个景区设计的游戏玩得差不多了。我跟着他们到了十环过山车脚下，看见他们把帽子压进裤兜或托给别人，然后坐上那架过山车，在空中大喊。他们大喊的声音从空中轨道掉进我的耳朵，有些人声音苍老，像在夜市上匆忙喝下去的啤酒的咕嘟声，有些人声音还算年轻，但音色断断续续，像常年熬夜加班时发出的疲惫叹息。

我想听一听我丈夫在过山车上发出的大喊，他虽然之前在诗歌中大喊过，但那些声音的力度穿透了纸张却没有被更多人听到，他是内敛又信心不足的人，他的诗歌的喊声只让自己一个人听。这就像我当年在山间放羊，我大概想让山外的人听到我的声音，所以趁有风的时候就会站在那些悬崖上大喊，可是听到我声音的从来就只有羊群，而且我在面对陌生人的时候，又不想喊给他听了。我丈夫大概也不想喊了。这十多年他终日上班，想在诗歌中呼喊的时间和精力也没有了。我想今天他是游客，这个日子是专门让他来大喊的，于是我怂恿他去坐过山车，像这个城市众多的青年那样用最疯狂的速度把声音从胸腔里喊出来。那些轨道上发出来的声音的故事，是可以让轨道下面倾听的人有所感触的。至少我会有感触。我是一个晕车的人，我害怕过山车的速度，所以我没有这个机会到高空去大喊。我想他可以替我实现这个愿望。可是他没有坐到过山车上,他在那里傻乎乎排了一会子队,快到他时竟然拎着那顶蓝帽子回来了。

"为什么不坐呢?"我问他。

"算啦。"他仰头望着空中轨道。

后来他去坐了摩托过山车。这也是我怂恿的结果。我站在那轨道旁边的地方认真听他的声音,可什么也没有听见。我无法在众多的声音里辨别他的声音,就像他们一旦戴上蓝帽子,所有人的面孔就都是一个样子。

很快他从另一个出口下来了。走路有点眩晕的样子,但情绪高涨,脸上还挂着摩托过山车上留下来的紧张感。

"太快了!比十环过山车还快!"他声音比之前高两倍。

"你喊了吗?"

"喊啦!这么快的速度,不喊出来心里会难受。"

这么快的速度⋯⋯我联想到青春的速度,十多年如过山车一样的速度。他回忆给我的他年少时候的样子,那时不像现在胡子拉碴,那时一天上十二小时夜班真不算什么事情。

我们找了一张石桌子坐下,在那里说了很久关于摩托过山车的速度和那途中的呼喊。

午饭时间,所有的蓝帽子又聚集在一起了。他们拿着旅游公司提供的免费餐券去打饭。饭盒里有几片莲花白,一块

97

鸡肉,一根火腿肠和几块油煎土豆。他们一致夸赞那盒饭的味道比食堂厨师的手艺好。

到下午四点半,这场旅行就到了尾声。所有的蓝帽子都走出了这道景区大门,我也跟着走了出来。我看见他们之中有些人还很怀念,不停地回头看那景区里面正开着的鲜花。我突然觉得,那些鲜花就像他们的青春年华,在那高大的门墙内茂盛地开着,可是他们必须离开,谁也不是这鲜花永远的主人。

我们回来时天已黑尽。旅游公司分给我的帽子被我忘在车上,只有丈夫还戴着他那顶帽子回到房间。他将它与工作服放在一起。

马前卒

他站在袁崇焕塑像前沉思了一会子,然后走上去牵着马笼套说,我愿做他的马前卒。

这马前卒是我的丈夫。我后悔来此之前给他打扮一新,买了改良白西装,商业牛仔裤,198元吉利牌皮鞋;胡子刮得干干净净,牙缝里连一粒食物渣滓都找不见。所以这个马前卒现在看起来笑容干净,还很时尚。

早就想来这里牵马,终于牵上了。他又说。

我听完他的话更后悔给他装扮了。马前卒应该是这样的:头发有些乱,有些长,眼睛有神,耳力不弱,胳膊有几条疤痕但是很粗壮,指甲里有黑色的像煤灰那样的东西(常年喂马应该这样,或许当马前卒之前还干过类似于挖煤这样的工作),双脚有力,脚穿……草鞋?……或者光脚;他腰间要随时备一把大刀,然后要有不凡的武功。衣服可以破旧。

但他现在不是这个样子。

其实他内心就是马前卒的样子。是我自作主张将一个王牌马前卒改扮成了蹩脚的时尚男人。所以这身行头在当时就不太讨他喜欢。

你说我怎么可以看到他的内心——马前卒的内心？我为什么不可以？

他是一个马前卒。他是一个写诗歌的马前卒。他写了很多关于飞鸟、诗人之死、大海、高山、平原，还有彝人吉狄阿拉，等等这样的诗歌。但他没有写袁崇焕。他早晚会写的。并且我相信他的诗歌不会起句就来几声"呜呼壮哉悲哉"——干巴巴的吼叫。不过他倒是提醒我应该在这样一个早晨温和地喊一声"早安石碣"。而且就在这战马前喊，目光要像袁崇焕的目光，方向要向袁崇焕看的方向，血液的味道要像这早晨的湖水，心中要装着刚刚从枝叶间落下的阳光。

他此刻立在马前，个头刚好是马前卒的个头，提醒我看的阳光正好从枝叶间扫下来，先从马背上的袁崇焕身上往下落，滑过马背，最后落到他身上。这时候他看上去又像个书生了。好像马背上的袁崇焕也做回了书生，他走下战马，然后领着他的书童——在袁崇焕面前他不是马前卒就是书童——走进他的书房，然后他们磨墨，写诗，留下这石碑上的字。

阳光从马前卒身上断开了一下,是一只黑色的鸟从枝叶间划过去,将这阳光划断了。或许不是鸟。是一大片来得不合时宜的乌云。

你要牵多久?我指着这匹战马,问袁崇焕的马前卒。

愿意终生做他的马前卒,终生牵着它。他像写诗歌一样回答我。他扬起脸,一张树叶正好打在他的脸上。这画面真古老。

这时候阳光又落回他的身上,那只黑色的鸟飞远了。他没有放开手,面对着袁崇焕,眼睛不高不低望着他的主人。我想他要终生牵着这匹战马,驮着他的主人,以倒退着的姿势走路。我立在一棵落着叶子的树下,感觉自己是一只黑鸟,或者一片乌云。我是应该走开呢,还是继续留下来当另一个马前卒,我拿不定主意。

这时候吹起一阵微风,菊花和月季花混杂着的味道从秋风里飘来。我干脆坐下来等待马前卒从他们的战场归来。

我坐到一张圆桌前,看到袁崇焕落在石头上的诗句。我再想一想他的马前卒落在我家里的诗句。觉得有些伤感。我当然知道这马前卒牵着的只是一匹石像马,可他那么认真,眼神那么肯定,好像他真相信这战马夜行千里,他与主人再走八百里就可以迎来黎明。

走吧。我站起来喊他。这时候确实是黎明,比黎明更高几尺的阳光爬在树梢,非常光亮地照在湖水上。

我将他喊醒了。他扭头冲我笑笑。

我们经过一道红色大门,穿过那竹林小道看见一座有些破旧的亭子。那像是在战火中烧毁的房子。他扶住那半面发黑的墙壁沉默了很久。

这回我没有喊他。我半靠在另一边的老墙上想一些事情。我想刚才的战马,然后是这眼前的马前卒。

对了,我得告诉你,这马前卒以前具体是干什么的。说来他的人生也像一个战场。他确实是挖煤的。十五岁,长得正好是牵马的年纪,手指甲和几个关节上有黑色的煤灰,右边脸上也有一颗煤灰(像眼泪痣),它们已经长进肉里。你看看,他生来就是马前卒的命。但他此刻很自由,他可以选择自己成为谁的马前卒。他从前可没有这样的自由。他要推着那煤车在狗洞一样窄的弯道里跑出蝙蝠的速度,这样一天可以挣多一点钱。他当时的心里只有钱,因为他母亲卧病在床。可是最后他被埋在煤堆里十小时。十小时没有阳光,他说,阳光是黑色的。他们之中死了一个。他爬出那狗洞一样的煤道时说,我命真大。之后他来到南方。离开了那黑色的阳光。

现在他立在南方的石碣小镇,给袁崇焕将军牵了一个世纪的马,阳光温和,秋风不冷。

我们走到湖边,像两个马前卒从黎明走到更深的黎明。湖水倒映着南方的杨柳。这杨柳还是绿的,它们只在冬天沉睡。它们在这座城市总是比在其他城市睡得晚。现在这柳枝在水里挑着几片白云,走出许多波纹。

　　湖边开着龙船花,这是我到这里很久才认识的花。可能它并不叫这个名字。我一向没有好记性。龙船花里含着几滴露水,我将那露水赶下来放进嘴里。

　　我们可以回家了吗?我问着身边的马前卒。

　　他向我转身,这姿势就像打马的中年,有些迟钝但不算十分难看,向我做了一个请的手势。我们往回走,路过战马,路过炮台,路过破旧的亭子,路过披着诗歌的石头,路过袁崇焕目光远看的方向,我们从那里往家的方向赶。当我们走出大门,回头看了一下,袁崇焕高高立在台阶上,他的脚下菊花飞黄,月季飞红,阳光没有任何阻碍地落在他身上。

母　亲

草垛前的母亲显得非常矮小,其实她个子并不低。

但是她现在真的变矮了,因为站在草垛前的场景已过了二十几年。我如今看上去比她还稍微高一些,我只有一米五五,她有一米六二。岁月拿走了我母亲的青春,包括她的身高。

我作为母亲的女儿——其实我真正作为她的女儿只在十六岁之前,那时我是她身边的女儿,如今我是她心中的女儿——"她心中的女儿"这不是诗歌的句子,但这是诗歌中的距离,这是我的罪过。因为我很早便离开了我的母亲。我的理由很简单,嗯,梦想,多漂亮的借口。

我离开家乡的时候看见了她的眼泪,她亲自送我上车,可怜巴巴地站在我身后。我发现我是有罪的。这样说不免有些矫情,但事实如此。我让母亲思念自己的女儿,这就是被思念的女儿造下的罪。可是,当我将这一罪过归咎于上帝的不公,发现上帝也有他的道理,他让一个母亲和一个女儿因为距离而真正成为母女。

我在外面闯荡了十几年。从一个少女到如今的主妇,也许"煮妇"比较贴切,我什么成绩也没有。只是变了一种身份:"她心中的女儿"。这证明什么呢?证明我与母亲隔着一段距离。

她已经习惯了我不在她身边的日子。这是我根据她后来送我时不那么伤心掉泪推测出来的。不过我知道她心里并不那么坚强。当然她必须在我面前装出一副铁石心肠的样子。有时我也把她当成一个不相干的陌生人。然后我对这个陌生人加以想象,我想象她思念女儿的样子,闭上眼睛,躺在床上,想起女儿的童年:女儿的哭声,笑声,可爱,淘气,揍女儿时的怨恨和她们之间出现的矛盾,这些都会在她的脑际回放;然后她睁开眼睛,嘴角有一丝笑容,在这笑容消失之前,她抓起刚好会操作的老式手机打个电话,然后说出她的想念和牵挂。这样,母女之情就建立在这距离之上了。事实是我想象的没有错,她告诉我,她就是这样想念我的。

有人说,母亲和女儿有说不完的话,因为她们有血缘关系。我想这是某一类女儿和某一类母亲才有的感情。而我不是这样好相处的女儿。现实中我是个寡言的人。尤其在我二十几岁之前,我不爱和母亲谈心,当然我是爱她的,但我不愿意表达。甚至我看见胞妹在母亲面前大献殷勤的样子就觉得胞妹多么虚伪和恶心。我认为孝顺从来不需要这样大献殷勤和甜言蜜语。我觉得那是虚情假意，那是表现过度。我对母亲的爱是另外一种方式，比如母亲某一天出门遇见一个仇人，那人眼神毒辣地望着她，我就会突然跳出来护在她面前指着那人鼻子说，老子要和你拼命。

我就是这样向她表示我的孝顺。我平时并不表达这种和人拼命的爱，也不屑于表达那零碎的爱。可我是错的。零碎的爱最是母亲喜爱的，也是上帝喜爱的。

我在一个有雨的晚上和丈夫谈心，我有些兴奋地、粗鲁地向他大喊，我他妈是一只荒原狼。当时我正在看《荒原狼》。

《荒原狼》是一面镜子。我渴望住到乡下去，又突然想到山中生活的清苦和寂寞，想到我母亲劳碌的一生，想到那山路陡险，想到更多，我又觉得这城市的嘈杂是可以忍受的。宁愿忍受。

可我现在从荒原狼的棋局中挣脱出来了，这也许只是暂时的现象。我又渴望住到乡下去，与母亲待上一段时间。虽然这种决定会让我的丈夫增加经济负担，他好容易攒到的一点钱又被我耗光了。可没有办法，我就是想要回去和母亲待在一起，哪怕短暂的几天也行。我也确实做到了。我带母亲去了一趟凉山境内的木里藏族自治县。那是我最早跟她许下的承诺:我们一起去旅行。可是她没有看到美丽的格桑花。也许她看到了。

与母亲相处的那几天,我发现自己没有过多的话,早年与她相处的寡言的性格又出现了。整个晚上只有她在和我说话。她说到一些事情——早已说过很多遍的事情——重复来重复去。她的记忆力下降,先前说的事情接着再说上几遍。然后无聊地算一算我今年具体多少岁,再感叹她今年的生日没有一个女儿陪在身边。到了后半夜,我一觉醒来发现她还没有睡着,睁着眼睛躺在床头抽烟,这时候我才想起她已经学会了抽烟——其实已经抽烟十年左右——她说起她的儿子,我那个唯一的弟弟,一点也不让人省心。我半睡半醒地听着,想说点什么但是没有说。那一刻我感到自己与母亲有一种莫名其妙的陌生感。比如,她什么时候开始抽烟的,十年间她一个人在坡地干活、那早年喜爱的山歌唱还是不唱,这些事情我丝毫也不知道了。那种我所认为的在距离中建立的深厚的母女之情在这一刻显得有些薄弱。我并不完全知道母亲生活的样子,这十几年来,我们各自生活,我想到的总是年轻的母亲,而眼前看到的却是已经老迈的记忆力减退的母亲。她说到的总是从前的我,看到的却是这样一个我。当然她了解我的性格,她知道我不爱说话。但她努力想让我和她说话,至少那天晚上,我们住在站前旅馆,她是很想和我聊个通宵的。

可我当时想,说什么呢?流水账一样的光阴,流水账中的人和事物、幸与不幸,说与不说有什么关系?

"她心中的女儿。"我自己也习惯了这样的身份。我想,作为她心中的女儿,应该让她知道我是幸福快乐的,那些旅途中的波折和曾经绊倒我的石子,没有必要跟她提。

我什么也没有多说。倒是后来我们喝了不少苦荞茶。那种清澈的苦味在那一刻确实让我很开心。我想到她给我烙的苦荞饼。

第二天早上我倒是主动找了一些话题和母亲聊天。我们说起很多往事,坐在站前旅馆三楼的窗前,就像一对失散的母女在一起找从前的记忆。她从我的婴儿时期开始回忆,我从有记忆以来开始回忆,一直回忆到我十六岁。然后我们沉默了一会儿。十六岁,那是一个坎,我们就是在那个坎上分散的。我们的母女之情在那个时段之后出现了空白。或者说,在那个时期,这世上诞生了一个不会写诗歌的母亲和一个不会写诗歌的女儿,我们从那一天开始成了诗人。我们用诗人的想象生活在一起。

可我们毕竟不是诗人。我们是这世上平凡的母女。我们之间的母女之情有十几年"不在一起"。虽然这之中我们偶尔相见,三天五天,或者十天八天,可这些日子有什么作用呢? 它只是让我一年一年发现母亲在衰老,而我越来越像个外乡人。短暂的相聚之后,我又会像客人一样从村子里消失。

现在我更是一个客人。

可我不愿意是一个客人。

事实上我就是一个客人。我回家,邻居会用他们接待客人的目光接待我,狗会用它们接待客人的吠叫接待我,父母会用接待客人的茶饭接待我。我知道这是父母的爱,他们等了一年或者几年之久才搬上桌子给女儿的饭菜。我得吃下这些饭菜,只有吃下这些饭菜才能在饭菜中找到父母的爱,才能将自己从一个客人的身份吃回女儿的身份。

"妈妈,你做的饭菜和以前一样好吃。"这大概是我对母亲说过的最动听的话。

可是那次木里之行,我所有的感情只是内心的活动。我对她的爱,对她的思念,后来写成了一篇散文。

有时我讨厌写作的人。尤其像我这样的人,现实中什么话也说不出,到散文里却说不完了。这很像是一种虚情假意。我可能让我的读者感动了,但我的母亲并没有听到。

我母亲是怎样一个人呢,我时常用这样的句子形容她:瘦,皮肤黄,背微驼,是一味何首乌或者魔芋。因为她每年都在山中忙碌,懂得何首乌和魔芋在怎样的土地上长得最好。她懂得何首乌和魔芋的习性,却不懂她的女儿。这不是她的错。我这样的女儿不是何首乌也不是魔芋,那两样东西长年生长于山中,它们的气味常年伴着她。她从来没有离开大山。何首乌和魔芋也从来不会离开她。它们是没有双脚的植物,它们长在那里,就一直长在那里。

丈夫说,你可以写一篇关于何首乌和魔芋的散文。当我写下这篇散文时,发现写的既不是何首乌也不是魔芋,而是我和我的母亲。

其实我更愿意是何首乌或者魔芋,长在那里,就一直长在那里。而现在这种"长在那里",是诗歌式的意象。

空壳子

我曾经有一个很好的朋友,文弱,但最后没有成为书生。她住在老高山顶,比我出生的地方高两倍。那也是我目前到过的最高的山峰。

那年我们都比较小。十岁的样子。同在一所彝汉混读的小学读书。我是非常自闭的孩子。她也是。就像某种小小的爬行动物那样可以嗅到对方怯懦的气息,这种敏锐的只有自闭者之间才会产生的先知嗅觉,为我们的情谊创造了条件。因此我们成为好朋友。

她是个典型的放牛孩子。皮肤粗糙,耳朵上挂着沉沉的假银圈子,圈子上套了几颗廉价玛瑙石。她通晓牛语。据她说。

她对上学一定感到某种恐惧,从她的眼神可以看出。这所学校里的男生大概从他们父辈那里学到了打女人的习惯。我是说,在那个年代,我们的父亲打母亲是一件再正常不过的事情。哪怕那些女人拥有世界上任劳任怨的高尚品格，他们也会发发酒疯。酒是山区除了雄鹰之外更高贵更吸引人的东西。男人们大多时候都在为酒癫狂。酒像是长了翅膀的男人们的魂。我们就读的小学里，有一大半的男生具备了他们父亲的品质，打女生，或者狠狠地嘲笑她们。像我和这位文弱的朋友，理所当然要成为牺牲品。

但是我们也同样具备了自闭者才有的逆来顺受的深厚沉默。这大概又是从我们母亲那里遗传来的优良品性。我们总会宽容这些癫狂之人，以便让他们长大之后见到我们，羞愧地为当初所为致歉。如果他们会羞愧的话。即便大部分人无动于衷，至少有那么一两个人会于心不忍。我在成年后的某一天，我自己都忘记那个男生有没有打过我，但是他在那样一个小雨清清的早上，跟我说了一句对不起。男生跟女生说对不起，这是奇迹。

也许我和这位朋友是空壳子。是某种盛酒那样的器皿。我们不具备争辩和还手之力，却有一种足够的空荡荡可以装下这些辱骂之声。这在当时来说可能是最好的反击。它使我们在遭受殴打和辱骂之后能平静地过上一段日子。因为打人者需要一段小小的时间来修复他们的良心。我坚信每个人的良心都是脆弱的。

最糟糕的不是忍受打骂。而是我们自己。自闭者的怯懦之心。我们对自己身外的任何东西都充满恐惧:陌生人,爬虫,石头,怪模怪样的树影。

我们只愿意接受同类。所谓同类,当然就是像我和这位文弱朋友,有着相似的心境和恐惧。

大多时候我们坐在旗杆下研究天象,这是只有毕摩才会关心的事情。因为我们除此之外再没什么可说。确切地说,我们不愿意说别的事情。

而别的事情总是困扰着我们。比如上个星期,我们的父母为了凑学费,卖掉了他们心爱的老山羊。或者,咋天那个满脸横肉的炊事员给我们打的饭菜少得太多,酸汤里居然还有茅厕里的蛆虫。所有这些都算什么意思? 我们简直考虑不完。

空壳子愿意干的事情大概就是永远那么空下去。如果能像天空那么空,像我们研究的那些星辰那般变化无穷但永远感觉不到拥堵和烦闷,那么做一个空壳子再幸运不过。

可是我们总也逃不掉那些卖掉的老山羊,或者说,我们的父母再也没有老山羊可卖。他们的苦脸像灰山石那样在我们的脑海回放。"也许接下来他们要开始卖我们了。"我们坐在旗杆下这样想的时候,简直太害怕了。所以有一段时间,我和这位朋友在旗杆下低声哭泣。为我们所恐惧的一切掉眼泪。

"也许接下来他们要开始卖我们了。"这是不存在的。但也存在。只不过卖我们的是我们自己。

我这位文弱的朋友很快从这所混读学校里撤走了。像败军那样撤走。她连小学也没有圆满毕业。

然后,我一个人坐在旗杆下研究天象。她送给我一条淡粉色围巾。是彝族女孩围在肩上也可以用来包头发的围巾。我至今认为那是世上最漂亮的围巾。为了回报她,我还送了她一条同样廉价但比她那条好看的假玛瑙石项链。

没过两年,听说她要嫁人了。那时我在上初一,脖子上围着她送我的淡粉色围巾。我在星期六回家的路上——小镇街边——听三个与她同村的女人谈起这件喜事。她们眉开眼笑,说妹妹比姐姐嫁得好,聘金多一万呢。

正在她们说"多一万呢"的时候,一阵风扫了过来,将我脖子上那条淡粉色围巾刮掉了。它被风吹到离我二十米远的地方,在地上打旋。我立在原地像生了根。恐惧,又是那种对一切感到恐惧的心情击垮了我。周围那么多的人,他们讨论着各种各样的事情,包括我朋友过些时候就要大婚,等等。我感到害怕。那条围巾还在那里打旋,原本只要我肯走过去,就可以将它重新握在手里。可是我不知为什么站着不动。

"好漂亮的围巾!"

一个长得比我和那位文弱朋友更强壮的女人走到围巾面前。她拾起它,快快地将它披在自己身上。她根本配不上那条淡粉色围巾。她太壮了,性子也过于蛮横,使她看上去不像是拥有那条围巾,而是霸占了它。那种强盗似的霸占。但她又确实像模像样地披着围巾走了。正大光明地在我眼前,消失了。

　　空壳子理论在那个时候就在我的脑海里又根深蒂固地起了作用。我认为,对于像我们(指我的朋友)这样的人,研究毕摩才会关心的天象可能比拥有一条淡粉色围巾更有意义。

　　但事实是,我那位文弱的朋友再也不能和我一起研究天象。她遵从了母亲们遗传给我们的优良品性。她大婚之后的某一天——那时候我也辍学在家,并且也不再研究天象,而是改翻扑克牌算命——我们在小镇上相遇了。她没有戴那条廉价的假玛瑙石项链,她可能早已不戴了,而我也不敢说那条围巾的去向。我二人非常礼貌地打招呼,然后,实在无话可说。我们互道珍重。

　　就是这样,她当初从混读学校败走。然后我们一起在小镇上败走。但我始终相信空壳子人之间具备了某种特殊感应。就连小镇上的败走也配合得天衣无缝。

流浪的彝人

　　我的朋友纠结了一阵子,终于决定要带着他的新婚妻子出来打工,要离开他缺水严重的高山上的家。但这个蠢蛋没有在第一时间告诉我要来的消息。他迷路走错了方向,在电话里,他简直像一头驴子跟我怪叫——搞什么名堂的?这里往左是个什么鸟地方?

　　我知道是个什么鸟地方!都没有告诉我站在哪块地盘就开始胡乱咆哮。

　　他总算领着妻子来到我所在的街道。他们来的那天早上下了一阵微雨,这在六月天实在难得。街面飘着梧桐叶,一些青草的香气被雨水刷出来了。

　　我的朋友叫子嘎。

　　当我下楼往二百米外的一个公交站台去接子嘎时,第一眼看到的是他妻子的背影。我并不认识他的妻子。我之所以确定,是因为在浙江这样的地方,在这个小区街道的路口,在一棵老得看起来就要死掉的梧桐树下,五十年也不会有个六月间穿了很厚的彝族滚花衣服的女子坐在这里。

她是从另一个山区嫁到子嘎所在的山区。也就是我的出生地。这些年我很少回去,山上的熟人都变得陌生了。女人们看见我说,你比以前白了点,男人们看见我说,你比以前高了些(我十六岁出门,那时候一定很矮),仅仅如此,不会再有别的新鲜的招呼。

我没有希望她转身给我个彝族姐妹的握手——双手伸过来,拥抱式的动作。

我看见子嘎了。他黑色的脸,开裂的手,洗旧的衣裳,让我想到山上的羊群和马——奇怪的想法。他曾经与羊群为伴,现在像个走失的落魄山羊。他半靠着树站在我面前,像一片寸草不生的坡地站在我面前。

曾经骑在马上的黑脸少年,领着自己的妻子流浪来了。如果他选择一直流浪,忘记了山上的荞子地,忘记了哪个时候雨水要来,要埋下洋芋种子;忘记了什么时候风雪大,要把牛羊过冬的干草准备齐……当这一切他都忘记了,他早晚会和我一样,成为一只流浪的山羊。

可是,不流浪怎么办呢? 守着那靠天吃饭的坡地,让他将来的孩子也和他一样早早辍学吗?

"吃饭了吗?"他窘迫的样子,憋了半天居然用这么一句

117

老土的话和我打招呼。

"你来这里放羊,这里水草不咋好哟。"我望着他笑,很轻松的样子和他开玩笑。

子噶牵起他妻子的手:"我婆娘,依妞。"他的牙齿真白。

依妞抿一抿嘴,不知道自己该不该笑,最后还是不笑了。她点一下头,用彝话说,麻烦你了。

我领他们回到租住的房子,不大的单间,套了一个小厨房。因为有个小厨房,聪明的房东居然要按套间的价格租给我。他当然没有得逞。

子噶刚来,临时没办法租到房子。我只能暂时将他和厨房的用具摆在一起。地铺倒没什么要紧,单是那墙壁上明晃晃的菜刀,只要掉下来就会切掉脚指头。我指着那菜刀跟子噶说,晚上睡觉取下来,不然第二天要吃炖猪脚了。

子噶的妻子和我睡一张床。不宽的床,又是夏天,再摆个人上去真是难过。新摆上去的人去洗了澡,我找的睡衣她也没好意思穿,在洗澡间窸窸窣窣居然又穿了她的厚衣服出来了。晚上,关了灯,透过玻璃窗看见边上的影子在擦汗。洗得清清爽爽的,然后裹了厚衣服出来发汗。我可是最清楚那滚花厚衣裳的热度。它的领子,把脖子稳稳圈起来,就像一片领地一样连风也进不去。袖子就更不用说了,里面的底衫袖子加外面的绣花短褂的袖子,两个袖子一长一短叠在手

118

臂上,卷筒似的装到手腕处。

我整夜都在想怎么跟依妞说,我在肚子里想好了一系列的句子:

你脱了睡吧。六月天呀,这里白天晚上一样热。

我是女的。女的你怕什么?

你不要总是擦汗呀,这样下去你的手就馊啦。

……

在心里嘀咕了一晚上,以上的话一句也没有说出来。后来睡着了。第二天醒来看见,依妞已经起来了,规规矩矩坐在一把小凳上发呆。

她的样子让我感到一阵惭愧,昨夜心想的话一句也没有说,可是总感觉欺负了她。

我拉开窗帘,放一点早晨的阳光进来。

正准备去厕所,依妞将我拦住了,很不好意思地堵住厕所门说,等一下,好不?

子嘎也起床了,从厨房里抱着席子出来。才一晚上的时间,蚊子欺生,把他的脸咬出许多红点点。

"你来。"依妞看见子嘎放下席子,赶紧拽了他的袖子跑进厕所。

"你这!……"子嘎一下收住声音。厕所门关上了。接下来就是水声,断断续续的水声,用手在接水往什么地方洒的声音。

"依萝,你有没有接水的盆子?"子嘎从门缝里伸出脑袋。

"拿盆子做什么?"我也刨根问底的样子。

"那个……不要盆子接水冲吗?……箱子里装着的……"他很懊恼的样子摇头道,"还是老家的方便,三尖八角搭起来,从来不要水冲。"

我明白了依妞这一上午发呆是为了什么。

"那个箱子的一边有个把手,你往下按住,水就出来啦。"

子嘎和依妞从厕所出来,灰溜溜的样子。我也想起当年初下山时的模样,什么也不懂,闹了许多笑话。

接下来的两天,依妞和子嘎去找房子。那些人根本听不懂他的彝腔普通话。比如说,"你吃饭了吗?"子嘎说的是,"饭吃了没有你。""你这个房子多少钱一个月?好像有点贵啊。"子嘎说成,"房子好多钱啊,阿巴巴,价格资巴巴的贵莫这个。"

这样的普通话怎么找得到房子。

"哦哟哟,我一说话,那些人都问我说的哪国话。我说话听不懂吗?好歹我也是小学毕业的呀。"他回来跟我抱怨。

"先不找房子了。先找工作。在这里再挤几天可不可以?"子噶商量似的语气。

"可以,当然可以。我只怕你家依妞热出毛病来。"我本想这样跟他说。但我点了一下头。

我请了几天假,专门陪他们找工作。我实在不知道,依妞一字不识进什么厂合适。

子噶倒显得勇敢和自信,他说,"依妞适合给人家带娃儿。女人天生就是保姆嘛。我们那里的一些女人,出来打工都说给人家当保姆。"我被这句话呛了一下,看看依妞的样子,实在不是低估她,我真担心这个年轻的保姆会把人家的孩子带成热气球。

那几天都没有找到合适的工作。电话倒一个一个留给人家了。

没有工作的日子,子噶的懒劲也上来了。他的妻子虽然勤快,但面对陌生的一切东西,她也摸不着头脑,什么忙也帮不上。

子噶不知道从哪个旧货摊子买了个破手机回来,很高兴的样子。他说这是他第一次买手机。他从口袋里掏出电话本子,把许多有手机的人联系上了,起先是打电话,后来发信息,再后来心疼钱,就只把对方的号码拨通,响一声立马挂断,然后美滋滋等着人家给他回电话。

子噶每晚睡在厨房，半夜还能听见手机键盘的响声。依妞睡在我的旁边，她没什么心事的样子。

有一晚月色很好，我拉开窗户看月亮。依妞也盘腿坐起来，呆呆地望着天上。因为有月亮，这一晚她显得心事重重。

她后来打开一个包袱，拿出一件单衣裳和一条银饰衣领。银饰的衣领在月光下闪闪发亮。那是她的嫁妆。那件单衣裳是和子噶结婚时买的。她平静地告诉我，她不舍得穿上它们。

依妞的话很少，即使有月亮走在窗外，也没有激起她说更多的话。

我望着依妞的样子想着许多心事。我感觉她像一株高山上的苦荞花，在这个微风的夏夜，在异乡借住的房子里，心里肯定装着许多心事。不然为什么很忧伤的样子？我分明从她的眼色里看到一些避不开又说不出的无奈。

子噶肯定没有走进依妞的心里去看一看。或许男人都没有耐心走进女人的内心。他们只会说，女人心，海底针。

这样的夜晚适合跳舞，跳彝族人才跳的舞：在月光下，燃着火把。

如果这时候有巫师，他一定会告诉我月亮上此时站着什么人，或者月亮上也有苦荞，有山有水，有栅栏，有牛羊和草原，有放牧的老阿妈和骑马的少年。就像我的一个叔叔，他说自己会巫术,能使下山的太阳在天边多站半小时。他能使月亮离我们再近一些吗?

可是这里没有巫师。这里是浙江。这里只有我、依妞和子噶——三个彝族人的异乡。

他们现在还没有工作,我在想,他们不能一直没有工作。

子噶的手机键盘照样在厨房咔嗒咔嗒响。这么静的晚上,不知道他在跟谁说心事。依妞看一会子月亮,倒下就睡着了。心事来得快去得快的人总会拥有很好的睡眠。

我忽然想起子噶的家:三间土房子,一个木栅栏,一个菜园子,一个石块围起来的猪圈。粪水淌满院子。

实际上,我想到的子噶的家是所有山上住着的彝族人的家。我想到的是一个整体的画面。

"你睡着了吗?"我问着依妞。很想与她说点什么。

依妞不响。

夜很深了我才有些睡意。子噶在厨房里早就响起了鼾声。

子噶像勇士一样走进那家厂,门口的保安望着他的背影偷笑。我很不好意思地别过脸去,不去看他的大风衣。我也不能跟保安解释,山上住着的人,不太讲究穿着,并且,按照山里人的生存经验,太阳越大越要穿外套,不然皮肤会晒脱皮。

依妞始终没有找到合适的工作，因为没有文化，许多厂不愿招她。

我在自己租住的楼里又帮他们问到一间房子，一百五的房租，房间不小，可是没有床。依妞说没有床可以睡地铺，租下来了。付房租的时候，我看见她取下头帕，从头帕里抽出一扎散钱，仔细数了再数才交给房东。房东睁大眼睛望着我，想说点什么没有说，我也望着他，懒得问他想说什么。

依妞从我这里拿去了一张席子，两个碗，两双筷子和一把不用的菜刀。好像分家一样从这里逐步地分了一些东西出去。我始终没有忘记她从头帕里取钱的样子——付完房租，把余下的一百五十三元两角数一遍，叠好，再整齐地顶回头上去。

她只要从我身前走过去，我就会不注意地望一望她的头顶。那些钱像菩萨一样供在她的头帕里。

依妞买了米，没有买菜。他们自己带了干酸菜，半小袋，应该可以吃两个月了。

"你要是想喝酸汤，你来，我们多煮点。"她说。

她没有说要送我一点。我自己煮来喝不是更好吗？

子噶要我一定帮依妞找工作，哪怕去扫地也可以，只要有钱拿就可以，工资低点也无所谓。

哪有那么合适的工作。依妞也不爱说话，可能是不会普通话才不说。我一个劲地帮她问工作，终于问到一个打算招她的人，可人家问她什么她都显得很茫然，躲躲闪闪，什么话也说不出。

"我想说的。可是我说不好汉话。普东（通）话我也说不来。"她用彝话跟我解释。

我没有怪她。

最后实在没有办法了，我把她带进自己所在的羊毛衫厂学横机。老板是熟人，好说话。他给依妞安排了一台旧机器。老板不亲自教。学横机的人要么熟人教熟人，要么花钱到培训班。

依妞肯定不愿花钱去学。再说她也听不懂满是江浙口音的普通话。

虽说摇横机是一种体力活，但光是有力气也不行，至少要会看图纸，会算针数，会做记号。这些依妞都不会。她的算数只够用来数头帕里的一百五十三元两角。

我先教她排针，她数针就跟数荞子一样认真，没什么作用，根本记不住针数，也不会起头。机头从那边过来，没有按下锁子，忘了排针，撞断了至少二十颗针。这样一来，我又得放下手里的活帮她装针，调针缝。这一系列事情我得赶在老板没有发现之前完成。老板很在意工人动不动就把他的机

125

器撞残废。

依妞一副抱歉的样子,想哭的样子,但是她傻乎乎地笑着。反正她也说不出什么话。同事们怎样笑她,她也发不出脾气。

我有时很同情她。不知道为什么,一直以来我都莫名其妙地同情她。

子噶所在的厂子天天加班,他也累得很少有时间关心依妞了。我有时去他们房间坐坐,看到的都是子噶斜躺在地铺上休息的疲惫样子。

依妞也很少说自己的工作,她对那些冷机器的零件实在找不出形容词来表达。子噶问她上班上得怎么样了,她只会说好,或者不好。好是怎么好法,不好是怎么不好法,她表达不来。

有一天早上依妞没有按时到厂里,我在车间等了一阵子又跑回去敲她的门。

门紧闭着。房间里有轻微的哭声传出来。

"依妞,该上班啦。"我喊她。

没有人应我。先前的哭声也停止了。

过了大约十分钟,门开了。依妞红着眼睛,脸上挤出勉强的笑意。

"你咋啦?"我直截了当地问。

依妞别过脸去,盘腿坐在地铺上整理她的衣服。我这才看到她的银饰的衣领已经缝在领子上戴起来了。

"好看吧?"她没有回答我的话。

"好看。"

"等下要拿去卖了。子噶说今天请假回来卖这个。"她垂下眼皮,转着手上的一只假银戒指。

"生活费没有了。你看,"她取下头帕,翻开空空的里子。"我在厂里学那个一分钱也挣不到,到现在我连那些东西的名字也喊不全。子噶的厂才上半个月,老板也不预支工资。"

"依妞,这是你的嫁妆……"我望着她的领子。心里也有些过意不去。

正说着话,子噶回来了。他已经不再穿长风衣,而是一身短袖厂服。头发也剪短了。

依妞起身端饭给子噶吃。然后坐下来找剪刀拆领子。

子噶端起饭碗走到依妞身边,"哗"地喝下一口酸汤,用筷子指着那些银饰说,"买的时候八百多噢!现在不晓得可以卖几个钱?"

他好像是在评估一只羊的价格,而不是他妻子的嫁妆。但我看到他的眼神又很悲伤,这个粗枝大叶的男人,他说的话和他的心情肯定不符。

"我可以借你两百块。也没有多的了，依妞也晓得，我们工资计件，这个月厂里缺货，我没领到多少钱。但两百块我肯定可以借给你。你们省着点用可以撑到月底了。"我说。

依妞的眼睛亮了一下。她呆呆地望着子噶。子噶也望着她。

"两百块（他晃着筷子计算），要买米，要交话费，不够。"他说，"还有半个月，我的工资要押半个月才发，这样算来还得再等一个月。那房租呢？马上要交房租了。依妞也是，学了这么久还不会。"

依妞不说话，她只认真地拆着那片银饰。

我想了想，实在也没有多余的钱借给他。又很不愿意眼睁睁看着依妞卖了自己的嫁妆。

我走去跟同事借钱。只有一个人答应借我一百块，他说，就只有这点子弹了，多的没有。其他的同事都穷得要上吊的样子。

等我借了钱再返回子噶的租房，门也敲不开了，我对着门缝看了半天，房间里静悄悄的。他们已经出去卖嫁妆了。

下午，我回到楼房，经过子噶的房门时听见里面正在炒菜。门没有关，我被那股菜香吸引，想也不想就走进去了。子噶正在挥着铲子翻肉，依妞在洗一把青菜。他们搞得好隆重的样子,像过节。

"哈,马上可以干饭了。你来得正好。今天就在这里吃,我们买了一斤多羊肉。要好好打一回牙祭才行。嫁妆卖了一半,你看,还剩一半。那老板的价格不合适。"子噶说。

"只卖了一半给他。"依妞也很愉快地抢着话。

我没有看到依妞有一点不高兴的样子。即使上午她还有些不高兴,现在看着羊肉她也早就忘记先前的不愉快了。我望着她剩下的半片银饰,仿佛看到的是半只羊。她来时挂了一只羊腿在脖了上,现在要一点一点地砍下锅。

子噶翻着羊肉,居然唱起了《七月火把节》。

吃羊肉的时候总感觉是在啃依妞的脖子。我为了借不到钱的事情也不好意思吃。

子噶和依妞倒吃得痛快,他们根本不管什么嫁妆不嫁妆。在饿肚子面前,什么妆都不如一斤羊肉。

在接下来的几天,子噶和依妞都过着月亮般的生活。

月亮般的生活很快就过完了。那时离月底还差好几天。他们卖的嫁妆如果省一点是可以撑到月底,或者更久的。但是子噶要吃羊肉,还要交手机话费,还要时不时买点西瓜之类。

他们还没有完全懂得在城市生活的经验,已经学得像城市人一样潇洒了。

我看到子噶和依妞又在琢磨卖剩下的一半银饰。依妞这次显得很理智,很聪明,她说,这回不能再吃羊肉了,你的手机也要等到下个月再用。我们先卖了钱交房租。吃简单点,可以过到你发工资。

她像在计划一片庄稼地可以打多少粮食一样充满了经验。

子噶点着头,他将手机装进一件不穿的衣服口袋,这表示半个月就让手机在那里闭关了。他转身望着我,很无奈的样子说,又得过山上的日子了,那里缺水断粮的,这里也缺水断粮的。

那半个月他们确实过得很节俭。我一天去看是在喝酸汤,两天看还是在喝酸汤,那喝汤的声音就像在水井里打水。

他们也不买拖把,依妞也不拖地,她只用一只胶口袋套在手上,从这头奔到那头,把地上看得见的垃圾装进口袋,把头发丝装进口袋,别的就不管它了。她节省得连扎头发的胶圈都不买,她说,反正是包在头帕里,哪个看得见?

她的头发辫子是用一根灰色的旧鞋带绑着。

为了省电,他们也不在家里烧水喝,依妞来我的房间找了两个大号的瓶子,子噶一个,她一个,上班的时候各人带着瓶子去,下班了满满灌一瓶子水回来。后来子噶又发现一个节省的办法,那就是再买两个大号的饭盒,中午吃不完的饭晚上带回来吃。可惜天气太热,他的办法最后没有用上。为了白花钱买的饭盒,病猫一样的依妞第一次跟他发了老虎脾气。

他们晚上也不用灯了。有天晚上屋子里闷得睡不着觉,我敲门找依妞陪我出去买冰水。来开门的居然是一道瘦长的影子,那影子还差点踩掉了另一个影子的鼻子,只听那被踩的影子惨兮兮发着鼻音吼叫。

省钱省到这个份上,当初卖嫁妆吃那么贵的羊肉做什么?可是我也吃了人家的羊肉。

子噶发工资了。他好高兴地往依妞面前一张一张地把钱摊开。依妞数来数去终于数清了,一千四百七十七元。她把钱卷起来,就像山上的人卷烟叶那样,然后用一根红色的毛线捆了又捆顶到头帕里。

依妞学了一个月横机连袖子也织不好。她干脆放弃学横机,混到一群老太太里面剪线头。每件衣服里的线头都要藏起来,或者剪掉,工价是每件六毛左右。依妞手慢,一天最多二十件。老太太们最厉害也只能做五十件。

可是依妞很自信,她说老婆婆做五十件是因为戴了眼镜。她要是有眼镜也可以做五十件。

一天有十几块钱总比一毛钱没有强。子噶还是很满意的。

这样满意的日子要是一直维持下去也好,偏生他父亲生了病,要用钱了。

"倒霉的人喝凉水都要塞牙。"子噶说。

"出门那天让你请毕摩算算日子你不信,肯定那天日子不好。现在咋办,酸汤也喝完了。喝风吗?"依妞拍着袖子。

他们的钱寄了一半回去。房租交掉二百。余下的钱只能硬撑着过。闭关的手机也请不出来了。

子噶越来越瘦了,心里好像装着一千斤事情,每次见到他都是垂头丧气。他说在山上的日子虽然苦,也没有在城市里苦得让人透不过气。

"山上苦了,你可以跟牛说话,跟马说话,跟羊说话,牛马羊都没有的还可以跟猪说。这里倒好,你苦了哪个晓得?满大街都是人,可是看起来和山上的石头树木有啥区别?你只不过是从石头树木身边走过去,肯定不会有人问你一声'吃饭没有?'"他坐在下午的窗前感叹。依妞在缝补衣裳,眼神空茫茫的,看不出什么情绪。

子噶终于感到了待在城市里的压力。或者说,这种压力其实就是一种孤独。

山里的老人们常说,人不出门身不贵。可是没有人知道,人一出门要面对的苦闷和寂寞是在山上的两倍。

"要是我们不认得，你肯定不会站在这里听我说话。"子噶很难过的样子。

"嗯。"我如实回答。

"在城市……"我想告诉他，在城市要学得铁石心肠，即使你隔壁住着一对要饭的，你都可以不用看到，因为你已经习惯了一下班就关掉自己的房门，门后加上闩子。如果你丢了一样东西，你的第一个反应是怀疑自己的邻居，你会觉得那楼下的铁门锁得好好的，不会有外人进来。有时确实如此，你丢的东西就是你的邻居顺走了。可是你能怪谁呢。

就在上个月，楼下卖烧饼的小贩的锅被城管端走了，楼房里的人不也是打开窗门指指点点看热闹吗？他们最大的同情也不过是："那武大郎要再买一只锅了。"

没有人会注意到烧饼贩子后面那个吓得怪哭的孩子——卖烧饼的人的孩子。

住在这样的楼房里，眼睛和耳朵的作用不是看和听，它们只是两件漂亮的摆设。

住在这样的楼房里还会受到一些必要的盘查，在某个时候，某个地方的某个人被丢到楼下去了，最多隔一天，你的门就会被敲得碰碰乱响，这时候若是夏天，你正窘迫地喝着一碗酸汤，穿着不雅的小短裤，身上淌满汗水，这些都会因为那急响的敲门声来不及收拾和打整，你必然要落魄地去开门，然后问一答一,问二答二,再交出自己拍得像狗熊一样的证件照。

住在城市的楼房里,你要忍受的多啦。难道还能和初来时一样嚣张吗?——这里往左是个什么鸟地方!

我好像把城市想得太糟糕了。我承认城市也有城市的好处。

"反正,我有点不习惯这里啦。"子嘎很无奈的样子。他举起自己的手心看了又看。手心里有个磨破的水泡。早先在家里做农活时开裂的口子也红红的,好像要流出血来。

"明天去买一盒百雀羚。以前在老家,我妈的手开裂受伤都搽百雀羚。很管用。"依妞用彝话说。

"百雀羚管个球用。"子嘎撇嘴。

嘴上说不管用,第二天依妞买了百雀羚回来,他立马抹了一大片在手上。搞得满室都是百雀羚味道。

子嘎和依妞的日子越来越难过了。就像他说的那样,整栋楼里除了我这个熟人,再没有别的人知道他们的苦境。没有文化的依妞每天只能挣十几块钱。子嘎的工资还要等很久才发。更难堪的是,家里人以为他们出来做工就一定会挣到钱,都出来两个月了,还没有钱吗?他们不知道子嘎的工资要押半个月。

家里人婉转地问他们要钱。

那天晚上,我和依妞正说着闲话,子噶很认真地问依妞,是回去,还是去广东?

依妞莫名其妙地望着子噶。她没有说话。

"为什么要去广东?"我也感到奇怪,这里做得好好的,去广东还要花一笔路费。

"回去肯定不行。房子也烂歪歪的,我们出来的时候你的牛也卖了做路费。这样回去,人家要笑的。"依妞说。

"那就去广东。"子噶一口决定。他看我不明白的样子,解释道:"广东有我一个表哥在那里,听说那边的工厂比这里工资高。实在不行我去干建筑。他的女人也在那里,小学没毕业还不是进了厂子。依妞过去也可以找个厂子,不可能所有的厂子都要有文化的人吧?那边人多,娃儿多,实在不行可以去当保姆。我们那里的女人都说出来当保姆了。"

他对依妞当保姆总是那么上心。好像他这辈子非得让依妞去当一回保姆不可。

依妞眼睛也亮亮的了。她停下藏线头的手,取下自己的头帕,掏出供在帕子里的钱。"就这么点钱,够是不够?"她担心的样子望着子噶。

子噶没有接过依妞手里的钱。他慢吞吞走到那件挂着的不穿的衣服跟前,从口袋里请出他闭关的手机。拿着手机翻看了好一会子才说:"卖了它。当初买成一百五,现在应该还能卖一百块吧?"

"卖五十块也困难。"我泼了他一盆冷水。

"广东一定比这里好吗?"我又问。

"嗯。"他确定的样子。

"我觉得哪里都差不多。"

"差得多。"他很有信心。

说着要去广东,依妞上班也没劲了,衣服的线头也藏不好,该剪掉的线头一个也没剪。老板很不高兴。她才不管你高不高兴,现在她只等着子嘎发工资。发了工资就走。

她对子嘎说的保姆职业越来越有兴趣。只要门口有孩子经过,她就深深地望过去,好像随时要跑去伺候那个小主人。即使我坐在她身边跟她讲话,她也会走神去追那些胖嘟嘟的小影子。

"依妞,你做不了保姆的。你说的普通话那些娃儿听不懂。你想和他们说彝话吗?"我很认真地跟她讲。

"我们那里的女人也是彝族,她们咋当的保姆?"依妞不甘示弱的样子。

我无法跟她说得清楚。我去跟子嘎说,也没有说通。他是最希望依妞当保姆的。

他们的工资终于领到手了。因为提出了辞职,并且也批准了辞职,那半个月的工资也领着了。他们很开心,这回买了二斤羊肉。

我又吃了他们的羊肉。

依姐和子噶在临走的头一天晚上就开始打点行李。从我这里分走的碗筷也一起打了包。只有席子和菜刀不好拿，很大方地还给我了。

次日天麻麻亮，子噶和依姐就来道别。依姐还是穿着那套厚衣服，只可惜领子上已经没有了嫁妆——嫁妆已经吃掉了。子噶倒穿得清爽，一件白色的衬衣，居然奇迹般地配了一条化领带。不知道什么时候买的。

泥人往事

　　欧磊和他的弟弟过年也打赤脚,他们的妈妈是个神经病患者,欧磊不到五岁时,这位年轻妈妈不知何故突然喝药死了。可能她早有寻死之心,喝药那天脑子并不糊涂,她提了药罐子跑到一个山洞里喝下,悄悄死在那里。自她死了之后,欧磊和弟弟便不再有新鞋穿。——她脑子清醒的时候会给两个孩子做鞋。

　　他们的父亲虽然也会做鞋子,却没有一双是合脚的。那窗台上摆放着几双鞋样,有的大如轮船,有的小如花生壳子。他总是难以做出一双哪怕勉强可穿的鞋。他性格沉闷,不多说话,做不好鞋子但从不请教别人。

　　欧磊的父亲把房子修在一块陡斜的坡上,周围是密匝的树木和齐腰深的草。夏天草木兴旺,秋天草色枯黄,不管哪一个季节,这兴旺和枯黄都可以像冬天山林里深厚的雾气,将他们的房子掩盖其中。这地方除了欧磊家没有别的住户。

他们像离群索居的羊。从这里路过的人可能只看见房子周围的草木,看不见他们,甚至看不见他们的房子。

欧磊和弟弟会在秋天躲入草木,捉一种壳子坚硬灰扑扑的甲壳虫,把它们赶到手心里赛马。

并没有人真心想排挤这位父亲。他们只是背地里喊他"憨包"——憨包:蠢笨之意。

他一定听到过背地里对他的称呼,和更多的关于他妻子、孩子的说法。他可能具备了某种像感知天气一样感知别人内心的力量。但这力量无法阻止人们评头论足,他只能像一只倦鸟领着家人躲进草木之中。

有时我们特意去找他们的房子——"那只大号的鸟窝!"

如果是白天,谁也不能轻易见着他们。你仅可以在什么地方听到欧磊和他弟弟在深幽的草林里传来捉到甲壳虫的欢笑。然后那欢笑隐去,换成有甲壳虫味道的风吹过来。

"不可去!傻乎乎地打着你活该!"

——我们的长辈总不是那么愿意让我们接近那两个孩子。他们猜测并且差不多可以断定憨包的孩子也是憨包:"龙生龙,虫生虫。"

有很小的概率可以遇见欧磊和他弟弟。那多是因为甲壳虫钻土或者死亡,要等来年才能捕捉,这个时段我们才能看见他们出现在一个山洞。那正是他们的妈妈喝药的山洞。他们并不知道自己的母亲死在那里。没有人说。

我们躲在一块体积足够大的石头背后，把两只眼睛支出去。以往的经验提醒我们，不能贸然出去与他们说话。如果我们像前几次那样突然出现，他们会像受惊的羊，躲起来谁也别想找见。

但这样的遇见常常使我们失去耐心。我们感觉自己看的不是两个孩子，我们自己也不是孩子，像几只经验浅薄的狼幼崽在等待时机猎捕两只羊崽。

他们自己玩得倒是很开心。没有人告诉他们这山洞的秘密。即使他们知道秘密也会这么开心。他们在这个年纪还不理解什么叫死亡，什么叫失去母亲。某一次我们听见他们向父亲询问母亲去了哪里。他们的父亲说，你们的母亲当神仙去了，她去西天采药，等你们长大她就回来。

欧磊和弟弟喜欢在山洞里搜寻那些已经腐朽的鸟枪一样的东西，一些奇怪的木疙瘩，奇怪的铁管和弯曲的铁片。我们后来捡了一些残渣回去，长辈们说，这不是鸟枪，这是真家伙，应该是什么年代山匪留下的。我们也捡了一些奇怪的骨头，用它挖水沟，掏葫芦瓢，最后不知丢到哪里去。

他们大概发现我们也到过山洞，不再来了。但依然可以听见那草林里偶尔传来的短促欢笑。可能又捉到了什么别的甲壳虫。

入冬后欧磊和弟弟才会减少户外游戏。这个时候已近年期。

过年的晚上才能看见欧磊家有灯火亮到很晚。单单的一朵,像火把的光,也像模糊的暗红色月光。

他们不杀过年猪。其他人都在忙碌,欧磊的父亲从不参与。反正他离他们足够远,可以找到很多不参与帮忙杀猪的理由。而他们自己,关于过年的一切准备都可以省掉。

"对他来说,新年旧年都一样。旧年是那样过,新年也是那样过。"寨子里有人这样说。这一天他们不喊欧磊父亲的绰号。他们变得仁慈,是那种祖先传递下来的关爱每一个族人的仁慈。他们不能取笑一个杀不起过年猪的人,那是可耻,是忤逆祖先。

我们会被派去赠送猪肉。但我们无法把猪肉亲自交到欧磊或者他父亲手中。他们不知去了哪里。房门总是紧闭,窗户上蹲着一只灵敏的听见陌生人就叫不停的瘦鸡。也许他们把它当狗来驯养呢。

有时他们收到的肉比我们想象的多。我们到那所房子门口的时候,门边已经放着不少柴块子一样的肉。那足够是一头大猪的肉。这些肉可能不只是本村人赠送,外村人可能也参与了。

欧磊的父亲从不开口感谢任何人。他什么时候遇见赠送给他猪肉的人也仅是点个头,然后就走了。

"不通人情世故。"

"通人情世故还是憨包吗?"

虽然有人悄声抱怨,但这一点也不影响来年他们还向欧磊的父亲赠送猪肉。祖训不可违。

我们感兴趣的是猪肉去了哪里。就我们埋伏观察的情况是,欧磊家的猪肉会从烟囱里飘出那么二三个月的肉香之后,就变成我们做梦也会梦见的干酸菜的淡味。

我们想去翻看他们的厨房。按烟囱里飘出的肉香来猜测,欧磊父亲的厨艺应该不差。可我们不敢靠近厨房。那只瘦鸡堵在门口。它虽然干瘦,看着却是那么威武,一种隐藏在瘦巴巴的身体之后的斗气会击败我们。它的勇气和欧磊的勇气一样。虽然我们没有真正与欧磊接触,可是他就算是逃避我们的接触也和这只瘦鸡一样威猛,他掩护着弟弟(我们看见背影),左手握一个石头,右手握一个石头。

过年有搜酒喝的习惯。但没有人搜到欧磊父亲那里。虽然欧磊父亲也喝酒,喝得还很凶。无论喝没喝酒,他倒是不像两个孩子那样躲着我们。他遇见我们会打招呼,微微笑一笑。可能因为他不是经常遇见我们,不经常笑的缘故,他的笑总不那么好看,是僵硬的,是那种开在什么树上,像花不是花，像叶不是叶的东西。

有一次我们看见欧磊的父亲出现在山洞里，喝多了，手中握着一节麻绳。他在山洞里团团转，自言自语，话音急促，像有闪电在他的喉咙里。

他想上吊吗？我们猜。他看样子真的想上吊。

最后他平复了心情，好似闪电在天边豁开几道扎眼的亮光后，天空又恢复原来的样子。他靠坐在山洞的石壁上。低头不语。

我们走进去，但没有想好要不要跟他说话。我们捧着刚才欧磊和弟弟玩丢了的一只甲壳虫。它可能在我们手心里撒了一泡尿或者放了一个屁，味道不妙。

他骂我们臭孩子。臭蛋的孩子。我们的爹妈没有一个是好东西。他抱怨，人们只会给任何一个他们不了解而又自以为相当了解的人套上绰号，将这个人定为憨包或者倒霉鬼。那些猪肉——他说到我们赠送的猪肉——只是他们的赎罪品。你们以为那猪肉很香吗？

我们惊讶而不自主地扔掉手中的甲壳虫。它砸到地上翻个滚，然后爬远了。

他口干舌燥，决定回家喝水。大概是为了补偿不应该向我们开火，所以准许我们去他家玩一会儿。

他随手扔掉了那截麻绳。扔在一堆朽烂的山匪遗下的

143

铁渣子和尸骨上。

我们终于和欧磊见面了。他与弟弟围着锅庄石用甲壳虫赛马。他们只是抬头看了我们一眼,清淡的毫无惊讶的表情,没有表示欢迎不欢迎。他们早已熟悉我们。就像我们偷看他们一样,我们也熟悉他们的面孔,甚至他们每天都在玩什么游戏,从那草林里捉到几只甲壳虫我们都能掐算准确。

甲壳虫在他们手里非常听话,不撒尿也不放屁,它们可能以为自己真是一匹良马,卖力地在手心按照欧磊和弟弟的指挥与对手较量。

我们在锅庄石旁看完了整场赛马。小一些的甲壳虫反败为胜。

他们动作熟练,甲壳虫绝不会从手心里摔下去。过年的时候甲壳虫更多,欧磊和弟弟可以捉到更好的良驹。

晚饭我们在欧磊家里吃。父母从来不会认真过问我们到底在哪里混饭。

欧磊父亲的厨艺确实不错。他煮了一锅酸汤和一木盘坨坨肉。很大的木盘。我们围坐在簸箕边,各自拿了一支马勺。

我们吃饭的规矩是先喝一口汤,吃一口饭,然后再拿肉吃。可是欧磊和弟弟却不是这个样子。他们完全不照本族吃饭规矩,伸手抓起一块猪肉就往嘴巴里送。他们的嘴原本那么小，张开却大得像装肉的木盘。欧磊弟弟还从舌根底下发出一股箭一样的口水，喷向簸箕。

我们也学了他们的样子。我们早就想这样吃饭。

这叫"百家肉"。欧磊父亲说。他酒醒之后说话跟从前一样温和。他夸赞我们的父母，说他们勤快，会养猪。他把手指伸出来横在猪膘上，说，足有四指宽。

那是我们自己赠送去的猪肉，在欧磊父亲那里吃起来却感觉味道奇好。吃得太多，以至于当天晚上就拉肚子。

我们以为自此之后可以天天去欧磊家里玩耍，不，他们又和从前一样，见到我们便躲起来。像两只甲壳虫钻进那片草林。

之后我们连欧磊父亲都很少看见。可这并不影响我们去那所房子打探。他们晚饭有没有吃肉，我们照样可以从烟囱里闻出来。

又是下一个年期了，我们再被派去送肉。这一次我们不怕那只鸡，它已不如上年凶猛，它老得和人一样迟钝、瞌睡连天，还脱毛，露出像头皮屑那样的、被蚊虫叮咬过的皮肤。它和我们对峙一会子便走开，走到墙边向阳的地方，把那片被阳光晒热的泥土刨出一个小坑，然后它跳进去睡在坑里。

我们像狗一样围坐在欧磊父亲的房门口，这房子虽然很旧，但因为四周都是草木遮挡，大风反而扫不到这里。可是小风不断。并且这小风似乎比大风更具有威力,随时要把房顶掀开的意思。我们听见泥土沙沙地从山墙落下,房檐上的草三根五根随风飘走。好在欧磊父亲在草房顶加了一层不薄不厚的泥巴。于是我们看见风把房顶上的泥巴吹起来,像灰色的云彩那样飘浮于房顶之外的上空。草林里下着一场泥沙雨。

欧磊父亲忙到太阳落坡才回来,他背着一只破边的背篓,手提一把犁头。欧磊和弟弟走在后面,牵着借来的牛准备去喂水。

他们像捡柴那样把送来的猪肉捡进屋,挂在火塘上方的檩子上。檩子上拴着长长的细线,专门用来挂东西。

我们又在欧磊家吃了一顿饭。这次没有吃多。我们的父母说,不能吃憨包家里的东西。憨包的粮食不够吃。他不会种庄稼。

他不会种庄稼吗?难道他种庄稼和做鞋子一样糟糕吗?可是我们看着窗台上放着的越来越多的鞋样,有几只似乎可以穿了。他花很长一段时间卖力地学习做鞋子,不请教任何人,但是起码那鞋子现在看上去可以穿。那么他种庄稼的水平应该在进步。所以我们没有拒绝这顿饭。

那天晚上我们干脆不回家。在这个年纪夜不归宿似乎是寨子里每个父母都可以接受和纵容的。他们在寨子里老远喊几声，知道我们在哪里，并且得到我们今晚不回家睡觉的答案后转身就去忙事情。不过这次要留在憨包家里，他们似乎有点不情愿。

欧磊父亲说次日要带我们去河坝捕鱼。那种长得肥美的蠢鱼。

我们在火塘边打地铺，像一窝猪崽呜呜挤在一起，半夜有人说梦话，用彝语和汉语。有人尿床。欧磊父亲蹲在门口抽烟，很晚才去他那间小得像一个夹缝的卧室睡觉。

寨子里的人还在搜酒喝，围着火堆唱歌跳舞，摔跤比赛。欧磊家离寨子远，也照样可以听清那里传来的狂欢声。

而这里静得只有风声和泥沙雨。半夜我们都睡不着起来烤火。那些狂欢的声音将我们从梦中牵出。在火塘边猜谜语，听欧磊父亲给我们讲"支格阿龙"的故事。

之后，下半夜时间，寨子里的狂欢依然没有结束。那时月光极好，从房檐缝隙里钻进来的月光把我们吸引到门口玩耍。一种想要打破这片寂静的冲动促使我们在门口也燃起一堆火。

"一灯能除千年暗。"一堆火和一群孩子，足可以将这个寂静的地方变得明亮和热闹。

欧磊父亲第一次笑得那么自然。"他笑起来也那么憨包。"怎么可能呢？这笑容看上去和我们父亲的笑容一样亲切。他伸手摸一摸他孩子的头发,将白天落在头上的泥沙抖掉。

欧磊和我们一样喜欢过年,喜欢夜间围着篝火跳舞,喜欢这火苗像鹰的翅膀在明亮中振翅。他们从前隐藏于草林中的笑声在我们面前爆发出来。那种小孩子特有的放肆天真的笑。

次日我们没有去捕鱼。欧磊父亲说,他不会在这个时节带我们捕鱼。现在还有猪肉。要等猪肉吃完。

欧磊告诉我们,他们家的猪肉会在四个月左右全部装进他们的肚子。他伸手拍一下肚子,将它拍出羊皮鼓似的响。我们想到他和弟弟吃肉的模样,那种酣畅的不受规矩限制的吃法,还有他们躲进草林里的笑声。应该是孤单却出人意料充满快乐的笑声。然后我们突然觉得自己是一只精致的鸟,我们飞翔的每条线都经过一番裁剪。有时我们笑得过于大声,会有长辈跳出来吼几句"吵耳朵"。我们必须从小学会怎样适应他人。如果你不能适应,那就是孤僻怪异之人,你会没有跟你一起游戏的玩伴,会孤单得像一只鸟。

而他们和我们飞翔的线路不一样。所以他们是憨包。

有一天我们看见欧磊和弟弟都穿着鞋子。虽然两只鞋子大小不一致,左右鞋样裁剪也不准确,但起码他们可以穿着鞋子走路了。他们不再避开我们,会主动与我们说话。可是我们不再有机会和他们说话或者去山洞淘铁片。我们要上学，之后到山外谋生。

多年以后，每到年期回去，我们总是像父辈那样彻夜不休地狂欢，围着火堆跳舞，摔跤比赛，要把在外漂泊的孤寂和疲惫全部抖落。这时候我们也会想起给欧磊家送猪肉的事情，会想起那所会下泥沙雨的房子。可我们已经到了不用去赠送猪肉的年纪。欧磊他们也不再需要受人恩惠。"他们兄弟跟一样勤奋。"

听说欧磊和弟弟喜欢找魔芋换钱。"换几个小钱。"

当年他们把所有的欢笑付给了草林中的甲壳虫，如今把这欢笑付给了魔芋。寨子里的人说，他们能听到欧磊和弟弟在山林中喊笑，说他们找到了多大多大的魔芋。可是，这成年人的欢笑与童年时期在草林中捕捉甲壳虫的欢笑肯定不一样。

也说不定，他们还和少年时候一样保持手心里赛马的兴致。他们的手心是一片宽阔的草原。

命运捕食者

　　这是个不大的镇子,比起周围的繁华镇区,它小得像一颗豌豆。在这里居住的人很多,如果他们全都涌到街上去,会感觉无路可走。天桥就是这样出现的。从空中开出一条路,让人们从拥挤中解脱出来。

　　最初占领天桥的是几个乞丐,之后来了一群卖各种小玩意的货郎。算命先生是最后到天桥的人,他们最像天桥的守护者,无论天晴下雨都会长期蹲守。

　　一年前天桥装修了一次,地面和棚顶都镶了彩灯,夜间看着像一条闪光的彩虹。来这里卖小货物的商贩多了起来,并且聚集了几个卖手机的,甚至卖古董的都来了,一下子不知从哪里冒出一批人,我从来没有见过这些面孔,但一种奇妙的直觉告诉我,这些人是从别的镇子或别的天桥上来,他们举手投足都带着一股天桥游民的味道。他们围着那些手机和古董指手画脚,最后一样也没有买。

有时逛天桥就像逛露天剧院,尤其是傍晚时分,天色暗淡灯光昏黄,一种天然的剧院特效就展现在眼前。你看到的算命先生,如果他微闭双眼又摇着扇子,如果顶棚的彩色灯光像蝴蝶一样落在他的扇面上,你很有可能怀疑他是从古画中走出来的白胡子老者。而那些来算命的人,会让你想到塞缪尔·贝克特、想到他的《等待戈多》。这种神经错乱的想法荒谬却让你倍感惊喜,你似乎可以确定那位伸出手掌摆在算命先生眼前的人,他有一张幸运儿的脸,同时还有一股奇妙的神色。算命先生扮演着戈多的角色,不,他本人是虚构的——这一点你很清醒——他占卜的讯息才是那位算命者期盼的戈多。戈多不存在。但是戈多存在。这种错乱的幻想一直到算命先生和问卦人离去,才孤零零觉醒。

　　我好奇算命先生的住处,但这永远像一个谜,他们只会在天桥五十米远的人群中出现,然后也消失在那里。我感觉他们不是从某个地方走来,而是从那些掌纹里走来。

　　我熟悉的那位算命先生,黑色挎包里装着签筒、镜子、老皇历、一张宽大红纸、一只不锈钢饭盒,以及他的老花镜。如果早一些走到天桥,就会亲眼看见他从黑色挎包里掏出这些东西,然后以每日不同的方位摆下,有时镜子往左,红纸向右,老皇历压顶,签筒垫底;而他本人斜靠栏杆,始终保持一贯的坐姿和神秘莫测的脸。若去得晚了,就只能见他戴上老花镜,两眼盯着一只女人的手说,小姐生于十九日,十九乃太阳日,酉时辰,命相喜忧参半,你且听我细说……他已开始替人推算。

他的那张写着"神算子"的宽大红纸总是摆在最显眼处。这大概是唯一不需要测算方位摆设的东西。

神算子的摊子靠近一排热闹的电器市场,他必须提高嗓门说话,路过的人都可以听见一小段谁的命运。有人说他故意找了这么一个吵闹的位置,好让他有理由高声说话,以便吸引更多人算命。不管他是不是这个目的,反正这个效果已经达到。当他高声说"你且听我细说"时,人们会自然而然停一下脚步。

在没有人找他算命的清闲时刻,他就靠着栏杆闭目养神,或用两根手指敲击膝盖听歌。有一次我看见他免费给摆摊的小贩算命,不过那样子不太严肃,有些玩笑味道。小贩们说,你既然会给别人算,为何不给自己算?哪里发财就往哪里去。

这样的话一定有不少人说,神算子轻轻抬一下手,回了半句:"你们不懂,天机不可泄露……"

另一位算命先生坐在天桥中央,他是后来者。在他之后没有算命先生再来。所以这座天桥只有他们两个。都说一山不容二虎,这一桥,却可以容下两个算命先生。他们从不往来,可能他们的八字不相生,也不相克,一南一北,各安天命。

有时我在想他们谁的本领更高超,按照有算命经历的人的讲述,年龄越大本领越高,尤其是那些蓄了山羊胡子,半瞎眼,腿脚不十分灵便的人,他的推算十说九准。

那么,这位后来的算命先生,他的年龄足够大了:白胡子,白头发,老花镜的年龄也不小,用绳子绑来架在耳朵上。他没有签筒,签条像掷在地上的令牌,如果没有人翻动,那些暗藏玄机的批语将永远被捆成一扎放在那里。我注意的是他银色的头发,稀稀疏疏,因为所处的天桥中央有个风口,从那里来的风正好吹在头上。如果这时候你站在他面前,你会肯定他是算命先生中的算命先生。他头上稀疏散乱的头发和脸上古旧的老花镜,他面前陈旧的摊子和摇着羽扇的手,都给你一种世外高人的感受。

可他生意并不十分好。因为他看上去有一种与生俱来的深厚沉默,这种沉默像百年老屋,过于苍茫,过于沉寂。人们喜欢在算命人身上找到高深莫测的感觉,但同时,这种高深莫测不能是苍茫的低沉之气,不能像深渊,不能像无底洞。不过,即使来得比他早的神算子也有生意不景气的时候,所以生意好坏,不能完全归咎于他不入世的态度。

有时生意又很火爆,忙得他忘记了作为算命人要保留的

"天机不可泄露"。他算来算去算漏了一条——点到为止。人们有时喜欢将自己的命运算透,有时又愿意藏掉一些。可他脑子一热就捅破天机,他说:你初运平平,中运渐佳……你感情波折,流水落花。

不管怎样,这种偶尔的失算人们也会谅解,不然那短暂的火爆生意将不会发生。

很多时候算命先生充当着炼金术士的角色,他们要从这些人的命运中提取发光材质,炼出人们内心希望的黄金。提炼人们内心的黄金不仅需要从掌纹中获取,还得从他们的脸上寻找,所以神算子和另一位算命先生都有一块小镜子。所有想知道自己命运的人都照过这两面镜子。神算子也照过,不过他只是端着镜子修剪胡须。镜子在他们用来是极其普通,就像天上的桃子和地上的桃子,一样都是桃子,但一个叫仙桃,一个叫桃,可是在他们看来,没什么两样。总之在这天桥上,你永远不会看见这两位算命先生照着镜对自己说,我初运平平,我晚运潦倒。

我从来没有照过那两面镜子,它会让我想到乡下一些人家门檐上挂着的照妖镜。

声音捕食者

　　来这条小巷唱歌的不是流浪歌手,这里热闹的时候太热闹,冷清的时候太冷清。在巷子很远的一家银行门口,我倒是见到一个流浪歌手,他唱一首我从来没有听过的歌。我仅见过他一次。他的声音透着寂静和孤独,长得像我少年时候的一位音乐老师。

　　人们在流浪歌手的身边或走或停,有时往那只摊开的黑色背包上放一两张小面额纸币,那些纸币和他稍长的头发一样,在微风里翻动着。之后在那家银行门口再没见到这位流浪歌手。银行旁边的理发店把两个大喇叭装到门前,喇叭里轰出的歌声可以淹没十个流浪歌手。流浪歌手可能去了地铁站,或者某个不热闹也不冷清的街。他没有选择来西街献唱。

　　这条被我称之为"西街"的巷子没有迎来一个正儿八经的流浪歌手,但每天可以听见很多歌声在巷子里回旋,歌声来自一些特殊人群,他们靠那声音获取人们的帮助,然后换取食物。因为行动缓慢,那声音像地鼠在沙土上捕食的响动,细碎而清晰,几乎可以用耳朵辨别他是否捕到食物;若声音响亮悠长表示食物充足,声音低沉又断断续续表示收获惨淡。

我住在三楼,距这条巷子200米,那些声音大多是从我楼下流过去。

在这些声音的主人中,一位失去双腿的人趴在一块可滑行的木板上,他长期出现在西街。没有人知道他来自哪里。人们无法从他的歌声中辨别他的故乡。也许他没有故乡,在他失去双腿那一刻,故乡也一并失去了。我比较主观地认为,乡土一定要用双脚去行走,一个失去双脚的人等于失去了故乡——起码失去了绝大部分。他只能以手代足去接触故乡的泥土,但这与亲自走在泥土上的感受大不一样。

不过他还有上半段身体,好歹这半个身体让他得以存活。有时他唱歌提不起劲,该是高音的部分却以中低音滑过去,那声调恰好是《二泉映月》里转音时低沉嘶哑的味道。

对于这位残疾人,人们在同情的时候也表现了警惕。在类似西街这样的小巷,时刻会遇见几个残疾人,他们有的真的残疾,有的假扮残疾。人们的同情心是悬在心尖上的露水,就像日月之精华。因此,在受到虚假落难者的欺骗时,人们会痛心疾首,会心灰意冷。

也许为了表示自己的诚实,在西街出现的这位残疾人将自己的截肢部分裸露在外,令人看着是一种残酷的可怜,无法同情,也无法不同情。

我在意的是他的歌声。他隔一段时间就会把歌声送到西街。他的嗓音并不好,但唱得十分投入;嘴角右边有一条纹路,唱歌时,那纹路展开,像一片叶子落到耳侧,也像一朵隐藏在脸部的模糊笑容。这笑容在阳光强烈时更加显眼。

他的歌声与滑板在地上蹭出的响混合在一起,组成粗糙的喧闹,这种声音闭门听到是一种厉害的骚扰,而站到他身前,那明亮光线下展开的脸部纹路出现在你的视线时,你就会被那引线似的纹路牵到他的心境中。你可能会感受到一场难以说清的悲伤,若你听过大悲咒,走进你耳朵的他的唱曲,就会变成那些经文流淌在你的血液。这时,你会想到人生短暂、及时行善,等等这样的感悟。你不会在意他的唱词是当下最为流行又粗制滥造。

当然,人们不会时常感叹"人生短暂",因为有时也会感到人生漫长。

不管人们心情好坏,木板上的滑行者总会出现,他的歌声总会响在这条巷子。夏天时他来得勤一些,唱的曲子也欢快一点,在那滑动的木板上站着一个比他高的箱子,里面装着唱曲用的音响,也顺带在箱子顶端开一条投放钱币的缝隙。箱子是黑色的,与夜晚的颜色一样。但它不是夜晚的颜色。夜色虽然深沉,偶尔会有星光,箱子是一种单调的纯粹的黑。

我很想在他箱子的一侧画一个太阳,另一侧画一个月亮,在这太阳和月亮下画一些高山流水和花草树木,这是我从小喜欢画的事物。但又一想,也许他根本就喜欢黑色,这是一种封闭但安稳的底色。

汉字捕食者

第一次去一个诗人朋友的家里,他带我绕了好几条巷子,巷子两边除了店铺就是一排正在开花的紫荆。那是一条非常适合诗人经过的巷子。那巷子的中间也有一所适合诗人居住的出租屋。

我从前想的是,一个诗人一定是性格奔放又有些闷骚和神经质,他可能喜欢流浪、好酒、说一些不着边际的话,为生活颠沛流离,房间杂乱,衣着随意;当然,他也可能是世上最完美的人,性格开朗或者内敛,可能还是个情种,喜爱干净,物质不缺。不管他们是哪一种人,我想他们心中一定住着一只可以飞翔的鸟。但事实证明我并不完全了解诗人。

我这位诗人朋友的房间在二楼,楼道狭窄,楼梯扶手锈迹斑斑。他喜欢靠着墙壁上楼,与生锈的楼梯扶手保持一点距离。而我喜欢把着扶手走路,在我摸着那些锈迹斑斑的扶手时,它们身上发出的咝咝声,像一种看不见的光阴的回响。

这种感觉原本不应该是我这个写散文的人该有，可是我想，不一定非要写诗才是诗人。在上楼和下楼的那两个时间段，我的诗人朋友不停地跟我说，铁锈有毒，不能触碰。当我们走到外面，走到那条开着花的紫荆巷子，他又说，叶片上有细菌，不能触碰。我们不过是第一次这样长时间地走了一段路，既不是恋人也没有相当好的友情基础，但我还是忍无可忍地告诉他，生活的真相在满是锈迹的楼梯扶手里、在粘着灰尘的叶片上；你不去摸一摸楼梯扶手，不去摸一摸粘着灰尘的树叶，你怎么感知生活。他点头。可我知道，他没有点头。

人和人有一种天生的陌生感，即使亲人之间也难免。我和这位朋友虽然谈天说地，研究写作题材和交流心得，他也带我经过一条长长的巷子拐进他满地啤酒瓶的家，也还是难免生活方式或者性格上的差异所造成的陌生感。然而我和这位朋友的陌生感竟然让我感到庆幸，我庆幸我们不是恋人，不然要天天听他念叨，这样不能触碰，有毒，那样不能触碰，有细菌，我想我会烦躁不安，会有逃跑的心思。

有人说能找到志同道合的人就找到了半个知音。我不相信这样的话。不是所有志同道合的人都是半个知音。他们也可以是天生的仇敌。他们有时互相赞美，有时互相抵触，有时关注，有时取消关注，他们的社交自由和他们组织汉字的自由一样，随心所欲。当然，他们永远是孤独的。尤其组织汉字能力越强的人,孤独感越强。这种孤独是内敛的,加之他们的修养和自尊心,使他们不愿意释放孤独,他们用一种悲壮的享受来接纳孤独,并且认为,在这样的圈子中最安全,也最适合组织汉字。

永远不会有人理解这些汉字组织者为何喜欢熬夜,他们浪费清梦,浪费约会时间,浪费谈情说爱,浪费劳动力。尤其是浪费劳动力。对于这个浪费劳动力,我本人深有感触,但也有应对的措施。我跟某位写散文的朋友说,千万不要向别人解释"我写作也是劳动",尤其当你收到邮局寄来一张写着"稿费27元"的通知单时,不要哈哈大笑,也不要低声下气,要拿出你汉字组织者应有的气质,淡泊地走到柜台,然后拿着你的27元去超市买8.98元一斤的火龙果,回到家,在挂着"气节"两个大字的墙壁下吃完它。对于汉字组织者来说,应该懂得生活需要真实铺垫,更需要虚构填充的道理——组织汉字是你真实的选择,而27元是虚构的。你得这样想,李白也只说他"举头望明月,低头思故乡",却没有明着告诉谁,他颠沛流离,壮志难酬。

在我看来,酒桌上的汉字组织者是最可爱的,虽然酒让他们感情脆弱狼狈不堪,但这时候他们活得最为真实,也最为豪气。他们之中没有一个人是李白,可能连姓李的都没有,但是他们在酒桌上一定会说一些李白的话——古来圣贤皆寂寞,惟有饮者留其名。

我那位诗人朋友的客厅放着一张大号圆桌,就是专门为喝酒准备。可惜我不喝酒。

在东莞观音山我看见一个写散文的人,他的醉大概就是李白式的醉,或者徐霞客的醉。他爱写游记,言行举止都是一股沾着露水的清朗的游记味道。那天下午,他喝醉后就把自己放在一棵树下的石桌子上睡觉,那时深秋,不管南方天气怎么暖和,在一棵树下吹风睡觉还是会感冒的。他果然就感冒了。他感冒后写了几句感冒的话,那些话带着一股清淡的酒味。他说:"看别人吃一顿饭一掷千金,我就为写字的人心疼。"这些话只有经历过熬夜,经历过27元才能说出来。当然,我想他说完一定又投入熬夜写作中,因为27元可以是钱,也可以是一种力量。

当我再一次去那位诗人朋友家,他告诉我,他已经和小舅子合伙开了一家小吃店。没有办法,养妻养儿,还要养一所刚购买的房子。这个自称房奴的朋友把钱包抖开,从夹层里掏出35元放在桌上,他大概想跟我表示他的家当全部耗在那间小吃店和新买的房子上,现在就剩下这35元,但他最终什么也没说,又将那35元啰啰唆唆装回去,就像装一个已经暴露在阳光下但他还想继续隐瞒的秘密。

自从我那位诗人朋友做起了小吃生意,他约我晒太阳的时间就少了。也许他的店面朝着东方,他一开门就可以看见早晨第一缕阳光。我以前很少去想象一个拿笔的诗人拿漏勺和锅铲是什么样子,而现在这位朋友除了要拿漏勺和锅铲,听说还要兼顾跑堂和洗碗抹筷的工作。

其实我应该恭贺这位诗人朋友,他从此不用再熬夜,也不用再孤独地组织汉字。以往他房间总是亮到深夜的灯现在可以提早熄灭。更不用烦恼周边喧闹的人群搅扰他组织汉字的思路。总之,那份清苦的坚持现在可以放下了。可是我没有恭贺他。

像我那位朋友一样选择做生意或者做兼职的汉字组织者逐渐多了起来,他们有的已经发财,有的正在努力发财。他们说,生活比诗歌重要。

生活确实比诗歌重要。可是他们也知道,生活里不能没有诗歌。尤其是他们曾经与诗歌为伍。一个有精神世界的人永远不会在富足的物质生活中感到舒适和快乐。对这些人来说,世界就像一个越来越紧的夹板,只能侧身前行,对诗歌和生活都保持着自己的怀疑。

我想只有拥有近乎愚蠢之耐力的人才能长期与汉字为伍,他们大部分时间宅在家中,写到口干舌燥才会想念超市里的火龙果——假如他像我一样住在南方,并且喜欢火龙果的味道——火龙果清热化痰,润肺排毒,味道清淡,正适合熬夜之人。

工厂捕食者

晚上出去才会有清净的空气,尤其在那一股长风的吹拂下,能闻到走廊边红色三角梅的味道。现在春天,三角梅开得正好,可是我很少有兴致在晚间赏花散步。我丈夫早出晚归,或者晚出早归,他是一家外企的普通工人,两星期转一次班,疲惫,匆忙,精神紧张,少白头加深他的年纪。他的大部分时间给了工作,余下的时间给了睡眠,只有在睡眠和工作的夹缝中挤出来的时间才是我的。他没有多余的时间陪伴我,像那种花前月下的日子很难发生在我们身上。我们的恋爱结婚都是匆忙式,闪电式,节俭式。当然,这并不影响我们组成一个幸福圆满的家庭。

有时我会接到一些表示关心的电话,询问都比较直接,丈夫做什么工作,有没有车子房子等等。我只能理解他们。就像理解农夫把桑树截断后重新嫁接是为了使它长得更好。他们不会认为这样的行为有什么过分,有什么残忍。这样的行为属于人之常情。

可是，当你不断去理解别人的时候，上帝也会不断考验你的耐力。上帝要历练和督促一个人的成长，总会给这个人设定无数关口。他可以给你吃一口蜂蜜，也可以让一只蜜蜂叮咬你的耳朵。但是，上帝给你吃的不一定是蜂蜜，他派的蜜蜂也不一定真的让你变成聋子。他有时试探你的耐力，有时试探你的定力，有时试探你的慧根和悟性，有时试探你的良知，总之他会试探你承受一切的内心底线。

我想我那位已经十年不联系的初恋男朋友就是上帝派来的。也可能是猴子派来的。他从前穷得像个拾荒者，如今他说，他占了天时地利人和，企业占了他的土地，他得了一笔赔偿款和一所安置房，不久的哪天要准备买一辆车。他把他近年得到的人生大菜一盘一盘端给我看，然后问我这些年过得怎么样，他很伤心愧疚当年娶了别的女人，他想得到我的原谅，如今他忏悔难过，也许哪天他就要离婚了。他叨叨地说了一大串。我知道他并不是想得到什么原谅，他无非想表示，他如今比我这位昏天暗地上班的丈夫更有能力和条件，更有出息。他可能认为一个男人只要有钱就是有出息，就会比我这位拿着普通工资的丈夫更有条件获取一个女人的欢心，哪怕他曾经犯下难以宽恕的错误，也可以用今天得到的物质地位来抹平那些错误。事实证明他确实比从前更有自信,他的语气充满过去没有的底气,当他问到我丈夫做什么工作、我如实回答了他,他说,他的直觉告诉他,我可能过得不是很好,如果哪天遇到什么困难,一定要告诉他。最后他自信地挂了电话。

接完那场电话,我丈夫也睡醒了,他刷牙洗脸,然后给我做了一碗面条。面条里加了一小撮绿豆芽,几丝青椒。味道正好。

跟那位有钱的初恋男朋友比起来,我丈夫如今更像拾荒者,头发里躺着早年在建筑地脚手架上摔出来的一寸半伤疤,睡眼惺忪,鼻梁上架着一副掉漆的黑边框眼镜。只有戴上这副眼镜的时候,你才会觉得他不是拾荒者,而是一个落魄的书生。即便他是这样一个落魄书生,你也能毫不费力感受到他的勇敢和坚毅。我觉得他像一棵长在悬崖的树,每一节根须都在石壁上蜿蜒,像寻找阳光一样寻找石壁缝隙里少量的土壤。我见过那样的树,在故乡的峭壁上,它们的根须在石壁表面四散延伸,哪一节根须先遇到土壤,它就扎根在那里,其他的根须继续前进,直到它们都在峭壁上找到扎根之处。树就是那样被无数根须定在峭壁上,它本身并不高大,长得也弯弯扭扭,但它的根须必定粗壮有力,看上去好像整座山都在这棵树的环抱中。当然,我只是这样比喻。我丈夫只是一个普通工人。他和树唯一相同的是,树有很多根须,他做过很多工作。这些工作和树的根须一样,它的作用都是让它的主人在世上安稳存活。遗憾的是,不是每一棵悬崖上的树都那么容易存活,因为它分布出去的根须很可能找不到扎根的土壤,那仅仅够发芽的土壤永远不能提供足够的养分。人和树一样,终身奔忙于给自己提供养分的路上。

树有不幸的时候,我丈夫当然也有找不着工作的时候。来南方之前,他在北方一家菜市场门口蹲着,十五岁,找不着工作,身无分文,那是挨饿的第七天。七天前他和另一个少年还坚持四处找工作,白天出去,晚上回到菜市场,在那些摊子背后捡别人不要的好一半坏一半的水果充饥。他们这样坚持了六天,直到第七天,他们的意志在这一天崩溃。另一个少年不知去向。我丈夫一个人蹲在菜市场门口。他说,他当时虽然很饿,但是思想活跃,他已经计划了很多越轨的事情。当他决心要这样干的时候,一个中年女人解救了他。那个女人开一辆轿车停在菜市场门口,她住在菜市场旁边的七楼上,她买了一树盆景,要雇人帮忙。我丈夫在最倒霉的时候遇到了最幸运的事,那个女人选中了蹲在墙根角的他。虽然他搬这树盆景歇了十五次气,眼冒金星,满头大汗,但总算完成了任务。原本说的十元钱,那个女人却给了他二十。他买了几个馒头,吃了一碗热面,之前想好的计划在那一顿饱饭后全部忘记了。

事情就是这样,上天让他十五岁出门他就十五岁出门,让他饿七天他就饿七天,让他饿七天后遇见一个需要搬花的女人他就遇见这个女人。最后上天的考验暂时告一段落,让他来了南方,进了这家厂。

有时我在畔湖西街遇到我丈夫的同事,会忍不住想象他们从前是干什么的,会不会也有蹲墙角的经历,会不会因为搬一树盆景改变命运。或者向他们的妻子打听,问她们的丈夫是不是也和我丈夫一样,在看到春天走廊边的三角梅,只提起三分欣赏的力气。但我没有去问。我想到悬崖上的树,它们在峭壁的缝隙中生根发芽,有向阳的秉性,也有孤独封闭的性格,它们在忙于输送养分的路上,最喜欢寂静的、不受干扰的生长环境。

跑马山

"跑马山"的地势非常有趣,海拔两千三百米左右,山顶自然凹陷,形成旋涡似的深谷。这深谷是一个小小的村落。要上山的人得下山才进得了山,而下山得先上山才出得了山。谷底有不少梯田,稀稀落落的房子建在梯田中间,站在山顶可以看见从那里升起的炊烟,还能听见几声回荡在山谷的狗叫。条件所限,此处的梯田种不了水稻,只能栽种土豆、荞麦、萝卜和豌豆这样适宜高山生长的作物。

雪来之前人们会赶着摘豌豆,几乎所有的山民这个时节都在忙碌。跑马山也不例外。要想冬天清闲,除非不种豌豆。

我和我那位做豌豆生意的朋友正是为了打探跑马山的豌豆价格而来。他是汉族,不会说彝语。一起来的还有他的娇妻。之所以说"娇妻",是因为这位朋友的身材实在不瘦,显得他妻子特别娇小,苗条。

很不幸我们撞上一场大阵雨,瓢泼似的把我们浇成落汤鸡。他夫妻二人长期与外省老板用标准的国语商谈豌豆事宜,因此雨来之时,他们也习惯性地用标准国语和老天爷交谈。雨大得没有办法赶路,只好站在一棵大树下避雨,最后担心被雷劈干脆站出来淋。好在这雨来得快,去得也快。

当我们把三轮摩托找地方停好,狼狈不堪地到达谷底,已经冷得牙齿打战,饿得话也不想说了。

在谷底和一个年轻人说话,聊了半天知道他是我中学时候一位同学的哥哥。我喊他谷主。他说他的弟弟现在是某乡政府的一般工作人员,官不大,但是比他强。我不知道他说的一般工作人员是怎么个一般,倒是他本人很不一般地杀鸡招待了我们。

我那位汉族朋友虽然不懂彝话,但是非常了解彝族规矩——他吃了鸡头——鸡头在这里代表的是彝族人家至高无上的欢迎,你吃了,就得回以起码的心意。就算你没有吃鸡头,鸡是因你而死,你总得表示表示。所以他给了这位谷主不满一岁的孩子五十块钱。对这些规矩我已经形成了条件反射,因为少年时候的家训是,如果有人不管送什么东西给我们,一定不能让那人空手回去,比如送你一簸箕酸菜,一定要记得在簸箕里放一包哪怕是盐巴那样的东西。这是尊重。你回的东西哪怕轻得不值一文,对方也会很开心。

饭后，谷主给我们烧了一堆火，坐在门口讨论豌豆价格。大概为了想要表示他的豌豆比别的人家的豌豆长得饱满耐看，等我们烤得衣服干透了，他决定亲自带我们摘豌豆。

到了地里才知道这位谷主的父母一直在忙碌。就是刚才下大雨，他们也披着薄膜冒雨采摘。总之在雪来之前一定要抢摘第一茬最有卖相、结得最好的豌豆。

谷主的母亲告诉我们，第一茬豌豆不仅卖相好，吃起来也香。她点着了一支草烟含在嘴里。

我剥了几颗生豌豆吃，是一股雨水和豌豆的清香。

"这里叫'跑马山'。可以跑马吗？"我自言自语。

"我们就是马。在这里跑一辈子啦。"谷主的母亲指着豌豆地，开玩笑说。她脸上的皱纹挤紧了，被草烟呛了一下。

我那位朋友口沫横飞地和豌豆主人砍价，因为他现在不饿也不冷了，肚子里的鸡肉给了他足够的力量，使他在那里说起话来底气十足。他帮着摘了半撮箕豌豆，像狗熊一样弯着身子，肚子上的肉被弯着的大腿挤出来，鼓在那里。

谷主的父亲从始至终在摘豌豆，他脸上挂着笑意但是没有说过一句话。他身边不远处的田埂上站着他家的矮马，那匹马只发出吃草的呼呼声，这位父亲也只发出摘豌豆的声音。

那位朋友和谷主始终没有将豌豆价格谈拢。但是他们谁也没有离开豌豆地。他们坐在田埂上继续下一番讨论。

"你知道我是生意人,这样的天气,这么高的海拔,我开三轮车来这里非常辛苦。如果现在这个价格不卖,你只能用马驮。它能驮多少?"汉族朋友给谷主递了一支香烟。

谷主看了一眼他的马,眼里充满自豪的神色。他向我们保证,这匹马虽然小,可它从来不认为自己小,它认为它的脚力比全村甚至它见过的所有马的脚力都好。它认为它相当强壮。在一次火把节的赛马会上,它差点跑赢了一匹比它高大威猛的马。谷主特别强调,这匹马的本领从来没有让他失望过,如果我们不能答应他坚持的价格,他会考虑用这匹马将豌豆驮下山去,找别的买主。

"我看它比豌豆大一点罢了。"汉族朋友的妻子指着那匹矮马毫不客气地说。

谷主走到梯田的一边去,他左右看了一下豌豆地,又看一下那匹矮马。从地里扯起一把豌豆叶子递到马嘴边。

这时天色渐晚,密匝的林子里传来的鸟叫使寂静加深一层。白天那阵大雨没有什么影响,月亮早早地挂在背面豁开一条口子的山梁上,那里树木繁多,此时看来仅是一道道黑影。夜色还没有黑透时,月光还不能铺展。此刻仅是不明不暗的光景。我感觉自己站在一个簸箕里,抬头看见的天空也只是比月亮大一些的圆盘,看着像是一个在圈里,一个在圈外,实际上都在圈里。

谷主的父母还没有打算收工。他的母亲卷起衣裙的下摆,将它扭成一个兜,用来装豌豆。她的眼睛凑到豌豆藤上,白天绿得很亮眼的豌豆叶子模模糊糊地缀在她的额头,使这位年迈的母亲看上去更加温柔慈祥。她一只脚的膝盖触在地上,半跪着,夜色完全降临时淡白的月光也降临了,灰蒙蒙像一件旧衣裳穿在她的身上。

他们始终没有将价钱谈妥。我那位朋友很不甘心,这一趟不能白来,他决定答应谷主的盛情,在此暂住一晚,明早继续讨论。

那天晚上我们睡在火塘边,盖着谷主特意为我们准备的羊毛披毡。火塘的另一边睡着一条狗,它身上的跳蚤半夜袭击了我们。

第二天谷主杀了一只瘸腿的鸡。还搬出他储藏了一阵子的苞谷酒。

他们在酒桌上又谈起了豌豆的价格。虽然称兄道弟,但始终坚持自己的条件。他们各有各的道理,谁也不能说服谁。我那位汉族朋友说,他要费很多时间和精力甚至浪费很多口水才能从外省老板那里赚到一点小钱。他有家要养,有孩子在上学。他普通话糟糕,可为了与外省老板沟通,他必须要学。总之,如果这里收购的豌豆价格过高,他所有的付出都是白干一场。

而那位谷主,喝了酒口才没有生意人好,说话笨拙但是理由让人感动。"这豌豆是我妈妈种的。"他说完这句话就不知道往下怎么说了。他往那位汉族朋友的碗里添几块鸡肉,说这是高山鸡,味道比山下的好很多。生意人的生意都是在酒桌上完成,但是谷主不是生意人,他只会在酒桌上介绍他的鸡肉的鲜美,介绍比他强一些在哪个乡政府当一般工作人员的弟弟,介绍那一片豌豆的成长出自他母亲之手。

谷主的父亲也喝了不少酒,但依然沉默寡言。他出门去准备放羊时撞在一面墙壁上,险些将头上包着的彝族帕子撞落下来。

我走到门前,看见谷主的父亲醉醺醺地将几只山羊赶着走向昨晚月亮升起的方向。昨天我们也是从那条羊道下来的,路面尽是羊屎疙瘩,还有几只谁穿烂扔在路上的旧鞋子。谷主的父亲慢腾腾地走在羊群背后,一直不说话的他居然在那里唱起了牧羊的歌,底气不足但沧桑有味。

那位朋友和谷主也走到门前来了。他们继续昨天没有达成协议的话题。谷主的母亲在马槽里倒了半桶水,她赤着双脚,从房子背后牵出那匹矮马。它走路有点偏,后蹄子好像受了伤。难怪昨天傍晚在豌豆地边吃草,它吃完周围的草就不走动了,非常安静地站在那里。

谷主尴尬地看了我们一眼，转过头去。我那位朋友停下正在和谷主讨论的话题，他看向那匹马，和那位赤脚的母亲。

原来这匹马正是去年驮豌豆下山时走伤了。现在它是一匹毫无脚力的马。谷主想把它卖掉，但是最后没有卖，他说它从来没有让主人失望过，它的脚力一定可以恢复。

我那位朋友大概受了某种感动，也或者是争论得疲惫了，他答应了谷主坚持的条件，将这几天摘来的豌豆全部买下。

我们爬上谷底，重新站在山顶公路上。谷主的那匹马和他的母亲又出现在豌豆地里。只不过从这里看下去，看不出马受了伤，也看不清他母亲低下去触着豌豆叶子的额头和半跪在地上的脚。

可能明天还会有别的收豌豆的人来跑马山。但是他们不一定会发现那匹马的蹄子受了伤。

火车上的男人

傍晚的成都罩着一层灰雾,广场的灯亮了起来,等车的人坐在一排掉光了叶子的树下,被灯光切碎的树影掉在人的肩膀上,手心里,以及椅子的周围。

还不到上车时间,心里有些沉闷。广场上的人很少说话,他们要么靠着椅子打盹,要么平静地撕着一袋泡面。广场比白天少去许多喧哗。我往四周望去,仿佛看到许多人写在脸上的焦躁的表情,那是与我雷同的天涯沦落人的悲哀。

也许他们并不悲哀,他们要去的方向是自己的家,或许,是去某个地方闲耍。

我认真地瞟着四周,心里猜测这茫茫人海,会有谁和我同坐一趟车,与我同往一个城市,更巧的话,会与我正好坐到相同的小区,上帝如果眷顾,会让那个人住在我的楼上或楼下,这样的话,我会通过此次旅程认识离我最近的邻居,我就会在异乡多一个朋友。

——在我住的小区楼房里，我不认识我的邻居，每家人都关着门，好像失踪了。

我又无可救药地陷入幻想：我的邻居，我的朋友，我的父母和兄弟姐妹。我不知道为什么总是停不下脚步，为什么在家待不足半月又要离开。离开的时候我想表示我的哀伤，可是我没有哀伤来表示；我没有像第一次离家那样哭得像个弃儿。我在想，我可能生了一颗流浪的心。当我还是一个孩子，父母总是居无定所，像逃难者一样四处搬来搬去，我对新搬的地方刚刚生出一点感情，他们又被生活所迫而搬家。我的感情就这样一次一次被搬掉了。滑稽得很，父母总是搬家，却一次也没有搬离大山。他们从东面的山上搬去西面吃土豆，又从西面的山上搬去南面吃土豆，然后北面，最后又回到东面。

我从小就是流浪的，那时身在流浪，后来心也流浪了，现在，连灵魂也流浪了。我没有确切的故乡。当我写"故乡"两个字时，总要纠结那些临时居住地，要细心去想一想，它们之中，哪里更像我的故乡。后来，我在文字里说到的故乡是无限扩大的，它们代表了我所有居住过的地方——十个地方，代表一个故乡。

当我说起童年的事情，同龄的城里人总是瞪大了他们不相信的眼睛。他们说，82 年出生的人还那样穷吗？

这是一种被忽视的苦涩,就像我所居住的大山,他们只猜测那里有鬼,有土匪,还有怪兽,他们不说那里还有和鬼、土匪,以及怪兽抗衡的艰难生活的人。后来,当我和那些人说话,身上总像带着一股鬼气、匪气和怪兽气味。但更多的时候,我像傻瓜吉姆佩尔,我认真做着自己的事情,不与他们说一句话,他们拿我开玩笑,总是很成功地拿到笑料。

我的神思被一个行乞的中年妇人打断了。她使劲地抖动那只碗向我靠近。

"多少给点儿好吗?谢谢谢谢。"她不停地点着头,在灯光下,她用头巾遮掉半边脸,弯着腰,做着随时要磕头的样子。

我往她的碗里只丢了一块钱。

过了一小时,我等的车来了,我离开广场。成都也算我的故乡。我没有向它作别。

火车上的男人一路喋喋不休。他这样说了有半个小时了。

我不认识他。

真奇怪,我这样解释做什么呢?我本来就不认识他。

他坐在我的对面和我说他的家乡。我并不想听。

"我看你像四川人,是不是?"他又说:"你们四川人都很矮。嘿嘿——"他露着大门牙笑得像一只邪恶的怪兔。

我有点不高兴。怎么能说我们四川人都很矮呢？

我没有说话，尽量装着很淑女的样子，微微笑着看向窗外。我希望保持这个样子一路坐到杭州去。

"这里吃饭太麻烦了，辣得要命。"他龇一下牙，端起满是茶垢的杯子，喝下一口白开水。仿佛那股辣味到现在还折磨着他。

"我猜你一定是四川人。看你们四川人都不黑，你有点黑，不是汉族吧？"他又问了。不问个明白不甘心。

"是。我是彝族。"世上最烦躁的事情莫过于和不想理睬的人说废话。何况他还说我黑。即使我真的有点黑。

"哈，我晓得彝族，我见过。你们的衣服怪花哨。要是皮肤白点就好了。还有，听说那里的人不洗澡。"他希望得到答案的表情写在脸上。

"嗯，不洗。一辈子都不洗。"

他高兴得要死。

"听说，你那里的人把不认识的人喊老表，那你喊我一声老表呀，我从来没听陌生人喊我老表。"他露着两颗宽门牙大笑。

这怪兔听说的未免太多了。

"我们那里喊陌生人老表，陌生人得先给钱，喊一声五

179

百,喊两声一千。你先给我一千,我喊你三声,另一声算免费。"我也学着他抽疯的样子,故意大笑两声。

他不说话了,拿茶杯堵住自己的嘴。

车内杂闷的味道蹿上来了。有人在吃泡面,有人装睡,有人听歌,有人打牌,有人大声说话。我靠着窗子,已经是深夜,窗外偶尔晃过几盏灯。

"到什么地方了?"我自言自语。

窗外的灯光熄灭了,天空没有一颗星星,外面是无尽的黑。车厢内还亮着几盏灯。这是硬座车厢。

谁的孩子呜呜在哭,他低声喊着妈妈,但是没有人理他。可怜的孩子,我突然有点同情他。

对面坐的男人这回很安静,他斜斜地靠着椅背睡着了,嘴边滴着做梦的口水。

我也很困,但努力睁着眼睛。列车员在操着四川话提醒睡觉的人,说的什么听不太清,好像说"天干物燥,小心有贼"。

次日清晨,火车还在半路,得再坐一天。

车厢内的味道越来越重,烟味,酒味,泡面味,零食味,伴着恶心的大小便的味道从过道飘来。

半夜里,那些带孩子的妇人懒得去厕所,她们直接让小孩蹲在过道里尿尿。

抽烟的男士在夜晚也不去吸烟室,因为少有列车员巡视,他们也懒得离开座位,就靠在椅子上,一支一支地燃着烟。我晕车,怕闻到烟味,一直低着头,我的视线下是一堆杂乱的零食果皮。对面的男人把果皮用脚全部推到我的位置下。

列车员在中午才来扫地,我们这些仿佛蹲在粪堆上的人直到中午才得到一点干净。

"讲点儿卫生好不?"列车员好似在求情,她的扫把往谁的脚下一钩,都拖出一堆废物。许多人感觉无所谓,他们像爷一样,连脚也懒得抬一下。

我想起在某个地方,好像是一个旅馆里,一个中年妇人拿着扫把去厕所清扫,刚进去就听她在里面砸门,咒骂,再跑出来干呕。她可不是好惹的,她就站在阳台上,对着所有旅客的门大骂:他妈的王八蛋,畜生,屁眼生疮的家伙!

这个列车员很有耐心,她不骂难听的话,也不多说,更不和乘客开玩笑。她只在倒垃圾的那个拐角小道边,拿着扫把,望着车厢内的人,那眼神,好像有几分愿望把这些人全部扫去倒进垃圾桶。

对面的男人醒来了,他没有吃早餐,从昨晚一直睡到中午。他睁开眼,眼内布满因睡眠不好造成的血丝。像鬼。

卖东西的时间到了。过道内因疲倦而踡腿坐在地上的人被一次一次喊起来让道。他们在晚上不敢睡觉，防贼；白天正是安心睡觉的好时候，又得给人让道。疲倦的人简直很恼怒，但是又有什么办法，只好把自己的屁股摆向一边，让那架可恶的小货架咣当当挤过去。

“起来，起来！地上坐着也不雅观嘛。”售货员一边说，一边推着车子走。

“什么雅观不雅观，困极了厕所里也能睡。”疲倦的人大概想这样说，却什么也说不出来。他们看着售货员走过去，眼皮又垂下去了。

“让一让，让一让。”卖东西的人又推着货架，去催下一个挡道的人。

“大哥，让我的孩子在你边上坐一下，可以吧？我抱他一晚上，手都麻了。”一个妇人从过道爬起来，站在对坐男人的旁边，她跟他这样说。

那女子完全的村妇打扮，头发绾成一个鬏，用黑色的皮筋箍着。她怀中的孩子五岁左右，好像还很困，他半睡半醒，半靠在他母亲的肩膀上。

“你可以找两张报纸，在位子下铺开，躺在下面很舒服的，像床。我以前坐火车买不到坐票，就那样干。”他把手伸到位置下，指着那下方塞满了行李箱的“床”。

那妇人往座位下望一眼，摇一摇头，又期盼地看着他。

"哦，没地方了。"他低头看了一眼，笑着说，"那就让他坐一会子吧。"

那女人将孩子放到座位上，一只手稳着，自己蹲在椅子边。她把我们出去的路堵住了。

"谢谢大哥。"她真诚地说，随着，她往布包里掏出一袋煮花生放在小桌上，"你们吃，吃。"她笑着。

"我姓杜。"他跟那妇人介绍自己。妇人为了表示谢意，又诚恳地喊他一声杜大哥。

"不是肚子的肚，是杜甫的杜。嘿，不要听错了，可不是豆腐啊。知道杜甫吧？"兔先生往嘴里扔一颗花生，咀嚼着说。他往我这边瞟了一眼。

我很想说，"你应该姓兔。"但我没有说，我把这个好笑的念头压了下去。

"我不认识。他是干啥的？"那妇人很热情地问。

"写诗的。他写的'床前明月光，于是地上霜'，我很喜欢。"

我看见杜先生的旁座努力闭着嘴巴，他把笑艰难地吞下去了。

妇人羞愧地摇头，表示她不懂诗，也没有听说这首诗。"我不识字。"她说。

"那你去浙江干啥？"

"做清洁工。朋友介绍的。这个不用识字。只要会扫地就成。"她很开心。

"哦。"男人往里面又坐了坐，腾出多一点的地方，"你可以抱着他坐，这样蹲着腿受不了。"他指着那个孩子跟妇人商量。

妇人坐下了。她又给窗边的另一位男士点一下头，表示感谢和歉意。她小心翼翼地坐着小半边座位。

妇人的花生被兔先生全部吃光了，花生壳乱七八糟地扔在果盘里。这妇人还连连说，应该多带些，早知道车上遇着好人，应该多带些来感谢好人。

这妇人让我想到十七岁时候的自己，那是去成都的火车上，我没有买到座位，我也遇见一个好人，但是我报答好人不是拿花生去感谢，而是蠢笨地低头计算这个座位值多少钱。我只坐了半边座位，坐得实在难受，我暗自想着可能是不给钱的原因，那好人不愿意把多一点的空间让给我，于是，我递给她十块钱。她拒绝了。

她拒绝之后，我一直觉得亏欠她更多。那时，我还只是一个纯粹的傻瓜，我并不知道萍水相助是一种美德，它是不能用金钱去交易的。即使别人让给你半个巴掌的位置，那也是人家完整的爱心。何况，火车上的椅子偏窄。

妇人把花生壳拿去倒掉，她尽量做一些事情来表示谢意。

兔先生稳稳地坐在一边，熟悉之后，他也帮着那妇人抱孩子，说一些逗孩子开心的话。他买的零食也被那个孩子吃掉一半了。

我靠着窗，望着映在玻璃里的画面。突然觉得这只兔子也不是太讨厌。

又一个夜晚来临，这是在车上的第二个夜晚；过完这一夜，次日就到杭州，心里感到欢喜。

另一个位置上的男人一直在打瞌睡，窗外下雨了，他不能看见。男子将衣领提一提，他的下巴上的稀少的胡须迅速被衣领遮掉，上半边的脸有些惨白，好像生着病。

"哈，那人睡了好久了。"兔先生这样说，他的手在剥一颗糖果皮，他怀中的女清洁工的孩子歪着头认真地看着那颗糖果。

"你家哪里的?"女清洁工和气地与我说话。

我心情很好，这一刻，因为快到终点站的喜悦漫在心头。"我家在凉山。"我欢快地回她。

"哦? 梁山好汉哇! 不错。"兔子的"哦"声带着拐弯，好像一只打鸣的公鸡。

"啊！——"一声惊叫传来,我们收住笑声望去,过道里跪着一个男人。正是刚才一直睡觉的男人。惊呼声由一个中年女人发出,她被眼前突然的举动吓住了。

尖叫的女人旁边的青年女子很淡定,她正拿着小镜子照脸,将耳边的发丝往后拨一拨,又在粉盒里蘸一蘸,把左边有些灰暗的脸补上粉嫩的白。她的两片嘴皮互相抿几下,口红匀了。

"啊,怎么回事?"女人打扮完了,才这样惊慌地问。她站起身,把自己穿着短裙的细腿支在过道里,好像很有爱心,她朝跪着的男人走去,那男子只顾着哭,始终不看她,也不回答她的话。

妖媚的女人扭头回到座位上,斜靠在椅子边,继续拨弄她的头发。如果此时有相机对准她,她可能会摆出风骚的样子拍一张照片。她走过去,不过是为了吸引更多人注意她。显然她失败了,车里的人都从座位上弹起来,把目光锁定在跪着的男子身上。

"是病了吗?"

"不是吧,刚才好好的。"

"应该跟列车员说一下,找找医生。"

"对,怎么也要看看医生才行。万一他伤害到人,那可不好。"

——车厢里各种议论传来。

"他不会伤害人的。我叔叔精神有点问题,但是他不会伤害人。也许坐车久了,才这样——谢谢,帮忙扶他一下,好吗?"跪着的男人被一个少女拽到椅子上靠着,她在皮包里掏药喂他。少女一边向众人解释和致谢,一边请求帮忙扶一下她的叔叔。她的脸上没有太大的惊慌,大概已经习惯了。

男子靠在椅背上继续哭,口中重复着"求求你,求求你"。他拉住任何一个从他身边经过的人的裤腿发出请求。他似乎受到什么刺激,脸已经抽搐得变形。"你不要再喊了,安静,安静一点。"少女拍着他的背,好像在哄生气的小孩。

"需要帮忙喊我一声。"去帮忙扶人的兔先生从那边走过来,他回过头和那个少女说,并且指了指他的座位。我这时注意到,他的一只脚偏短,走路一摇一晃。

"他这里有点问题。"回到座位,他指一指自己的脑袋和我们说。

夜深了,哭泣的男子还没有止住哭声,不知哪里来那样多眼泪。灯光打在他的头顶,他的头发瞬间变成暖色,这种颜色与他发出的哭声极不协调。

有什么难过的事情使他的精神突然就失常了呢?我一个人胡思乱想。

窗外什么也看不清了,又和昨夜的黑是相同的,大多数的人在这个时候伴着男子的哭声睡着了。

哭泣的男人,他的肩膀此时埋在车窗遮挡的影子下,半个身体被灯光照亮,另外半个身子紧贴车窗,好像一片黑色的沙漠;这种黑,与窗外的黑连成一体,像近亲。

这个男人疯了。抱歉,我在心中百分之百地肯定他疯了。并且,我就这样放肆地喊他疯子。我不敢多看他一眼。害怕。

兔先生不怕疯子,他又放下清洁工的孩子,向那个疯子走去。"现在好些了吧?"他问着正在打瞌睡的少女。

"好些了。谢谢你。"少女向他致谢。碍于陌生人的因素,少女不和他多说。

在这个车厢里,只有这只兔子去看了又看那个疯子。也许应该叫他病人。但我心中是管他叫疯子的,我的冷漠真实地填在心中,不容我虚情假意地换一种称呼来改变。

"早些年,我妈的精神也不正常,够折磨人的,哎,都去世好些年了。去世前,在床上躺了三个月,突然一个雨天,自己精神抖擞地跑出去了,后来在一口井里找到她。——那些年穷,医不起。"兔先生靠在椅子上说起往事。

这回我竟然认真地听他说话了,他说起他的妻子,他的孩子,他的年迈的父亲,以及他所在的那个村庄的鸡毛蒜皮。

他把这些说完,又再说回他的童年,那时候,他多么勇敢,一石头砸穿马蜂窝,马蜂都追不上他。

——世界上所有的村庄都大同小异,那些人,那些事,都重复似的在别的村庄出现。

"我在浙江做建筑好几年了,那年从架子上摔下来,脚受了伤。好人有好报,真是这样,幸亏我是好人,不然老天爷一定让我摔死啦。"他嘿嘿笑着,低头把裤脚拉起来,露出一条扭曲的伤疤。

听着故事,不知什么时候睡着了。

醒时,车子已到杭州,快进站了。人们准备下车。部分人站在过道里,身后一色地拖着行李箱。

一下车,人就像潮水一样涌出去。我没再注意兔先生的去向。女清洁工和她的孩子更是没有踪影了。

出了站,我向拐弯处的公交车站牌走去,老远地,看见一个男子像疯子一样在骂人。近了一看,那人正是兔先生。

"你知道吗?我的钱丢了!就放在口袋里,口袋好好的,钱没有了!虽然不是太多钱,但那也是钱呀。"离得老远,他就对我这样喊。同时,他的眼里满是期望,好像希望我看到钱的去向,并且告诉他。

他伤心地望着一辆开远的车子说:"只接触过那个女人和孩子。她们竟然有钱坐出租?"

"还接触过疯子呢。"我提醒他。

"不会，那疯子是真的疯了。我看得出来。他不会偷我的钱。"

"也许下车时你自己弄丢了？"我说。

"不会，我很小心。"他把口袋翻出来，一看，口袋的小角还卡着一颗花生米。他恼怒的眼神像刺一样追寻着已经消失很久的那辆出租车。

我等的车来了。

"他妈的！好人没好报！贱货！贱货！"我上公车那一刻，还听见他在那里像个泼男一样大骂。

好在他的钱没有放在同一个口袋里，骂完还有钱坐车。他说："亏得老子聪明！"

我乘坐的车子已经开出很远，回头看看，兔先生还在站台前走来走去。他的乱发在风中翻去翻来，好像顶着一头荒凉的秋草。

缘　分

　　我走进那个院子时,一个中年微胖的女人侧身蹲在井边洗衣裳,身子缩成一个弧形,仿佛就要弹到墙外去——我为这个念头感到好笑。箱子"咔啦"一下撞在高大的木门上,她忽地转过身来,脸上很快堆出笑容。

　　"小女子,你租房子是不是?"

　　我说是。

　　她领我去了最里边的房子,那间房子正好在转角的楼梯口,又一道大门将它藏在里边,如不打开这道门,将很难发现这里还藏着住户。

　　房子是清新的,女房东刚刚拖了地,洒了空气清新剂——菊花的香气。

　　我的性格一定与"躲"字有关,竟然一点不砍价地租了这间房子。

　　于是,房子每天要开三道门。大门,二门,三门,我给它们取了这些名字;大门不出,二门不迈,我躲在第三道门里,除了上班的时候要跨过那些门槛。

房子的后面有一片竹林,竹林的左边,是一条泥泞的烂路,下雨天要脱了鞋子去走。我最爱在雨天出门,打一把有钩的伞,将鞋子脱来挂在钩子上,专门去走那条烂路——当我想家的时候,我就去走。

后来那条烂路被填平了,便再也不去。

房东的女儿比我大十岁,那时,她二十九岁,每天被她的母亲领着去相亲。她叫什么呢?好像叫小红,又好像叫小雪。

她每出去一次,都要打扮一下,脸上没有笑容,那打扮也不是她的意思。到了二十九岁不结婚的女人,好像是多羞耻的一件事情。她的母亲拖着她,非常苦恼的样子,仿佛一个水果贩子,面对着自己熟透的果实没有人想买而难过。

女房东去给她的女儿测八字,其他一样都不看,单看婚姻。那位算命的老瞎子(或者没瞎),眼皮一闪一闪地告诉她,你这个女儿,婚姻的缘分还没到,不过也快了,就是这一两年的事情。

过了一年,房东的女儿嫁出去了,那个人有房,有车,有钱,虽然没有貌。

嫁人原来是这样一件事情,挑来挑去,最后挑的是房子车子和钱。我在又一条泥路上走玩的时候,房东的女儿和她的丈夫回门来,开着车,从我身前晃过去了,她跟我打招呼,脸色有些复杂。她旁边坐着的男子,胖乎乎地夹在座位里。

是夏天了,院子里有一棵树挂着许多"胡须",房东的女儿回来度夏,她的丈夫也来了,这个胖胖的男人,他将挂着的树须子一条一条剪去,仿佛那树是他自己,那胡须是他的胡须,非剪掉它们不可。夏天过去的时候,树仿佛要死掉,却还是撑了过来。

有人说感情是可以培养的,也许是吧,房东的女儿逐渐开朗了,她三五成群地约人打牌,然后购物,逛街,四处游玩,回家时,手上总会拎着大包小包的礼物。

她喜欢穿一双高跟鞋,木底子,走起来踢踏踢踏响,仿佛一个非常贤淑的日本女人正迈着碎步从院子里走出来。每到她回家,如果我站在二门口,正仰头上望,她的母亲若正巧站在楼边,便会甜蜜地笑着和我招呼,小女子,你要不要来尝一尝我幺女子买来的橘子?我说不,她再甜蜜地笑着回去。

成都的冬天,我是在一个煤炉子旁边度过的,此地的人没有烤火的习惯,使初来的我感到不适应。他们抱着热水袋,走哪里都捂着它,不抱的人也有,耳朵上戴着一个绒绒的罩子,帽子也是,衣服穿了很多,从头武装到脚,那笨重的模样,有几分寒迫的窘态,看着像一个雪天出去狩猎的人——

什么也没捞着时的样子。

趁着一个傍晚，自己匆匆跑到街上，抱了一个袖珍型的煤炉子回来。女房东站在二楼嘻嘻笑着，她戴着一双白手套，凑到嘴边哈出一口白雾，那白雾，就像蒸饭时揭开锅盖冒上来的烟雾。

"有那么冷吗?"她问我。

点一点头，挤出一个"冷"字。身后的木门吱扭一声自己关上了。

我租的房子是一个小得有点可怜的笼子，喜欢它的小，喜欢像鸟一样挤在窝里。一个人的房间不必太大了——我对所有来观看房子的邻居说。大的房间会令我感到空寂和一无所有，真奇怪，我竟然会有这样怪异的想法，事实上又确实是这样的感觉。以前也租过大房子，却常常站在大房子里不敢说话，说多少话，大房子都让它从空空的角落或窗口飘出去，小房子不同，话像花瓣一样，仿佛都满满地粘在墙壁上，或者，插进一只新买的笔筒里——这像是聊斋故事。

煤炉子不能放在小房间里，于是，我将它摆在二门拐角的楼道旁边，一个人躲在二门里烤火，想来又温馨，又凄苦。

卖煤球的人，我们叫他"煤老坎"，他总会估量着我的煤球快要用完的时候，轻轻推开二门的半扇门板，露出一个刚刚够他脑袋伸进来的夹缝说，小妹子，你的煤圆儿快用完了吧？捡五十个不？——他给煤球取了一个漂亮的名字：煤圆儿。

我说捡。然后他很快地赶着去推板车过来，将黑透了的手套戴上去，把煤球一串一串地码放在小房间的角落。煤老坎穿着青蓝色布衣，一双布鞋，裤子与衣服一个颜色，正好搭成一个套装。卖煤球的人，好似都是一个模样，一种装扮，如果他走进街巷去卖煤球，我会认不出他，或者认为每个卖煤球的都是他。所有的人，都长着一张面孔吧？——我摸摸自己的脸，一个鼻子，两只眼睛——

煤老坎接过二十五块钱，走了，黑手套取下来塞进裤子口袋里，长长地挂着，像两条狼狈的舌头。

房东很少下楼了，入了冬，她便躲在二楼避寒，仿佛一条懒蛇，只在吃饭的时候滑出门，吃完又滑回洞里去。她的女儿也很少再来，仿佛又是一条年轻的懒蛇。男房东不一样，他会在冷天去跑步，穿一身薄薄的单衣，跑完顺便采回每天要吃的蔬果。

烤光了一百多个煤球，天气逐渐缓和了，阳光从大门里穿进来，再穿过二门，于是我坐在煤炉子边，脚下就会多出两束阳光。阳光将我托着，像托着一片纤薄的云彩。

游子，你回家吗？——阳光仿佛在说话。我恍惚地回——家在山上，家在山上。

女房东频繁地下楼来,应该是阳光将她牵下来的,脸上总是带着灿烂的笑。她常去院子背后的竹林小憩。在那片竹林里,老竹子没什么变化,好似所有老去的植物都一样(包括人类),他们不分春夏秋冬,眼里没有时间流淌的痕迹,所以死才成为一个谜——突然那个人死了,或者那棵竹子身上背满了黄叶,这个谜底才破晓。

新竹子是不一样的,女房东喜欢新鲜的竹子,那些嫩竹叶,好似琴弦上拨弄古典音乐的手指,那分气韵,全都演绎在春风里。她搬着竹椅子躺在竹林下,不说话,不需要说话,能在平静的春风中做一个香梦,比在黄昏看一出落日有意思。这是人和自然的缘分,也是女房东和竹林的缘分。

我很少去那片竹林,听说竹叶上常常挂着泪一样的露水,每个清晨都粘着,日出才落去。

我去了远一些的地方,骑着矮小的二手自行车,因为刚学会骑车,车头总是晃来晃去;骑到火车站后面的小坡上,人突然多起来,我犯了临时神经病,看着前面的自行车轮子转得好看,想着去擦他的车轮,我想知道这样擦上去会不会摔倒,按照平时骑车摔跤的经验,车子在后面擦着轮子,前面的人不会摔,那后面的人呢? 我此时就在后面,很想知道这个答案,于是擦上去,一点,一点,慢慢地擦上去——"卡塔——",车子散了架一样倒下去,我落到地面,一声闷响。

前面的人根本不知我擦了他的车轮,平静地蹬车远去。

这是我自己闹的惨痛的笑话。跑到街边买了一块邦迪,坏笑着贴在手腕上。

火车站离住的地方有很远的距离,却只有这一条路熟悉,试过去其他的地方,每一次都是狼狈地迷路到天黑才找回去。我的个性,就算是迷路了,也不会跑去问人。这里叫什么名字,一点也不熟悉,只喜欢它有一段废弃的铁轨可以走着玩,便每个星期天都来。

铁轨的尽头我从来不去找,就像看到的水,从来不去找它的源头。我从铁轨中间走上去,一直走到一片菜园,然后,被那些比我还高的菜花淹没。菜园旁边是居民小区,每一个小区的门都背着菜园开,我就躲在这些房子的背后,稳稳地藏在这里,好似一只蜜蜂。那些房子的窗口是半开的,偶尔伸出一只脑袋,或者一只手,脑袋上的眼睛半眯着,他明明什么都不看,却要将它递出来,仿佛只是为了给脑袋透气;那只手也是,放出来不为了招呼谁,也不做再见的表演,只是往那个窗户晃一下,很快又收回屋里去。

我是这些房子的偷窥者,当然,我看不到它们的内心去。除了从那些门里走出来的人,等他们像潮水一样涌向街巷,我才侧着耳朵听——旧瓶子一毛,旧报纸五分,破铜烂铁等下说价钱。

我认识了一个人，就在这所房子里，他走出来，双脚踏上铁轨，远远地看着我笑。我避开他的笑。直到他跟我说话，我应他一句，就算做了半个熟人。

他突然带来了几个朋友，三男两女，他们快快地走着玩，走累了就坐在一起说话。有朋友是一件好事情，我没有，却不感觉难过。他们一定同情我了，故意跑来和我说话，有时手里拿一把菜花，有时什么也不拿，急急地跑来坐在旁边，傻说，傻笑。

他姓白，我不记他的名字，只喊他小白，这像聊斋里的一个名字。喊完之后觉得——他是一只男性的狐狸。

小白刚来成都不久，还没有找到工作。每天，小白的第一件事情就是沿着车站旁边的栏杆或墙壁，看那些高高贴着的招工启事。招工启事里没有一个工作适合他。跟他一起的朋友，都是他的同乡，也和小白一样没有工作。

一个下午，我独自走在铁轨上，小白没有来，不，他后来来了，邀请我去他们租住的房子认一下门。他说，以后想去，可以随时去。

我为什么要去？那里没有我的朋友，你也不算。我看一看他的脸，那张与"白"字全无相干的脸，满是真诚和热情。

小白的房间在六楼，是这所房子的最高处。楼梯很窄，转角的地方贴着小广告，有介绍工作的，也有治疗疾病的，仿佛小广告只有贴在楼梯边才会有人注意——爬楼梯是件累人又枯燥的事情。

房子底下是菜园,菜园里隐藏着我每天要走的铁轨,我躲在菜园里,却不知道楼上住着小白——假如他不下楼,假如他不去走铁轨。

房间里坐着小白的朋友,有两架床铺,女的在一边,男的在一边,中间用一块花布隔起来。这是一所男女共用的房子。煮饭也在房间里,在那个小角落,用几块破砖撑着木板,木板上放着一只大号的电饭锅,筷子用削去上半部的矿泉水瓶子装着,菜刀明晃晃挂在墙壁的钉子上。没有看见蔬果和米,仿佛厨具只是一个摆设,仿佛他们的胃与粮食无关。

凳子是没有的,来客一律请坐到床边。衣服扎成一捆,用一条细绳子拴来挂在墙上,散着的几件放在床头当枕头。整个屋子的寒酸,全都化在坐着的几个人的脸上了,他们尴尬地想解释什么,却又说不出来,只好热情地招呼我。

坐吧,坐吧,不要客气。两个女生红着脸说。

我没有入座,跑去站在窗边,也把脑袋伸出去,手也伸出去,一起伸出去的两样东西,无法看清楼下的菜园,当然也看不见废弃的铁轨。手里什么也抓不住,包括风,也轻松就从指缝里穿出去。

——六楼是一个空壳子,人是虚无的形状,屋里所有能呼吸和不能呼吸的,都只是壳子里的幻象。

喝了一杯热水,告辞了屋里坐着的几个人。小白将我送到楼下,笑一笑,转身上楼。

我又回到自己的住所,从大门走进去,推开二门,走入三门,将门闩上锁。

将门闩上锁,这是一个莫名其妙的动作,我本身不知道这么做的意义,却自然地这么做了,仿佛有什么东西要随着我流进三门里,而三门是个清静地,我不愿扰乱三门的清静。

三门是无法清静的了,自从走进六楼的房间,看见那些麻雀一样的人,以及那些装着石子的胃,三门里就时常闹鬼。我半夜醒来,有时醒不来,挣扎在一场噩梦的旋涡里。

又是一个微雨天气,我忽然想去走铁轨,骑车路过火车站后面的菜市场时,看见卖苹果的人担着挑子走路,他的草帽的影子,斜斜地落在苹果的脸上,使它成了一只花苹果。

"我要买六个苹果。"我拦住卖苹果的人。他摘下草帽,擦去汗水,才慢慢将竹筐放到路边。

六个苹果——六楼——六六大顺,好吉利的数字。小白住在六楼,可能就是缺少六个苹果,才不大顺。

绕道买了两斤猪肉,原本是给自己的,却突然不想将它带回三门里。

上了六楼,那个空壳子仿佛彻底空了,敲了半天门,没有人来替我开。将猪肉和苹果放在门口,转身下楼。一路瞎想,觉得这种做法有点过分,好似在伤着他人的自尊。只是这么想,并没有折回去拿东西。

余下的时间只在三门里度过,铁轨走够了,六楼又不敢去。闲着无事,便将自己冬天烤黑了的煤炉子抱去井边洗,女房东哈哈大笑,拿着一把芭蕉扇,站在二楼阳台的边角,长长地将笑声扇到井边来。

"小女子,我还第一次见人洗煤炉子呀,反正是要黑的,你洗它做什么呢?"

"反正就要洗,你管我做什么呢?"说完就后悔,赶紧赔个笑脸。

再去走铁轨,已经是秋天了,时间比我的自行车轮子转得快。六楼上的小白,明明不是我的朋友,却突然站在菜地里高高往上望。那个窗口静静的,好似里面从来没有人住过,我认识的小白,可能真是一只男性的狐狸。

你一定看多了聊斋——我嘲笑自己,将身子又掩进菜花里。往下一蹲,发现原本浓密的菜园只剩一片枯干的菜秆子,哪里还能藏住人!赶紧站了起来。

铁轨像蜈蚣的骨头,尽头就埋在一堆泥土里——当菜园不在了,铁轨的尽头才露出来。而我喜欢的是菜园。

我刚要转身,却看见小白站在那里,就在铁轨的尽头。

他慌张地跑过来，说不出话的激动。

你去了哪里？我找了你一个夏天。他说。

三门里。我笑着说。

我要走了，车票买在三天后。我的朋友也一道回去。这是我的地址。

小白将一张折好的纸条塞给我，如同他第一次送我下楼那样转身回去，只留给我一个笑容和背影。我没有喊他。忘记了说"再见"。

不是忘记说"再见"，而是不会再见。

回到三门里，那张纸条一直躺在桌上。夜间才打开来看，上面没有地址，只有几段小字。我没有看清楚这些小字，它们罩着一层雾。

三天后，我坐在井边继续洗没有清理干净的煤炉子。女房东依旧站在二楼上。她的女儿又来了，站在她身边，挺着大肚子，肚子里装着的仿佛不是婴儿，而是一场缘分，即使最初她不喜欢这份安排，逐渐也成了习惯。那"缘分"看上去多么饱满，像一个圆满的月亮，她的手游走在"月亮"上，仿佛一片轻柔的云彩。

圆月时分，我比女房东跑得快，搬了椅子躺在竹林下，听风，赏竹，看月亮。女房东也不示弱，就躺在我的旁边，她什么也不看，平静地打着呼噜。

看累了,将目光收回,却正好撞见竹叶上泪一样的露水,在清幽的月光里,闪闪发光。

　　我恍惚地说——那不是露水,那不是月亮,那是一场又一场短暂的缘分,此时还在,日出便要落去。

　　——打呼噜的女房东,她的呼噜声就像一把沙子撒进月光里。

理发店

　　我跟阿芳又被理发店老板炒了鱿鱼，女老板像个恶毒的泼妇，骂了我们一些脏话，把我们洗脸的盆子从她的店里扔了出来，砸出一个口子。我俩像憋屈的窦娥，站在门口傻眼了好一阵子。那天阳光很毒辣，就像女老板会吃人的目光。她是个外地女人，在这里开了一家理发店，就因为自己在这个地盘得了权利，就可以把我跟阿芳先扔出来，再把我们的盆子再扔出来。

　　我们没有要那个盆子。那个盆子一定沾了不少女老板谩骂时喷出的口水。

　　女老板的男人是个吃软饭的家伙，吃软饭吃得骨头都软了，像个瘪了气的皮球，扔哪儿都弹不起来。但对我们很凶，好像要把冤火都发到我们身上来。我们来应聘的时候是这个男人接待的，表情像他固定的发型，没有丁点儿人情味。应聘那天，他木木地坐在椅子上，支一颗染得五颜六色的脑

袋在那儿,女老板指着那颗脑袋说:

"洗一下头发让我看看。"

于是,我们就学着师傅的样子洗头。我们是刚学会还没出师就逃跑的叛徒,觉着师傅实在苛刻,学徒期三个月不给工资,而那时,我们正缺钱缺得紧,我跟阿芳一商量,趁着师傅不在逃跑了。现在要自立山头,就算没有本事也要装作很有本事。

女老板让我们把那颗脑袋洗了两次,其间问了那个男人的意见,男人说我们指甲太长,又说洗发水没控制好,滴进了他的眼睛,还说我们不会看镜子,光盯着他的脑袋看,脑袋有什么好看的,等等。女老板瞪了那个男人一眼。她让我们把行李搬进来。

理发店在一个小街道上,离市区很远,两旁是不知名的树木,有的高大,有的矮小,有的弯曲,有的陡直,在远山上还有松树,水冬瓜树,野桑树,也是高低不齐,但因为是自然生长,所以看起来很舒服。女老板是个吝啬鬼,舍不得买煤球,竟让我们在街边捡掉下来的树枝生火炉烧水。每天早上正睡得香甜,她就在门口敲门,轮到谁值日她就叫谁的名字,比周扒皮还准时。烧好水灌满水壶就去买菜,每天的菜不能超过十元钱,店里总共有七个人,每次都是肚子还没填饱,菜已经干净饭也没有了。那时候身材特别好,走路差不多能飞。

阿芳是个粗人,女性中的粗人,她那天来了火气,跑到山上大吼,骂女老板是个臭婆娘。我不觉得女老板是臭婆娘,只觉得她像个妖精。她每天把自己还有一点人气的脸画得妖气十足。不仅仅画自己,她还要把店里的女孩也画成妖精,她要做妖精之王,计算着培养出一群妖精来效忠她。她每天摆一个妖精在门口招揽。那天轮到阿芳,阿芳扭着面孔,画来画去都不像妖精,倒像个女鬼,那喷了颜色的头发像鬼的头发,那涂了口红的嘴唇也像鬼的嘴唇,阿芳拿了镜子一照,被自己这副鬼样狠狠地吓着了。她摔碎了镜子,指着女老板愤怒,"你这是妓院还是理发店!"

女老板把我也画成了妖精,她把我端溜溜地摆在门口的凳子上。路过的人伸头往里瞅一下又缩了回去。我做着吃人的样子把他们都吓了回去。他们的女人跑到很远才扭头瞪我一眼,从嘴里吹出一口痰,险要打到我的脸上来。我也摔碎了镜子,跑到山上和阿芳一起骂她臭婆娘。

女老板看我跟阿芳实在不是做妖精的料,就不再浪费她的胭脂。她把我跟阿芳当杂工一样使唤,有时给客人洗头,有时烧水,有时做饭,偶尔心情好的时候,会叫理发师教我们学习理发。我们倒也乐意,起码这不是我们讨厌的。

那天真来了一个妖精,那是女老板精心栽培的徒弟,现在像打游击一样潜伏在各个理发店里。就是她们师徒想要把正规的理发店都变成妖精园。

她穿着一双粉色的拖鞋,鞋底是木制的,走路时踢踏踢踏响,像个日本女人。眼睛不大,但装上了假睫毛,脸上涂着厚厚的粉,小心地笑着,好像笑开了粉就要掉下来。她从门口走了进来,手里提着小袋,搔首弄姿,眼睛瞟都没瞟我们一眼。那是元老归家的架势。女老板迎了上去,搂着她的爱徒喊叮当,这名字我很喜欢。她们闲聊了一会儿,后来叮当说自己很累,于是躺到里面的按摩床上休息了。

以后叮当就留了下来。却不值日。吃饭倒很挑剔,一会儿说辣一会儿说麻,说得我心里充斥着一股火气,从头顶一直贯穿到脚心。她每天的工作都很忙,来找她的客人也很多,在门口就吆喝:"叮当在不在?"——

听说她会各式各样的按摩,韩式的,泰式的,美式的,等等。不管什么式,我却从来没见她显露一下。有一次女老板要我给她送水,说她在给客人做泰式洗头。因为双手端着水,我便不能敲门,想用脚把门轻轻踢开,刚这么想着,一个陌生女人就闯在我后面来了,她一间一间把门踢开,轮到我这里时把我踢开了才踢门,水溅了她一身我一身。

女人闯进了屋里,砰地把门撞上,把屋里正在泰式洗头的两个人惊得尖叫起来。先是男人的解释,接着传来巴掌的声音,巴掌声一落,叮当的哭声就传出来了。门再打开时,男人跟在女人后面出来,衣衫不整,垂头丧气。里面的叮当坐在床上,裸着大半个身子。

叮当并不觉得屈辱,之后的几天依然嚣张跋扈。找她的客人少了一个两个不要紧,等到都被发现时再换阵地,隔个半把年又回来。她和客人的老婆们就是这样打着迂回战术的。

那一天,也不知道为了什么,阿芳和叮当吵架了,最后打了起来。阿芳是个粗人,她用在家里背柴扛桑叶的力气把叮当摔到地上,叮当也不示弱,她用妖精的指甲把阿芳的脸和脖子以及手背抓出了血痕。门口聚集了好多人,背着手边看边笑。我跑到里边拿了跟阿芳共用的脸盆接了满满一盆子水,出来就照着妖精的身上泼了下去。

这一盆子水泼下去,我们就被女老板扔了出来,工资被宰了半个月的,说是扣除不遵店规的罚款。我和阿芳在大太阳底下晒了一会儿,看着破盆子也被捡垃圾的人捡走,那半个月的工资也要不到,心里揣着一股无奈的绝望。阿芳领着我在周边转了一圈,走得脚板起了水泡,就是舍不得乘车。走到南桥的时候我实在走不动了,一屁股坐在桥边的台阶上喘气,阿芳扭头看了看我,问我是不是打算等谁来把我捡走,像流浪狗那样被哪个好心人捡走,没等我笑,她自己先笑了,然后折回来和我坐在一起。我们就像一对流浪狗那样,在南桥边坐了很久,也不见谁来捡,只见着匆匆的眼神,匆匆的脚步。

傍晚时分,夕阳刚刚从西边落下,月亮就弯弯出现在天边。我和阿芳买了一瓶酒,在小旅馆的窗口拧开瓶盖。那晚的风很清凉,像是刚从不远的溪边沐浴过来。我和阿芳都喝得很醉,好像哭了,又好像没哭。

隐心人

我上小学时要路过一个寨子，从村子中间穿过去，过了寨子翻鞋底一看，会看见一层不薄的猪粪。

寨子里有个放猪的少年，他是我同学的弟弟。十岁。凡是经过寨子踩着猪粪的人都认识他。他笑起来带着一股傻乎乎的邪气。会向你扔石子，吐口水，说脏话。

他在这世上唯一能干成功的事情就是放猪。他爹说。

既然唯一能干成功的事情是放猪，上学就不必要了。

我非常怕他。一次被他冷不丁从背后一脚踹倒，摔个狗啃泥。他看上去没什么不对劲。但他做的事情太不对劲了。

其实他放猪也不算成功，只是跟众多事情相较起来还算过得去。你仅可以看见他早上从寨子里赶着猪群出门，然后到了坡上，他玩他的，猪玩猪的。他永远不会管猪的去向。令人惊奇的是，他可以有本事把不知去向的猪找回来，像所有其他放猪少年那样，一只不落统统收圈。

星期天我会被父母派去放牛,只要我的牛一不小心混入他的猪群——他不管猪的去向,但有时猪会一步不离——他就发疯似的叫嚣着要杀牛报仇。他怪牛把猪吓小了。我的牛很难与他的猪共存。

他是个傻子,遇见躲着点。我婶子说。

放猪少年的哥哥是个非常善良的男孩。遇见谁都笑脸相迎。我常受他保护,避免了很多次狗啃泥的危险。我当时就在心里决定,长大一定要嫁给他。

可是后来发生的一件事情使我改变想法,我不要嫁给这位放猪少年的哥哥了。他的弟弟实在可怕。他没有丝毫感情,他确实是个傻子,是空心人。他死了亲人也不会掉眼泪。

是的,就在这位放猪少年十一岁那年,他奶奶死了。他没有哭。他在门口又骂又笑,和平常一样见人就吐口水,扔石子。当然那天没有人怪罪他,就算昨天他们的萝卜刚被这个放猪少年的猪拱了,他们也不再追究。放猪少年三岁丧母,现在连奶奶也没有了,他们同情他。

他是不会哭的。你们永远都不会看见有眼泪从他脸上落下来。他哥哥跟我们说。

放猪少年大多时候在山边的一条牛路上玩耍。一个人。他在牛路两边各挖一个坑,然后从这头跑到那头,跳进坑里将自己埋起来。我们上学走到山顶往下看,就会看见他像一只笨重的大鸟跳来跳去。

有时他在坑里装死。装得非常逼真。他装死的时候不会袭击任何人,就算你在坑前大声吼叫,他也好好地躺在那里,直到他认为这游戏的时间足够,才会复活。

他有时也不骂人。只不过这好意最多保持半天。

我父母后来搬到那个寨子短暂地住了一段时间。与放猪少年的距离更近了。但是他从来不会因为我是他的邻居或者他哥哥的同学而善待我。相反我挨打的机会越来越多。

我后来学会察看他的脸色,知道他哪天之中哪个时段是正常的,哪个时段不正常。我会选在他正常的时候和他说话,其余时间躲得远远的。

我之所以找机会接近他,是想听他讲故事。他说那个跳崖死的少年——我认识那个少年——死之前和他说了一宿话。

他不是傻子吗?一个将死之人和傻子说了一宿话。我很好奇他们那天晚上都说了些什么。为什么那个人没有找别的人说话,要找这个随时可能发疯的半大孩子。

我的想法受到很多人反对。他们说,傻子讲的故事只有傻子才听得懂。

放猪少年神思正常时也会主动跑来与我们游戏。就在寨子旁边的一个陡坡上,那里长着密密麻麻的树木和一米多高叫不出名字的草。我们的游戏枯燥乏味,每天在草丛里跑上跑下,陡坡下面是百丈之高的悬崖,我们就在悬崖上玩耍,因为知道下面是悬崖才会使我们的游戏惊心动魄,对它充满乐趣。当然这样的游戏我不会一个人单独玩。怕。

那位少年就是从这个悬崖跳下去的。他死的时候我还住在别的村子。

血。很多血。他们这样跟我传达那个少年的死讯。

悬崖处于我上学必经之路的下端,每天走到这里我会觉得背脊冷飕飕。我害怕这种死亡方式。他只比我大五岁的样子。十六七岁。他的一生。

我想我也是傻子。我可以听懂傻子讲的故事。

那天傍晚放猪少年比较正常。神色和善,表现出与他哥哥一样的温和态度。我们坐在那位少年跳崖之前坐过的地方。那天晚上他们就是坐在这里谈了一宿话。

他拿着一根狗尾巴草在头发上扫来扫去,然后将它别在耳边。

你也认识他,还问我做什么? 他说。

我确实认识那个跳崖少年,并且小学一年级时我们还是同班同学。他读书晚。他是个沉默寡言的孩子,腼腆,羞涩。我们的情谊仅仅是知道对方的名字。我认识他跟没认识一样。

他是个不幸的孩子。上学不到两年他的父母相继去世。他辍学了。他和他的妹妹住在叔叔家里。

他不快乐。我看得出来。每次我上学遇见他扛着一捆柴,主动与他招呼,但是他不理我。心情好的时候也仅是对我笑一笑。他只有十多岁,却有着与他年龄不相符的忧愁。后来有几次我甚至觉得他是瞎子或者哑巴,他遇见谁都低头走过,不看,不问,不答。

可我偏想与他说话。我跟在他后面不停地问他许多问题。哥哥,你知道这花叫什么名字吗?你知道昨天我阿爸捉到那条鱼有多大吗?你叔叔和婶子对你好不好?

这些问题他一个也不回答。

他没有朋友。也许有。在临死的那天晚上,他可能把这位放猪少年当成此生唯一的朋友。

此处长着一大片狗尾草,早前人们所说的洒满石头的血迹已被杂草掩盖。从天边飘来的最后一束阳光洒在杂草上,给了它们短暂的光亮。我似乎可以闻到一股细碎的草花香气。

来了一阵风,将放猪少年耳边的狗尾草吹落。

我迟迟不知道怎么开口问他。其实我也很清楚,问也白问。他每天讲述的那个少年所说的话都不一样。今天他说,那少年喝了很多酒,他们说了很多话并且打了一架,不欢而散;明天他又说,那天晚上他们偷了一只肥鸡,顶着星星月亮把那只鸡烧吃了,他们只吃鸡肉,谁也没有说话,然后第二天早上他听见那个少年死了。故事的结尾不变,中间他们的谈话千变万化。

那么,他都跟你说了什么？我想知道这一次他又是什么说法。

他摊开两手做出无奈之状。他说,那天晚上他们喝了很多酒,谁都没有说话。后来他拿了空瓶子往里边撒了一泡尿,扔到深沟里。然后他回去睡觉了。事情就是这样。

他这次的说法听上去像是真的。他的眼睛盯着远山上那朵灰云。他此刻看上去没有丝毫傻气,如果你不去计较他的大花脸,你会发现他有比我们任何人都深沉的智慧隐藏在双目之中。

但这样的聪慧之气转瞬即逝。当我准备再与他说话的时候却挨了他一拳。就是这样,你根本不知道怎么回事然后平白无故了一拳。他的拳头不分男女,神色粗暴傻气。那朵像灰云一样的笑重新堆在脸上。他又变成之前那个谁也不敢接近的放猪少年。

他扬长而去。我在原地抱着挨打的半只肩膀胡思乱想。夜色还没有完全降下来。我听见从悬崖低处传来的呜呜的风声。一股空寂的难以形容的心情压在我的心中。我无法忘记那个跳崖少年的笑容,他扛着一捆柴,像是昨天还在我身前走过去。

我不能从放猪少年那里知道他的遗言。我猜他那天晚上说的话尽是这个放猪少年的编造。

但是放猪少年哥哥的话却是可以相信。我一开始就应该去问他。他告诉我,那天晚上跳崖少年喝了很多酒,说了很多他兄弟无法全部记住的话。不过他兄弟跟我们讲述的每一句都是真话。然后他跟我一起猜想并且最后下了定论,那个少年的死因是一桩婚事。结婚要下不少的聘金,他婶子不愿意承担。并且多年来,他的孤儿的凄凉心境无人理解,他心中早已埋了绝望的种子。

我相信这个定论。一个没有绝望到极点的人不会有勇气跳下这百丈悬崖。

如今这里荒草萋萋,只有我们这些还不完全理解世事的孩子在荒草里游戏。我正是对什么事情都充满好奇的年纪,如我父母形容,我是个沉默但心思细腻的孩子。就是所谓的"隐心人"。

我同情那个跳崖的少年。与他几次相遇都被他那双沉默忧郁的眼睛打动。我好像可以感觉到,他那双眼睛里藏着失去双亲的痛苦和只有孤儿才能感受的世态炎凉。我喊他哥哥,我告诉他那些绽放的花朵,是他不能有心情去享受的风景。他活在一个不属于他的屋檐底下，像避难的燕子。

我不是救世主。他可能更不需要什么救世主。他喜欢看快要下山的太阳，喜欢在傍晚时分坐在山包上看阳光逐渐褪去。我那时还没有搬进这个寨子，但放学要经过那个山包。我也时常跑去坐在他不远的石头上，望着那每天都隐去的落日，觉得没什么稀奇。我更喜欢看日出，喜欢那种新鲜的不太热烈却夹杂着夜间空净之气的清新感觉。有一天，我发现他看着落日在饮泣，一言不发，双手环着膝盖，那双沾满泥土和猪粪的赤脚放在一片垂在地面的宽叶上，脚趾头抠穿树叶，埋进一层浅泥。他当时也看见了我，但是跟没看见一样别过脸去，望着那正在隐去的太阳。

不久之后我就听见他跳崖死亡的消息。我想到他喜欢的落日。他正是一枚落日。下落的速度风也抓不住。他临死前的话都说给了一个神志时好时坏的人。因此他在人世间留下的遗言是一个可以讲述但不那么真实的秘密。没有人能知道他心里的痛苦。只有死亡可以被人们看到。

我上初一的时候，放猪少年还在放猪。就如他父亲断言，他这辈子唯一可以干成功的事情就是放猪，所以他一直放猪，就这么放下去了。我已不再向他打听那个故事。可他还记得我曾经向他打听。这么好的记性让我怀疑这个人是不是人们判定的傻子。他说不定是另一个"隐心人"。像葫

217

芦,装着丝丝瓢瓢,装着神秘莫测。

你不想听他的故事了吗?为什么?一次相遇,放猪少年这样问我。

望着悬崖上那些长得苍苍茫茫的杂木和荒草,我已没有丝毫想要重新扒开那个故事的兴趣。那个跳崖少年的婶子已经非常苍老,她有时会抹着眼泪和别人谈起往事,但更多时候是沉默的,像受了诅咒的空心树。

之后我也辍学了。抱着初一上半期课本和一堆行李走进寨子,我又遇见那个放猪少年。

这回你也要放猪了。他笑哈哈地望着我。但在这一天,我没有从他眼里看到半点傻气,也没有从他的语气中感觉到一丝落井下石的味道。可能当时他正处于神志清醒的状态。

我可以干成功的事情不止放猪。我还可以像放猪那样把自己放出去。而我也总算达成了这个愿望。

多年以后,就是现在,我确定那个放猪少年才是真正的"隐心人"。他像一片卷曲的树叶,永远不知世事的样子,他的心性永远在你看不透的别处。他只会向别人吐口水,说脏话,做出一些我们认为疯癫无情的行为。

如今,我像浪子一样偶尔回乡时再也没看见那位放猪少年。他从我的视野里永远消失了。我没有去打听他的消息。不愿去打听。我已不能完全记得他的相貌,我感觉,他在我心中已不是一个人的样子,而是一道想得见看不穿的古老光芒,他平平静静地消失,不是消失于悬崖,也不是消失于比悬崖多千丈万丈的远方。他只是带着那位跳崖少年的故事以及更多人的故事,像一道岁月隐藏了起来。

或许,他谁的故事也没有带。他活在悬崖之外,活在落日之外。

房东太太

　　房东太太住在我隔壁。她个头矮小,但声音尖利,烫着微卷的头发,脸上不施脂粉,眉毛从来没有休整。完全本真的一张脸,因为肤色白,看上去很有青春活力。我不知道她具体多大年纪,我猜她二十八岁上下。

　　房东太太开始并不住在楼上,她和她的丈夫以及那时只有十个月大的儿子住在楼梯间里。

　　楼梯间勉强塞下一张单人床,余下的空间只能摆一台电脑和一个主机,外加一把小木椅。电脑不是她自己的,那是主要负责全楼网络转换的一个主机。她不会上网。她丈夫对网络也不感兴趣。我从来没有看见他们坐在电脑前,如果偶尔听见楼梯间传出酷狗音乐,那一定是他们家来了客人,那客人自己打开了酷狗。他们极少有客人来。

　　房东太太一家三口挤在楼梯间大约有一年了才决定搬到楼上来住。那时他们的儿子已经学会走路,勉强会说妈妈、爸爸、走、吃饭、阿姨再见、叔叔再见,等等之类他那个年纪必会的用语。

房东太太不是本地人。这幢楼是她转租来的,再从我们这些房客身上赚一点小钱。"小钱"是我说的,按照她的说法,她连小钱也赚不到,租下这幢楼完全是她丈夫的意思。

"他用我的钱,又给我姐姐借了两万才租下来。我都说不要租,他不听。"她抱怨道。

"他自己没有钱吗?"

"他有个屁钱。"

她抱着她的儿子站在楼前公园的栅栏边,和每一个她认识的人进行这样的对话。

我和房东太太第一天就认识了。这个矮小的女人一来就展示了她的主权。她看我房租的票据上没有写"网线使用",便爽快地拔掉我的网线。你可以想象得到,我这种无敌宅女没有网线生活完全会乱套。我那天的"农场"里有八棵猴面包树和十三只企鹅等待收获。

我几乎是用闪电般的速度冲下楼,站在楼梯间却不知道说什么好了。出现在我面前的是一个陌生的女人。她身材消瘦,目光无神,明显睡眠不足的样子。我并不知道这幢楼换了房东。我以为楼梯间抱着孩子的女人是来串门的。她也不打算理会我。

221

"谁拔的?"我非常粗暴的样子,瞪着本就不小的眼睛。每当我遇到这样的事情,本性就像一只好斗的公鸡,先要在气势上压倒对方。我觉得我那天的气势表现得还不错。事实证明效果也好。

"不知道呀。"她的回答自然而温和,但明显藏着心虚和慌张。

"我不会上网,不懂网线什么的。我打电话问问我老公是怎么回事,好吧?"她又说。这回她带着轻微的笑。我得承认,她笑起来非常漂亮。

我站在那里等她打电话。这时候我有机会好好看清楚她的模样了。

"怎么说?"我看她放下电话,急忙问道。

"他说你们的房租底单上没有写要使用网线,所以……"她有点抱歉的样子,慢吞吞地没有讲下去。

"我们的网线使用费是包含在房租里面的。上一任房东没跟你们说吗? 你们可以去问清楚。"

我才不等她问清楚呢。插上网线就上楼来了。

晚上,房东太太的丈夫来敲门,非常抱歉的样子说,是他们没问清楚就拔了我的网线,很不好意思。

我想了想,我也没等他们问清楚又插上我的网线,并且没有耽误我收猴面包树和十三只企鹅。

"没关系。"我说。

房东太太每天下午都有出去散步的习惯。刚搬到我隔壁的那段时间，几乎每天推着婴儿车出去散步。但是她个头矮，散步回来爬楼梯非常吃力，一个婴儿车加一个婴儿，常把她弄得狼狈不堪。

她是个勤快的女人，虽然带着孩子，楼梯的每一个台阶都清扫得干干净净。她扫地的时候就把孩子装在一个纸箱里，放在楼梯拐角的宽敞处，丢一个奶瓶或风车让孩子自己玩耍。她这个经验一定是跟摆地摊的小贩们学来的，那些地摊家长们在忙着生意的时候，就把孩子装在纸箱里，纸箱掏一个洞，用绳子拴住放在自己的脚边。房东太太可能怕孩子从纸箱里爬出来摔下楼梯，所以她把孩子装进纸箱，然后放到底楼原来住的小窝，锁上铁栅栏。他们原来住的楼梯间的门是铁栅栏模样的。孩子站在栅栏里，稳着铁栅栏学走路，有时我会看见他发火，就像博爱医院里关在笼子里的那几只猴子，把铁栅栏摇得咣当当响。

我只在下午四点钟出去买菜，顺道从池子边经过时会在木栅栏上坐一坐。我们这个公园里没什么特别设施，除了几道栅栏还有点新意，其他就不值一提了。那时栅栏才刚刚建起来，抛光打蜡的，看起来挺有味道。

有一天我买菜回来，照常去我的老位子休息，遇见了房东太太。她牵着孩子在练习说长句。我们聊了起来。那是我们真正意义上的第一次聊天。

"你老家哪里?"

"四川。"

我们都用"你"称呼对方,不问姓名。

"你老公好好哦,每天上班那么累,还要陪你出来散步。我看你一个人都不爱出门嘛。"

"我喜欢一个人待着。一个人散步没啥意思嘛。"我说。

"你老公哪里人?"

"河南。"

这样对答式的聊天实在枯燥,我正准备提了菜离去。但她突然就换了话题。

"我老公有你老公一半好就好了。"

她一开题就吸引了我,那时正处于新婚,非常乐意听别人夸赞我的丈夫。

"你老公也很好。长得帅气。"

"帅有什么用,又不能当饭吃。我嫁给他真是糟糕得很。"她望着池水,很幽怨的眼神,"要是当时我没有怀孕,我肯定不会和他结婚。他家里非常困难,老妈妈精神有问题,连孩子也不会带的。老爹的性格更不好了,又穷又没本事,脾气还大,野蛮人一样的。他要我们今年拿五万块钱回家给他。不拿要骂死的，现在就开始骂啦，现在接近年底了嘛。

"我摊上这样的家庭，真是倒霉得很呀。我儿子还这么小，要是他大一点，我就和他离婚。我打算好了，等我儿子三岁，我就和他离婚。

"你不要误会啦，我想和他离婚不全是因为他家里那个样子，而是他本身就不会体贴人。就说现在吧，我带着孩子没有上班，他就嫌弃我睡懒觉。他说，'你楼梯也不拖干净，整天在家闲着什么事情都做不好。哪里像个女人！'这也就算啦，他居然说我吃闲饭。他妈的，这种话他也好意思说出口。他根本不懂你带孩子有多辛苦，晚上要给孩子把尿，盖被子，孩子又爱哭，半夜吵得根本没法睡觉。我白天昏昏沉沉眯一会子，下午又要带他出来透透气，孩子在房间会闷坏的。我很爱我的孩子。为了他我吃什么苦都无所谓。你看我眼睛是不是有点肿？昨晚孩子不舒服，闹得我一整夜没有合眼。

"……我们几乎天天要吵架。反正我想好了，等我儿子三岁，我就和他离婚。你等着瞧，我一定要和他离婚。"她非常肯定的样子，手在栅栏上坚定地拍了一下，好像立誓一般。

她后来又问我们打算几时要孩子，准备生几个。我说顺其自然，生一个够了。她非常赞同，并且表示自己也只生一个。

那之后我就很少有机会和房东太太聊天了。我们出去的时间总是交错，没法遇到一起。有时遇见，要么我丈夫在，要么她丈夫在，你知道，女人们聊天从来不愿意当着男人。

春天一过我就基本不出门了，买菜这样的事情要么派丈夫去办，要么天黑了再去夜市胡乱买点。天黑在夜市很难遇着房东太太。

我仔细算起来，应该有好几个月没有见着她了。我们的房租一向是她的丈夫来收，她的儿子有时也跟来，踏着一双"叫叫鞋"。孩子已经长高了，胆子非常大，不认生。长句说得相当流利，与人交流不成问题了。

"几岁啦？"我问她可爱的儿子。我是个腐朽的大人了，只能用这么老掉牙却自认为天真又恰当的话与孩子打招呼。

"三睡（岁）。"孩子扭着胖乎乎的手指头回答。

我一听这"三岁"，立刻想起她母亲在栅栏边立下的毒誓。

"期限到了呀。"我心里想。打算挑个合适的时间去故意遇她一遇。

我终于遇见她了。是在天黑的时候，路灯下人影模糊，但我还是一眼就看出她。我正准备去跟她说，她儿子已经三岁了。但是我没有说得出来。房东太太挺着大肚子，看样子过不了多久就要生了。她挽着丈夫的手从我身边经过，非常

226

有礼貌地和我招呼:"出去吗?"

我愣愣地点一下头。

我又遇见房东太太一次,也是在栅栏边,她肯定和丈夫刚刚吵过架,怒气写在脸上:

"我发誓,等我生下这个孩子就和他离婚!你等着瞧好啦。"

鼠　隐

　　秋天虽然过了一半,但天气并不凉快,我们坐在树林里歇凉。我们通常在傍晚或者早晨来。树林的一边是墓园,另一边就是我们坐的地方,是半个公园。人们称之为西湖公园。可这里并没有湖水。

　　我们背靠墓园但是从来不去想那些装在罐子里的逝者。那些已经长出青苔来的罐子就在树林的另一边,大概有时候,我们也会闻到从那里飘来的罐子上青苔的气味——冷冰冰却很舒服的凉风气味;这味道会让人神清气爽,在树叶沙沙作响的时候,我们扬起眉头,享受它。这样子令我感觉像某种动物。对,就是那种视力不好但嗅觉灵敏的动物:鼠。鼠对看不见的东西永远不用看见,可以看见但不想看见的,更不用看见。靠着这种本领我们克服了原本附于精神上的先天性恐惧。平时,我们生活在地洞一样的房间里。就是这片树林旁边的那栋楼房,我敢说,里面住着不止一只与我不同样子但相似科目的鼠。但他们之中大部分人还是很少愿意到这儿来。因为背后那些青苔罐子上的气味，不是谁都可以当它是好闻的秋天的凉风。鼠总是很难消除那股天生的胆怯。躲在洞里总比洞外安全。

只有我和我的同伴，我们还保持着一股勇气。在这个时候，我们像闲人一样幸福地坐在半热的秋天树林下，说话，或者发呆。

而洞外确实也不安全。有时鼠者自相残杀，满大街追撵，可能为了两粒粮食，或者，住在这条街的鼠被另一条街的毒死了，于是像变异物种般精神抖擞，要报仇雪恨，要清除孽障，要维护这条街的尊严。虽然他们有着天生的胆怯，但对付同类的时候，却又意外获得了勇气和力量。

这样的事件总是频频发生。就像越来越坏的天气，阴沉沉看不清真相。也许这地方的湖水就是这样消失的：鼠们向清水之中投掷石头，泥沙，毒药，还有疯狂的诅咒。然后大一点的鼠欺压小一些的，小一些的审判更小的。因为他们当初并不知道往湖里丢东西的危害。现在后果已经造成，必须找出一个元凶。于是你总会听到洞穴之中的呻吟，那种一边疗伤一边辩白一边诅咒的呻吟。

好在树林里一切正常。大概也只有这里还保持正常。偶尔还能从某个地方听到几声美妙音乐。这完全不同于洞中的嘈杂。或者说,这是鼠闹事件之外的平静。

这天下午尤其显得平静。仿佛一生都会这么平静下去。我们谁都不用回到洞穴之中。虽然洞里相对安全,但也实在寂寞。那阴暗的只有些微月光笼罩的洞口,总会让人彻夜难眠。尤其在听到隔壁某只难以入睡的鼠者的脚步,像踩进泥潭一样沉闷,接着,她养的狗也失眠了,发出低微的哭一样的吠声。这一切洞穴之中才有的状况谈不上糟糕,也足够让你对洞穴产生某种恐惧和疲惫。而你又不能走出洞外。因为天总是不亮,因为你是一只天生胆怯的鼠,更何况,你可能还得照顾一窝鼠崽,你只能看着月光始终笼住洞口,像一道温和又残酷的网。总之,你不能冒着被野猫叼走的危险出去散心。

不过,夜路再长也会撞见黎明。就像这天早晨,我们一睁眼看见了洞外的阳光。阳光鲜亮地停在三角梅上。这使我们心情大好,然后来到树林的长凳坐下。

这天还来了一个扫地的女清洁工。她在我们歇凉的另一边扫落叶。在那条长长的弯道上,一支竹扫把在她手里左右挥动。我猜她是不是我的邻居。就是那位深夜踱步、领着一只吠声如哭的狗的主人。可是出于天性的怯懦,我不能问。多少年来,自从我们在乡间转住到这条街,就不再有互相走动交流的习惯。各干各的,互不干涉。

我就那样看着她在弯道上移动。她偶尔也抬头看我。我们谁也不与谁招呼。

可能这种不说话的默契让我们都感觉到一丝遗憾。因为在很多年前，我们在田间地头运作粮食或者休息的时候，是要说话的，甚至可能会互相帮助搬运粮食。那时我们的洞穴还留着一条串门的路子，在拐弯处，我们闲了的时候，会坐下来讨论怎样将鼠夹子反过来对付野猫。

于是她上前跟我们说，昨天她扫地的时候，遇见公厕里窜出一个没穿衣服的小伙子，吓死她了。她表现出后怕的样子，指着公厕的方向。那地方我并不陌生。那是个修得和乡间别墅一样漂亮的公厕，对着走廊的地方还装了一面大镜子，可它并没起到什么作用，连水龙头都快要朽坏，放不出水，水槽里堆着残渣落叶。我从来没有看见谁进这个公厕解手。即使小孩子也只愿意把大便拉到离这儿远一些的马路边。

我原本想对她说点好听的话，可是我太久没有与人交流，好听话早已说不出来了。并且出于鼠者的疑心，又加之那厕所的样子，我本能地猜度她说的是不是真话。因为长久以来，我们之中出现了大批心机叵测的鼠者，我们受到不少坑骗甚至恐吓，所以互相猜忌，态度冷漠。因此我只是平淡地抬起眼皮问她，难道他是神经病吗？

她吃惊地望着扫把,好像也在考虑那个人是不是神经病,就像那些发了疯的鼠,在洞穴之中待久的缘故,出门忘穿衣服。也许他就是那样神经错乱地出现在公厕。她恍惚地想了一会子,对我摇了摇头。不知道。她说。

　　接下来,我们再没有什么可说。长久的不交流使我们失去了交流的欲望。就这样散伙吧。她低下头,像一只受伤的鼠,继续在弯道上扫落叶。

　　我和同伴也从长凳起身离开,准备到树林外的夜市买一盆栀子花摆在阳台。现在我们还能相信的,竟然只剩下一小株盆栽植物。

旱 地

瓢泼大雨会降临这片土地,但长久的干旱也会来临,正如这片土地的名字:毛坡。它处于凉山深林的夹缝之中,两座高山棚成一个深谷,它在其中一座山的半坡上。

"毛坡"这地名听上去就有几分缺水的意思。它果然也缺水。不小的一个村落,只有小碗粗的泉水供饮。

干旱不来时这里倒也充满生机与趣味,山顶和山脚都长满应季的花草和野果子,茂密的树林在傍晚将长风送到村寨,让老人可以在屋檐底下给孩童们讲一段不那么可怕的鬼故事。

干旱真正发生时,老人们的信心被推到忍耐的极限。这可比讲鬼故事糟糕透顶。不过,活了足够长的岁月已经让他们的耐心经得住考验,即使牢骚满腹也依然抱有不灭的希望。他们相信自己能在生活条件险峻的山脉上活到如今这样的年岁,一半正是因为天意的怜悯。

最早定居于毛坡的人们可能多少具备了一点对付干旱的本领，只不过当时没有想到这个选择会给后人带来不小的烦恼。也给他们自己带来考验。他们去很远的与毛坡平行的山脉找到水源——比较大的自然泉，花半年左右的时间挖出一条水渠，引出山泉，用以解救烈日下就要死去的庄稼。可有时山泉水量也会小下去，甚至干枯，像一场怎么也落不到地面的雨。那沟渠逐渐荒废，填满落叶和泥土。之后，他们像巫师一样求雨，然后等雨降临。不管怎样，他们不愿意离开这片一眼选定的土地。

但是有一部分年轻人终于不堪忍受，他们选择了搬离，寻找水源好的地方栖居。

事实证明搬离这片土地的人在另一个地方确实过得较为轻松，虽说同样要经受干旱，但在那个地方，有水源可以浇灌庄稼，不受缺水之苦。但这没有打动留在这片土地上继续生活的人的信心。这似乎是最早定居于此的先人们遗留在他们骨子里的坚毅气质。

有几年，人们相信求雨是最有效的办法，因为雨总是在他们做完"法事"之后落到地面。"巫师"有好几个人。甚至到后来人人都可以充当巫师的角色，并且认为自己的方法更能打动老天爷。如果那年干旱的第一场雨是在最后一位"巫师"做完法后降临，那么他的本领就是最高，人们将期盼下一场干旱他可以继续发挥作用。

他们不认为这是迷信。因为这"法事"每年都不一样。它算不得什么迷信。它仅有几分迷信的玄乎而已。比如他们干完法事之后——随便往火堆里烧一根鸡骨头或者狗骨头,都可以称之为求雨——如果雨真的降落,这平平无奇的行为将在他们心中变得神圣,认为正是这个举动和他们的真心解了旱灾。来年如果没有忘记,将继续沿用这个方法。可是往往这样的方法忘记得很快。

求雨不得是"巫师"们最绝望的,土地裂开口子,他们心情败坏,毫无办法。老人们在这个时候发挥了作用。他们说起那条已经荒废的沟渠,如果那半架山梁上的泉水没有完全干枯,它多少会给人活命的希望。老人们的话提醒了年轻人。他们聚集所有的劳力,清除那条沟渠里的落叶和泥土,让它重新引水。

可是没有水。很快泉水小下去,或者彻底干涸。这沟渠修来算是白费功夫。

土地继续干裂。庄稼像火草一样站在地里,紧跟着,在某一个瞬间,也许它们就要燃烧起来。用肉眼可以看到白色像火苗一样跳闪的东西,那是阳光烧出来的浮着灰尘的暗影。

狗大概也怕热,跟在主人身后走进那些"火苗"、那些烫人的土地。人们在求雨无果的情况下不得不做一些无谓的挣扎，突然灵机一动，然后折来树枝插在玉米青禾的周围，遮挡阳光。这没什么大的效果，但起码可以拖延一段时间。"可能明天就下雨。"他们会这样彼此安慰。

狗当然不懂主人的心思，它们以为主人要去的地方可能比家屋清凉。它们是打算跟着去乘凉的。可它们走进了比家屋更热的地方。狗的舌尖滴着汗水，这时哪怕遇见陌生人也不愿吠叫了。

有一只狗死在供饮的泉眼处。它也许在那里乘凉，或者，它喝水胀死了。肚子圆鼓鼓的，像所有的雨水都下进了它的肚子。人们咒骂了三天三夜。因为它正死在缺水期。原本不够用的泉水因为清洗泉井损失不少。

几个老人同情那只死狗，想用祭奠人类的方法给它烧些纸钱。他们认为它可能在求雨，一只死在枯水季泉眼下的狗绝对通晓人性。

即便死了狗，也没有解决那年的干旱。人们遮挡在豆苗或者玉米青禾旁边的树枝很快被晒枯。他们不得不守在土地边缘，折更多的树枝等在那里。像调换士兵那样，将晒枯的树枝撤下，换一批接着抵挡烈日。

雨水一直不肯降临，人们开始考虑是否要用供饮的唯一的泉水去浇灌庄稼。这样一来，不得不尽量节约喝水。牲畜更得节约。它们大多时候要喝人们的洗脸水。这大概也没什么要紧。味道差一点罢了。

毛坡唯一供饮的泉水虽然也会跟着缺水期而水流量变小，但从来没有真正干枯过。在老一辈人的回忆中，没有听到他们的祖辈说在什么时期，这泉水有过干枯的历史。可是，它实在只够人和牲畜饮用。缺水期它变得只有筷子粗细，从泉眼艰难流到水井，不等井水装满，人们又得将它取走饮用。它永远是半井水的样子。

通常这样绝望的时期也让人生出听天由命之感。当一切求雨和该付出的辛劳已经付出之后，那雨水终究不肯落下，人们便不再祈求。他们突然变得很欢乐，在烈日午后用上年俭省下来的黄豆磨粉，做豆花吃。

然而他们的欢乐只是表象、暂时的解压行为，这豆花并没有吃得很开心。他们吃得相当苦闷。

磨豆花竟然也是求雨的一种。如果豆花做得鲜嫩，不松散，那么近日可能有雨。

也许近日真的有雨。旱地里刮起了大风，将泥土和树叶卷向半空。雨水不来而长风不止，这让人们失去了耐心。他们又使用"巫术"，往那火堆里烧几根鸡毛，然后将那烟雾赶到门外，以此送走这吹不停的狂风。那狂风果然也消失了。祈雨不灵的方法，驱风倒是有效。往后驱风便一直沿用。

有一年来了一个据说是真正的巫师。穿着长披风,戴着圆草帽,三寸长的胡须,口齿利索。"这胡须正是巫师才可以具备的。"人们这样互相传说。他们真心诚意将他留了下来。

巫师在村子里整整住到旱季过去,那该来的雨来了,他才准备离开。"这不是你求来的雨。旱季已经过去,这雨不是旱季的雨。"人们有上当的感觉,不想这么轻易放他走。他们耗费了最好的食物,鸡肉,腊肉,某年省下来的难得的山珍,全都招待了这位巫师。然而巫师并没有在旱季里求到一滴雨。但是他每天却做出很有本领的样子,说自己曾经将太阳拴住,把它留在天边半炷香的工夫,他解了绳索那太阳才得以落山。

对于人们的"挽留",巫师自有巫师的说法。他表示,如果不是他的法力,不是他一直在作法,这一年的旱季时间将会延续很长。

之后很多年,那位巫师不再来毛坡。

村里有个叫阿牛的姑娘突然间也会求雨了。七八岁的年纪。她的母亲说,有一天晚上,她看见女儿在门口插了几根火棍,女儿往那火棍前坐了一会子,大概说了她那个年纪求雨的一些话,第二天就下雨了。人们让那女孩当众求雨。不久之后果真下了一场雨。

238

"龙女!"人们一致认定。

然而,龙女的母亲说,求雨是一件神圣的事情,也是耗费心力的事,这事本该由大人去完成,现在却要靠她的女儿,这让她不太满意。她希望人们付出一点诚意,哪怕是一只鸡蛋的诚意也行。总之,不能让她的女儿成为免费的巫师。如果女儿总是浪费时间求雨,她将很难学到更多的家务,什么家务也不会,她将来怎么找婆家?她肯定,女儿长大了要嫁到有水源的地方,那里不用求雨,到时候她的本领毫无作用,会受到嫌弃。

人们答应了她的要求。

阿牛从来不在人前表演她的求雨法术。自从那次当众求雨之后便不再表演。她母亲隔天送出一个消息,五天之内,或者十天之内,会下一场雨。当然,她不会保证这消息绝对应验。

在这样无可奈何的日子里,似乎只能相信这位叫阿牛的龙女,也只能忍受这位龙女母亲的要求。人们迷信求雨,更迷信孩童的天真之言,认为孩童潜藏着某种力量,他们无意中说出的话,很可能奇妙地成为事实。

或许人们投给阿牛的期盼太多,成了一件无形的包袱,也或者,她突然知道自己是在求雨了,因为有时候这样的事情特别奇怪,当你明白自己在干什么的时候,就会对这件事情抱以希望,而希望是最容易破灭的东西。阿牛的法术很快就不灵。她母亲比任何人都着急。失去了求雨的本事,意味着将不再有理由收取好处。那些鸡蛋、盐,小袋装的莲花牌味精,都不会再有人付出。

阿牛的母亲竟然悲伤地哭了一整天,捶胸顿足,好像她死去的丈夫又重新死了一次。

人们只能到山脚下背水。谷底有一条不会干枯但水流量也会随着枯水期递减的小河。牲畜们有时离家出走,大多是冲着河水而来。

背水的工程不是一两天可以完成的。漫长的旱季将会让他们的肩膀一直与水桶为伴。这样的活男女都不得清闲。小孩也不能。凡是有劳动力的人都必须参与。

有马匹和黄牛的人家稍微轻松一些。没有马匹和黄牛的人只能一桶一桶往山上扛水。扛多了走不动路,扛少了不划算。

旱季也是借酒浇愁的日子。男人们一边背水一边喝酒,到傍晚收工之时,已醉得差不多了。他们借酒发疯,咒骂老天爷。在清醒的时候不能有胆量骂天菩萨,但是喝醉了可以。

毛坡最小的孩子也会几句诅咒的话。他们说话还不利索,走路也不稳当,却可以清晰听到从他们嘴里冒出来的

"咒语"。长辈们大加赞赏,说这些孩儿们小小年纪,竟也知道体贴大人的心思,将来一定是个有福之人,他日不必受背水之苦。

他日不必受背水之苦的人,目前作为毛坡的少年,他就必须受背水之苦。当他长到五六岁年纪,可以拿动矿泉水瓶子大小的取水用具,就必须加入到取水行列。如果那年的干旱十分厉害,这队伍会像蚂蚁搬家那样,持久而永远也不停息的样子。正好孩童们扛着的取水罐子多为白色,像蚂蚁扛着的白色米饭。如果不是米饭,那可能和他们一样,扛着一桶水。

孩童们十分坚信,蚂蚁扛着的不是米饭就是水。而不是蚂蚁卵。

牛和马匹也很辛苦。虽然它的存在就是为了减少人们的负担,可长久的上坡路让它们吃了不少苦:路面陡斜,宽窄不一,在那滚烫的沙石上,蹄子偶尔踏空,卡进石块中。牲畜们最大的不幸是喊不出自己的痛苦,如果它想停下来,只能不停地打响唇,以此表示它的心愿。它们也确实让主人心疼得想掉眼泪,有时候,它们的主人会把水桶卸下一只,减轻它们背负的重量,但不会停下来休息。

像阿牛母亲那样的年轻寡妇在旱季总是表现出强悍坚毅的一面。正是那孤立无援的日子把她们打磨成了一块刚

241

石。男人们能背多大的水桶,她们也可以。当然饭量也很惊人。没有人真正知道她们背水之后的疲惫样子,那是像阿牛求雨般神秘的需要掩藏起来的东西。包括泪水。

阿牛母亲在旱季请不到任何帮手。她的油灯已经缺油很长一段时间,食盐也快用完,没有人上街办货,请不到人帮忙带东西。她自己,那是魂也抽不出空。她摸黑在夜里煮第二天的猪食,在火塘边打瞌睡,还触得一脸的锅灰。她不再是昔日尚有几分姿色的喜爱干净的寡妇。白天在众人眼前喊着号子背水的妇人的劲头此时卸了个干净,在她女儿阿牛的面前,她无法掩饰地露出一位疲惫母亲的可怜。阿牛把母亲的疲惫说了出去。她大概想让人帮母亲背一桶水,或者,她只是想知道是不是所有人的母亲都是这个样子,她们白天都像拥有神力一样耐劳,夜间躲起来修复心力。

没有人会相信阿牛的话。"你阿姆(妈妈)是牛一样的人! 是个猛妇。她比男人还有力气。"他们竖起大拇指。

因为她是牛一样的人,也就没有人觉得她还需要什么。哪怕是一段再续的婚姻。她自己也没觉得缺什么。除了求雨,求可以活下去的食物,她别无所求。她那么瘦,但心境如天空一样宽朗,这旱季也不能使她对生活或者对所生活的地方失去信心。她也许是夸父的女儿。

在背水期间又刮风了。这一次人们不再烧鸡毛驱风,认为这是老天爷可怜他们。老天爷在人们心中时好时坏。比如像现在，热得嗓子冒烟，来一阵长风凉快凉快再好不过。吹风的时候马匹和黄牛才会暂时得到休息，因为主人害怕一阵冷不丁的大风将它们摔落悬崖。马匹和黄牛已经和人一样，不是用脚在走路，是用魂在走路了。

不驱风的结果是，屋顶上的茅草被掀走了。"壮士"们都去背水，家屋里只剩下老迈的人。偶尔有那么一个老人勇敢地爬到房顶，想办法压住茅草，用地上捡来的石块，或者木头疙瘩，但毫无作用。他们的动作太慢了，这个岁数注定连风也斗不过。风总能抢占先机。最后盖在屋顶还算厚实的一处，就是老人趴在那儿的身体，别处都被风刷薄，阳光从薄面的地方漏进屋子。

于是夜间煮完猪食后，还得摸黑修补房顶。割草，这是摆在眼前的又一桩急事。虽说正处于旱季，不怕雨水淋坏了墙头，但这样的房子住着总让人心里慌乱。这像是一种衰败，被自然击垮的衰败。难以忍受。

夜间出去割草的人居然和白天背水一样，排成了不短的队伍。在月亮底下，他们低声说话的声音和镰刀碰着石子的轻响，与夜虫的叫声混合在一起。这是一种可以催眠的声音。但谁也不可以睡着。

像幽灵一样背草回家的妇人，会在途中低唱一首什么曲子。月光落在她们背着的草身上，余下的一束照在脚尖。因此只能看见她们的脚尖。脸埋在月光照亮的草垛之下。不可能在这样的时候看见她们的脸。即使走近了看见，也仅看见几滴被月光染得模糊的汗水。或者不是汗水，而是被她自己唱出来的眼泪。因为妇人善于在夜间落泪。这样的眼泪可以随心否认。

男士们从来是泡在酒糟里的虫子。背水工程一开始，喝酒更是一件大事。他们要依靠酒精驱赶白天的疲劳。他们爱上那种烈性的可以壮胆也会伤胃的液体，它能将他们心中的忧愁催化成一片薄云：一切都是轻飘飘无所谓；或者，一切都可以等待。

酒后壮胆，但酒后修不了破屋。割草和盖房的任务最后落在女人身上。男士们只负责喝酒，然后在门口的空院坝里坐着看天。

说女人可以顶半边天。也就是说，其实，男人也只能顶半边天。并且在这样的地方，动不动就发生干旱的半坡上，女人往往比男人更有韧性。她们具备了一股对艰苦生活隐忍的力量。或许这叫感官迟钝。因为她们总是很晚才发现这个问题的严重性，很晚，将预示着这个时限离雨水落地干旱消失的期限很近，就好比她们刚感到长夜漫漫，一低头看时钟，发现离天亮不远了。不管是不是这样的心理，她们确实让人看到这样的事实。长年的山中生活早已消磨了她们的急躁，使之拥有磨刀石一样的好脾气，可以磨平所有的艰难。

房子在女人啰啰唆唆的修整下总算恢复了样子。这时候因为她们有了功劳，也可以炫耀一下那不算太糟糕的修房技术，并趁此机会向那院坝里躺着看天的男人骂一句废物。

又一场大风来的时候，女人们已可以熟练地修补房子了。兴致奇好的晚上甚至也喝起了老白干。在房顶上喝。与对面房顶上的女邻居说半宿话。

过了一段时间，火把节就要来了。那些挽救回来的庄稼有了一点起色。女人们开始讨论去哪里找火草，以便在火把节那天晚上，点了它去庄稼地里驱虫。火把节这一天是先人留下来的传统节日，据说这一天的火把可以驱除庄稼地里的害虫。

可是，当女人们以为房子修好就可以专心背水的时候，她们的孩子又开始拉肚子了。是那种小孩之间轻易可以传染的病。不是什么大病，但也不可疏忽。她们不得不放下背水的工作。

总之，在旱季，什么事情都可能发生。尤其当你想要圆满完成一件事情的时候，却天不遂人愿地发生更多的事情，让你手忙脚乱。女人的耐性大概就是这一桩桩的事情给练就的。往年，比小孩拉肚子更早一些的旱期，她们也遇到过牲畜生病等这样的事情。老天爷喜欢考验人，尤其像毛坡这一群妇人，然后，经过这样的考验，那谁也不会轻易得到的好运才能赐予她们。她们始终相信好运会降临自身。而忍耐和等待是唯一可以得到好运的条件。

孩童生病期间，背水的担子全部落在男人的身上。即便是短暂的半个月或者十天，也差点让他们生出想要搬离毛坡的冲动。诅咒。院子里又充满了他们的诅咒。当求雨的方法全部失败，所剩下的力气尽用来背水和咒骂。

当初想要收获更多的粮食，所以他们开垦了不少山地。如今想把所有的庄稼都浇灌周全，怕要请龙王才行。他们想放弃背水。想找更多的树枝给庄稼遮阴，以此减免背水之苦。但那些树，早先土地边缘还是原始森林的树木早已经砍掉，当初嫌它们遮挡光线。如今看过去全是土地。干巴巴的土地。渴得冒烟的土地。像受了诅咒的土地。

也许越来越多的干旱和持续的高温天气，以及旱期过后的雨季发生的山洪所造成的山体滑坡正是因为砍去大量树木的原因。但那些山体没有滑在毛坡，它发生在了河岸或者离毛坡远一些的周边地区，高温也不是发生在这一个村子，周边村寨的人也在砍树。别的村寨同样遭受这样的高温待遇，这也就让毛坡人无所谓了。何况谁也不能确信，山体滑坡一定与砍伐树木有关。

"树砍了会长出来的。"他们互相这样安慰。

可是有些树的长成，需要几十年。尤其是松树。松树在山脉上又是被砍伐最多的树，往往还没有长到成年已被砍掉，即便长到可以结果，它的果实还不等落地已被松鼠摘走。最怕的不是松鼠的勤快，而是人比松鼠勤快。老者们其实非常清楚松树的成长恰恰需要松鼠帮忙，它把松子摘走，然后东藏西藏，藏忘记的那些松子才会有幸生长。不管松树的生长是不是如老者们所介绍，年轻的人们确实已经看到，松树量在所有村寨周围正慢慢减少。但这样的发现并没有起到什么作用。他们一般不考虑松树减少的原因，只要有需要，照样砍伐。没有人愿意思考砍树会伤害到什么。他们需要煮饭的柴火，最主要的是，他们需要更多的土地栽种庄稼，把自己的地偷偷往周边扩宽一点，神不知鬼不觉，有了这样的扩宽，他们认为就可以多收一点粮食。他们一厢情愿地坚信，干旱来的时候，晒死的那些庄稼可以用另一些替补。

如果村中有正在读书的孩子告诉他们的家长，关于砍树的危害，家长们更愿意让这个孩子唱一支曲，然后鼓励这位唱曲的少年加倍练习嗓子，说不定将来可以当歌唱家。

之后发生了一件非常严肃的事，大概是树木砍得差不多的时候，森林火灾发生多次以后，上面的人也突然间发现了这一严重后果,开始禁止砍树。"砍树要坐牢了。"人们感到恐慌。但是,站着的不许砍,倒下的或者干枯的,总可以砍的吧。住在山区得有烧火煮饭的柴,这是生活之必需。于是那些倒下或者干枯的树,便在允许的范围之内。当然这没什么要紧,干枯的树反正也活不过来,它们确实需要清理。

在坡地下方,靠近深谷的地带,人们经常去砍柴的地方露出了险峻的山崖。像受了谁的状告似的无比冤枉气愤而威严地立在那里。有时听到滚石坠落山谷的轰响。像炸雷。

可是不会有人介意一两块石头坠向山谷。

但这种不介意很快遭受了劫难。有人被石头砸死了。在什么地方,走着走着,被突然滚来的巨石压得支离破碎。他的血肉全都混进了泥土和石身,他的衣服成了几片碎布遗在滚石碾过的途中。人们会为这个人的不幸哭泣,为其伤心足够长的一段时间——"真是不长眼睛的石头。他真是可怜。怎么偏偏在他经过的时候落下来呢!"

石头如人所愿,终于在他们不走路的时候落下来了。就在某一年,天还不亮的时候,一块巨石滚向村子,正正地砸在一户人家的房顶。像山林孵出来的一颗巨型鸡蛋,把房顶砸出一个大坑,稳稳地填在茅草窝里。如果不是房子建得足够结实或者这颗"鸡蛋"滚来的距离不是太远,房内的人将毫无悬念地见阎王。

人们七手八脚抬下巨石,修补了房顶。"大难不死必有后福。"这事件竟然成为饭后谈笑的新闻。

他们在新闻中过得还算顺利。反正旱季总是要遭遇的。尤其是男人们,突然不再那么执着于求雨了。今后发生旱情也不再那么伤心。永远遭受坏心情的只有女人。她们还在为无雨的天气着急难过。

一位女人突然来了灵感,她想在毛坡栽种桑树。学习矮山汉人养蚕赚钱。"它会吐一种白丝。它的丝可以卖钱。"她讲述了养蚕的好处,也搬出更多栽桑树的理由。比如,蚕虫吃不完的桑叶可以用来喂猪。据她所说,与她熟悉的那位矮山汉人告诉她,猪吃了桑叶长得膘肥体壮不说,连毛色看上去都是光亮光亮的。

女人们一听桑叶可以喂猪,并且猪吃后还肯长肉,这倒是省去找猪草的麻烦。即使到时候不用桑叶养蚕,用它养猪也划算。于是她们集体赞成。当然,为了保险起见,尚不能大面积抛弃粮食作物去栽一些还不知道成效的桑树。她们精打细算之后,决定在土地边缘空出一个小角,栽几株试试。说到做到,她们很快把桑苗埋进土壤。经过一段等待,桑树长是长出来了,可那长势看上去十分可怜。这种据说可以把猪养得一肥二胖的东西,它自己竟然长得病恹恹,实在令人失望。它的叶片不如山下汉人们栽种的桑叶那么宽大碧绿,而是那种泛黄、想要枯萎的样子。

它耐旱。但耐旱不代表它连一点雨水也不需要。入土初期至少要下一场透雨。如果旱期一直延续，得想办法给它浇灌。

那位提倡栽桑树的女人疏忽了一个问题，山下汉人们栽种的桑树大多是在田埂上。或者是离水源近一些的地方。湿润肥沃的土壤才是桑树们最爱的生长环境。

桑树栽种宣告失败。

女人们对此抱有怨言。抱有怨言的最大原因不是因为腾出来的那一小块空地，而是她们在丈夫面前据理力争到的一次做主权，得来竟是这样一种结果。面子过不去。

"那个小角至少可以栽十几株玉米！"她们差点与那位"自作聪明"的女人翻脸甚至断交。

那位女人正是阿牛的母亲。她第一次有这样的灵感。她原本以为，凡是树木，在对水的需求上可能低于庄稼。

桑树栽种的失败让阿牛母亲感到难堪。好在旱期过去了。漫长的坏心情在一场大雨中结束。

男人们狂喝了一顿酒庆祝雨水降临。女人们也跟着大醉一场。可这时候的雨水其实对主要的农作物已没有多大意义。比如玉米，它已经在旱季里完成了结籽灌浆，"稀麻癫"（没有结满籽的玉米棒）不再有机会重新结籽。一切成了定局。

可雨水依旧重要，之后的豆苗还要几场透雨。然而，雨水变得永远下不完的样子。这可不是一件好事。人们有驱风的本领，但是驱雨，还没有试过。也没有人想驱雨。这是经过一段苦等降下的甘霖，哪怕这甘霖汹涌可怕了点，在有过等雨之苦的人们眼中，无比美好，可遇不可求。因为雨水绵延不断，泥石流竟然发生了。沉湎于喜悦之中的人们这才猛然感到心慌。像泥石流这样的事故早期只出现在别的村寨，或者别的山坡。突然之间，毛坡下方，也就是原先砍柴之后露出悬崖的地带也开始滑坡，泥土松动，巨石滚滚，十分骇人。这简直出乎他们的意料。

几个经验丰富的老者突然意识到泥石流的发生可能与砍树有关。他们敲着竹棍像要宣告什么灭顶之灾的坏消息，用那种心情糟糕透顶的急躁声音嘶喊，把他们经过几天观察的想法全部说了出来。他们指着东边渐稀的树林和北面山坡上原本藏于林丛之中现在却裸露在外的悬崖，也许为了表达这件事情足够严重，不是开玩笑，他们使用彝族毕摩才有的神秘的语气，告诫早就已经被他们的表情怔住了的年轻人："闯着土神的忌讳了。你们信不信！"

老者们什么都说了。但跟什么也没说一样。因为世上没有几个人可以猜透神秘语气背后隐藏着什么真相。尤其这样的话出自平常神思昏庸不理世事的老者。

真相就是生态环境遭受破坏而引发了泥石流？怎么可能！没人会承认。

也有人会承认并且认定砍树确实伤害了环境。不过他们并不太懂得什么叫生态平衡，他们只不过较为爱惜自己居住的村寨，希望寨子周边保持一片繁茂的树林。

不随意砍树的人对自然有悟性和善心，他们似乎可以感知植物的灵气，懂得万物生存的不易，但这样的心意不受自己同类的认可，他们被归入傻瓜行列。好在这样的归类没有造成太大影响——如果他们不将自己的想法说出来，一直保持沉默的话，他们还可以继续与人相安无事。但是傻瓜们没有耐住性子。他们希望别人也采用他们的方法，去远一些的树林中捡拾干柴，他们保证在那里可以找到从树上自然干枯掉落下来的树枝，不用整棵砍倒。这意思就是说，村寨边缘的树木稀少与他们无关。那么，泥石流也不是他们引来的。他们说完自己的意见后，与几个同道中人聚在一起祝祷，像求雨那样随便搞点什么仪式，他们希望，如果真像老者们所说，搞破坏迟早会遭受土地神的惩罚，那他们这些没有胡乱砍树的人应该得到赦免。希望得到赦免。土神保佑。

大概真是受到土神保佑，泥石流虽然也发生在村寨里，但别的地方更加严重。尤其是旱季的时候去背水的那条小河,它居然狂奔乱跳把原先不宽的峡沟冲成一条长形的沙漠。那样子既壮观也可怕,超出想象。所有的木桥都被河水冲走,连巨大的桥墩也不见了。河边辛苦开垦的别的村寨的水田成为一片黄沙,柿子树一棵不剩,房子一样巨大的石头堆在各处。人们永远没有料到,这样温顺、水流量一直保持稳定状态的小河突然来了气力,将那些原本永远不可能到达这个地方的巨石带来了。他们一直期盼下雨,旱季总算过去,却是这样一番景象。雨水带给他们欢乐的同时也带来了更大的无法接受的灾难。这不是什么救命的雨水,这是受到诅咒似的毁灭性的力量。

又有一些人搬走了。这些人比先前搬走的人更加决绝。他们搬到外省,好像从此不再回来,连回忆都不想。一位在毛坡居住了一辈子的老者——如果他咬牙坚持住下去,一辈子就算圆满了——也跟随这次搬家的年轻人走了。这意味着他要老死异乡。没几年时间就有消息传回村子,不知道这消息有几分可靠,但人们很相信。据说,那位老者在异乡忍受不了思乡之苦,以及当时遇到了许多零碎但在他看来是非常严重的事情,一时心灰意冷喝下满瓶毒药,就这么草草地结束了自己的老命。没有后人将他的骨灰送回来安埋。从生到死,他终于逃离了这片伤心地。可是谁也不能猜准死者的心情。他真的不愿意魂归故里,愿意在外做一缕无家可归的游魂吗？虽然不能猜准死者的心情，但是可以想象，毛坡人断定那位老者心里一直认可这片土地，他可能已经魂归故里，这样一想，在清明节给自己死去亲人祭拜的时候，也在另一条岔道上——老者生前喜欢坐那里歇凉——为他烧几张纸钱。

不被灾难吓退，并且不会为了这样的困境喝毒药的人们经过一段时间的心理恢复，逐渐习惯了那条峡谷中的沙漠。他们看顺眼了。这事件也成了饭后的新闻，认为那河谷也许之前就是这个样子，本就没发生什么泥石流，那里也没什么农田，没什么柿子树，全是石头，一直都是石头。

很快几年时间过去，那场骇人的河水事故被农务繁忙的人们遗忘，不再有人谈论。河谷边上被河水冲塌并且被泥石流掩埋了房屋、死里逃生的那家人，如今也在别处建立了新的住所。

毛坡的女人们在腊月就要开始翻土，做好一切播种之前的准备。有牲畜的人家依旧占了优势。耕地会在最短时间和相对轻松的体力下完成。然后，他们就可以腾出余力去为过年期间的烧柴做准备。

再不会唱歌的蟋蟀也有弹跳的本领和想要亮嗓的冲动，毛坡这片土地虽然让人们常年愁容满面，但是苦中作乐的心情是人人持有的。保持这种心情或许是想给毛坡后一辈人树立某种榜样,教年轻人面对生活的坚毅态度——"睁只眼闭只眼"的生活态度。他们坚信,当一切劫难无可避免地发生于眼前,比如深谷里那场洪水遗留下来的糟糕的沙石,那已经无法改变,人所能做的是要么闭上眼睛,要么无视而过。这样才能放松心情去面对接下来的日子。为了尽量把那场洪水之灾表现得稀松平常,他们用温和而肯定的语气说,等着看吧,娃儿们,所有灾害都会过去,它会过去的。

在毛坡熬过半辈子时光的女人们又要开始操劳另外一件事情了。她们要给自己的儿子娶媳妇。在这样的土地上,如果一个人孤零零地过日子,是再可怜不过的。没有几个人可以像阿牛母亲那样过日子。也不愿意像她那样过日子。她即便是一头憨攒劲的牛,如今也处于力不从心的状态。她和别的妇人一样,满面皱纹,记忆衰退,说一些可说可不说的废话。

不过,阿牛母亲骨子里还保持牛一样的倔强。在面对旱情又要下山背水的时候,她照样是老将出马,威力如前。

除了阿牛母亲之外的女人却无限忧愁。她们四处找人给自己的儿子说亲。其中一户人家总算说成了一门亲事,约好在毛坡见面,女方要亲自上门观察男方的家庭条件。那户人家一切都准备妥当,不料女方父母越走越惊怕,那路途的险要让他们双脚打战,走到毛坡下方那片裸露的悬崖之处,果断折回去了。这门亲事告吹。

那位替儿子相亲失败的母亲逢人必哭。她将之前对这片土地的所有热爱和忍耐转成无限的怨恨。她想要搬离这个地方，哪怕到山外的随便什么城市去拾荒也好。最后她又决定继续住下来。和阿牛母亲一样，她变得比从前更加勤劳，耕地原本是男人的事情，此刻她却亲自借来黄牛翻地，女人拿犁头总不如男人有经验，但她的力气丝毫不比男人少。她向阿牛母亲以及其他人表示，等她家大业大，不愁儿子婆不到老婆。可是不等她完成使命，她已经累病，然后死去。死之前人们给她请来了赤脚医生，在那位号称"妙手神医"的医治下毫无起色，最后是她的亲人决定重新邀请从前那位可以拴住太阳半小时的巫师，也就是帮毛坡人求雨那位。他们希望这一次那位巫师的法力出现奇迹。结果没有奇迹发生，那位巫师又靠他的口才赚了几块银钱走了。

有那么连续几年时间，毛坡这片土地没有发生旱情。雨水充足，庄稼收成极好。那些早年因为贫困讨不着媳妇的小伙已找到意中人。阿牛也长大了，可惜没有如她母亲所愿嫁到水源充足的村子，她竟然嫁到比毛坡条件更差的村寨。毛坡再怎么干旱，吃水不算问题，而阿牛嫁去的村子，吃露天水塘里积攒起来的某一场雨水以及从很远的地方引来的断断续续的泉水，那泉水细如游丝，时有时无，并且它所流淌的路线穿村过户,村寨之中鸡飞狗跳,好不容易才流到阿牛居住的村子,沉淀之后的泉水依然是浑浊的颜色,喝进嘴尽是一股奇怪的味道。

"命薄不由人。"阿牛母亲向她的好友们诉苦。她不再像从前那般拼命干活,也不去阿牛那里当个闲散的老人。这时候她顾不得什么面子,只想跟人叨叨她的痛苦和不幸。她坚信自己是不幸的。这不幸还一同降临在自己女儿身上。她认为阿牛之所以那样倔强地为了她所谓的爱情嫁到那个村子,正是那潜藏于她命运之中的不幸在作祟。之后,她突然醒悟般地跟她的朋友哭诉,如果她早年也搬家或者再嫁一个条件稍好的丈夫,让她的女儿也享受更优渥的生活,不被这旱季下苦难的生存环境锻炼成一块迟钝的刚石,那么如今,她女儿绝不会有勇气嫁到那个糟糕又令人绝望的地方喝脏水。

阿牛母亲再怎么哭诉也无法改变事实。她如今是个老迈孤独的女人,与她同龄的妇人早已当了奶奶。某一天她跟朋友再聚的时候,已经不再悲伤,她表示,她想要抱外孙的心情逐渐掩盖了她的忧愁。在这片孤守半生的土地上,她也总算熬到了儿女开枝散叶的时辰——她的女儿,正是一棵成年的花树。树要在哪里生根发芽,是树自己决定的。

在毛坡收成不错的那几年时间,阿牛母亲也过了些清闲日子。可是,为了有更大的收成,毛坡以及别的村寨都开始大量栽种烤烟。这种受人追捧的可以赚钱的东西从来没有栽种过,不知它耐不耐旱,他们对此信心不大。但是近年来旱情减轻并且连续几年不曾有过旱灾,他们猜测可能这片经受长久灾害的土地也许因为烤烟栽种机会的到来,让这片土地上的人集体转运了,会让他们赚到不少钱财。

没人会跟钱过不去。他们果断加入学习烤烟栽种的队伍中。

可是烤烟栽种要耗费大量烧柴。这可不是玩过家家似的割一把狗尾草就能解决问题。那些干枯的自然掉落的树枝显然是不够用了。

人类的聪慧永远是顶级的,他们轻松解决了烧柴问题。这是一位年轻人从城市里学来的园艺工人的技术。他把村寨周围的树木进行了一番修剪,那些剪断的树枝正好用来做烧柴。可惜他的园艺技术实在差劲,经他修整的树木最后只剩一个帽圈。

阿牛母亲也栽了好几亩烤烟,她的栽烟技术好像是天生具备的。她这个时候还学会了抽烟,这没什么稀罕,山上的女人到了这个岁数突然就会抽烟了。这似乎是天神早已为她们在五十岁时期准备好了一支烟枪,她们活到那个年岁就能熟练地替自己装烟、点火、吞云吐雾,烟瘾还不小。

但毕竟没有几个男人喜欢抽烟的女人。何况阿牛母亲这样一个不算太老的寡妇。人们看惯了她早期时候白净的牙齿，那时她说话不带烟味，虽说强壮的身体令她失去几分女人味，可她终归是个女人，在那强势的气质下偶然也会显露出女人温和的性情。然而今天，人们突然看到这样一位抽烟寡妇的样子，这个她认为轻松闲逸的样子在别人眼中竟是狼狈和丑陋：一个女人完全垮塌的坚毅，她从前的形象，在她拿起烟枪的不知不觉中损毁。

她没有丝毫警觉。也没有发现人们的眼光有什么不对。这片土地早已耗光了她的敏锐。她大概只剩下迟钝和失忆，就像其他老去女人的低沉心思——烟雾，是烟雾那样的模糊的心情。无所谓的心情。

不知道为什么阿牛母亲的烤烟总是比别人的烤烟长得枝繁叶茂的样子。到了烤烟的时节，她打着瞌睡烘烤出来的烟叶总是闪着金子一样的光芒。

有时她会胡言乱语，坐在烤烟房门前说那些烟叶就像旱季里落在土地上的阳光。火辣辣的。这个没有读过几天书的女人只有在形容烟叶的时候像是用她前世的记忆在说话，或者，是她的灵魂。

阿牛母亲突然变得少言寡语。当人们想要跟她说话的时候，发现她不愿意和任何人说话。就算她说话了，也仅是向那个人表示,她近来心情极差,突然间发现值得说话的人全都入了土。这使她心里着慌。她不怕死。只是忽然感到孤独。几十年来她第一次觉得自己活得这般可怜。她这一生所有的辛劳都献给了这片土地。她对这里又爱又恨,却无法离开,她说她感觉自己是这片土地上的一粒沙石,像峡谷里被洪水带来的沙石。

阿牛母亲可能真是感到一阵莫大的痛苦,在春季烤烟下土的时辰,她选了一个小雨天气,望着毛坡周边的树木突然抹起了眼泪。没有人可以劝止她的眼泪。她如今给人的感觉就是个昏庸无能的妇人,已经不是从前可以和旱季抗衡的猛妇了。她的眼泪可以给任何人看到。

不知道是不是阿牛母亲思念她那些死去好友的原因,旱情再次发生。已经活得昏昏沉沉的老者们最后一次用巫师的口气猜测,这一次的旱情可能与修剪树枝有关。即便树木还顶着一个帽圈活在那里,可是,它真的是活着的吗?它难道不可以像人一样,哪里不对劲的时候也打几下瞌睡,神思昏沉,看上去好像活得好好的,实际上呢,实际上离死不远。

这一次的旱情比往年更加严重。烤烟枯死了一大片,不管人们摘多少树叶去给烤烟遮阴,都不起作用。

阿牛母亲就在这个旱情严重的时期成了祈雨的巫师。自从某天她看见有马帮从这里路过,听见马脖子底下招魂似的铃响,她告诉人们,她就是从那些铃声中获取了求雨的咒语。人们不得不听信她的话,她在这个年岁最可能也最应该成为巫师。并且这位巫师已经不同从前,从前她的女儿求雨的时候,她要收取报酬,如今她变得慈悲,哪怕一只鸡蛋的酬劳也不要了。她向人们保证,她的一生都耗在这片土地上,老天爷会看到她的诚意。

人们将所有的希望都放在了阿牛母亲身上,希望她真的可以求到一场雨。他们已经没有余力去山谷里背水浇灌。因为昨天的背水壮士已经老迈,新一代的毛坡青年选择了他们认为最有智慧的出路——去山外的城市做工。

毛坡青年确实在山外挣到了比栽种烤烟多一些的钱。他们时不时寄钱回家,让留在村寨的这些上了岁数的人走三十里路,到镇上买营养品。可是,"吃胖了也走瘦了。"没人愿意为了买营养品去练那三十里的脚劲。

毛坡变得冷清。别的村寨也差不多如此。然而青年人必须走出去。这总比在山里苦守一生要精彩许多。几乎所有的年轻人也都怀有出山的梦想。然而,城市就像江湖传说,闯荡江湖的人才懂得江湖生活的不易。并不是人人都可以在城市里挣到钱,这里同样也会遭遇像山区旱季那样的不幸。有时,生活在城市中的乡下人早已失去了归属感,他们所遭受的压力和低落的心情如泥石流一样可怕。他们随时要操心工作,即便如此也可能会突然失去这份工作,因为他们在这里也会变老,变得神思昏沉,气力衰退,接下来会有比他们更年轻的人来接替他们的工作。不会有人觉得谁是万分重要,仅仅是在某一段时期,建筑工地差一个年轻的钢筋工或者泥瓦匠。

大概是在一夜之间有了悟性,那些在城市闯荡多年的毛坡青年又选择回到村寨——当然,他们之中有些人回来的时候已经不再年轻。重新回归之前的生活需要莫大的勇气。没有归属感的心需要一个与故乡重新认识和重新建立感情的过程。

归乡的年轻人学会了祖辈们求雨的本事。甚至有人学会了占卜。虽然他们的热情并不能完全回归到毛坡这片土地,但看上去,他们在逐步地接受,并且观察怎样的作物最耐旱。

至于阿牛母亲,她求雨的诚意并没有感动老天爷。最后她不得不让回乡的年轻人自己想办法,或者听天由命。大概为了表示她并不是昏庸无能,她安慰这群心境不宁的年轻人,在山区就是靠天吃饭,靠天吃饭的人,上天永远会眷顾。她活到如今这样的年纪,绝不是奇迹。这片土地会遭遇旱情,但雨水也会降临。

隐者或饮者

晚上我们会到工业区旁边的园林闲逛。这地方暂时还没有被广场舞占领。出现在这里的大多是年轻人，有人遛狗，有人遛小孩。这里有一片浅水的池子，里边映着一枚草灰色月亮——因为旁边站着一片杂草。那月亮大概是李白扔进池子的。也可能是旁边坐着的那位醉汉扔进去的。他时常来这儿喝酒，坐在一棵光秃秃的刚从什么地方移栽过来的树下。他可能感觉自己特别像隐士，特别像李白，他谁也不搭理，傲慢和孤独把他硬邦邦地固在木椅子上。当他举起酒瓶子面朝天上的灰月，从他脸上会多出几分隐士和李白的味道。我们站在远处看他。所有人都会站在远处看他。来园林的人都会把他当成一只猴子——他在那儿喝酒，他觉得他是隐士，但人们觉得他更像猴子。

他可能真是一只猴子。在园林周围，有很多人会在一夜之间因为举止怪异被划入猴子行列。这一点也不奇怪。几个月之前，我们在天桥下看到耍猴的，那只猴子在那儿跳啊跳，就是那种蹦着要摘月亮的样子（正是醉汉举手喝酒的样子），然后它蹦累了，蹲在地上，等着那位耍猴的人给它端了一碗水，它就望着那碗水，水中当然也有一枚月亮——"捞起来！"耍猴的说。猴子看上去有点儿伤心。大概它知道月亮是捞不起来的。这很有可能，有时候猴子比人类精灵，比人类清醒。但是作为一只卖艺的猴子，它必须表现出超越人类的本领，它得取悦他们。

耍猴的人不允许猴子有什么情绪，他把皮鞭啪嗒抽在它身上，然后望着围观者笑，他笑得相当得意——那种耍猴者获得的无上荣光和自信，他对人们说，不要怕，这货早已驯服，它从前在树林太嚣张，现在我让它捞月亮它就得捞月亮。

围观者响起掌声，等着猴子捞月亮给他们看。他们太想目睹猴子怎么把月亮捞出来。因为这件事情在人类这儿，还从没有谁干成功。

猴子捧起了一滴水，又一滴水，像酒的颜色，像月的忧伤，但那只是一滴水。即使这样人们还是给了掌声。人们只是需要一场捞月亮的滑稽表演。如果没有这样的表演，生活该多么枯燥。

这醉汉虽然有隐者的气质，但可能他坐的位置和灰月光的作用，使他看上去总不免几分旧伤复发的惨状。尤其他喝的酒,我们感觉,那就是猴子捧在手中的水。这样一来我们敢肯定,他确实就是那只猴子,白天去天桥卖艺,夜间来这儿小歇,可能身上还有皮鞭的疼痛,靠在那儿有气无力。

也许猴子到了晚上才感觉到轻松,因为轻松,皮鞭的痛感也就涌出来了,他在那儿有点颤抖,就像月亮在水中颤抖。风吹过去再刮回来,酒气中有几分泥渣味。我们这才仔细观察到,这只猴子可能不止卖艺,他还卖力,他衣服上有建筑工人才会留下的泥灰。他的胶鞋底是混凝土做的。

我们只站在远处看他喝酒。大半年来我们和他一直保持这样的距离。谁也不上前与他说话。

或许我们应该上前说话。万一他不是猴子也不是建筑工人,他真是李白的铁杆粉丝,我爱人就可以跟他秉烛谈诗。在这样一所园林,遇到一个愿意谈诗的人,哪怕是醉汉,也相当难得。我们还来不及走上去——每个晚上,我们都要经过一番思想斗争,要不要走上去,正当下决心走上去的时候,他总是喝完了酒。我们知道他喝完酒之后很快就要离去。

这天晚上的状况和之前相同,他喝完酒要走了。他骑上自行车……正要骑上自行车,从不知什么地方窜出一个人,有点老,有点颓废,大概刚刚和谁干了一架,颓废中冒着一些着急和愤怒,所以走路速度不慢。那人撞倒了自行车,自己也倒了下去。然后他躺在那儿不起来了。这样子有点像我们之前在哪儿看到的,也是这样倒下去,像捞月亮那样倒下去,捞不着月亮就不起来的样子。直觉和经历告诉我们,这样倒下去的人都有几分猴子的固执和天真,谁也别想打扰他。

这段时间以来,我们看见许多人倒在那儿,老的少的,男的女的,真捞月亮假捞月亮的,都没有人去打扰了。谁都害怕担罪,他们绕道而去。对于这种倒下人们开始警惕,并且这警惕大于看表演的好奇心,所以他们尽量擦着路边走,像心意六合拳里边的鸡行步。可是我们都知道,不是每个倒下去的人都是捞月亮,他可能真的体力不支倒下去,正在生病,口吐白沫,神思昏沉,可惜就是没有人像捞月亮一样将他捞起来。这也难怪,我们也不敢确信自己的眼睛。长期看猴子捞月的人难免落下真假难辨的后遗症。我们看什么都像是猴子表演,逐渐失去分辨能力,随波逐流,胆小如鼠。该信的不该信的,我们都开始抱着警惕的心理,即使站在天桥下看猴戏,也和表演者拉开一段距离。尤其当那位耍猴的人敲着脸盆挨个地喊,来啊来啊,诸位看官,高兴了就赏几个银钱啊。人们会突然感到害怕,捂住口袋或者悄悄逃跑。那逃跑的大多属于囊中羞涩。

于是,我们猜想,那些绕道而去的人,他可能刚刚才在某个路口被要求赏了几个银钱,正是囊中羞涩,更害怕听到这样的声音:"来啊来啊,看高兴了就赏几个银钱!"

现在这位醉汉恐怕也要赏几个银钱才脱得了干系。

"完蛋了。"有人说。现在人们看猴子表演的兴趣上来了。他们很快围到醉汉身边。我们也跟着围上去。这样的时刻竟然有几分激动,像遇到什么盛大的节目要开始。醉汉又重新坐回椅子,他好像在等着那人自己爬起来。

夜色深沉,连灰月光都没有了。几点灯光从树木那边穿过来,星星点点打在脚下。地上那人躺着不动。

醉汉如果是猴子,那现在的角色有点不同,人在捞月亮,猴子在监督。但猴子没有拿皮鞭抽。他手里握着刚刚喝空的酒瓶子。

"你自己起来吧。老者,地上凉啊。"猴子说。

人们大笑。人们当然不知道地上凉。地上的凉气只有猴子知道。

"都走开。我躺着醒酒。"那人总算说话了。他这样一说,围观者一哄而散。原来不是猴子演戏,只是一个醉汉撞上另一个醉汉了。这没什么看头。

醉汉也靠在椅子上醒酒。他没有马上离去。我们赶紧坐到旁边空着的椅子上,也像是喝醉了需要醒酒。

我们四个人,也许是四只猴子,三只坐在椅子上,一只躺在地上。这儿没有树林。因为没有树林,猴子的天性受到限制,手无缚鸡之力,也懒得说话。这一刻非常安静,正是属于隐者的安静。我们不向人讨赏,也不捞月亮,我们看见一拨一拨的人迈着鸡行步从那儿过去。这种步调可能还要持续很长一段时间。除非那位躺着醒酒的立刻爬起来。

可是他没有爬起来。他还躺着醒酒。他可能真的喝多了。也许等一下我们离开也要迈着鸡行步。这是受到传染的暂时无法纠正的步子。

冒险家

　　山间有清泉流过的时候冒险家走了出来。现在她再也不是过去的样子了。她肯定是在这座城市荒废不少年月，以致容颜憔悴脑袋像霜打一样低着。我们在路口相遇时她手里夹着花花绿绿的矿泉水瓶子，眼光茫然但可以看出其中还夹杂了一点高傲和冷漠的气质。她是闯红灯过来的。而我的背后——也就是她要去的那个方向正是可以畅行的绿灯，许多人走了过去，只有她像个守规矩的人那样站着不动。我突然明白这个人是把规矩搞反了，她在等红灯亮起然后像个冒险家——当然在她那里不存在这个概念——大摇大摆走过去。

　　我为发现这个问题而高兴，紧忙跟我的同伴说，你看这个人，她对绿灯视而不见，她在等红灯！但很快我又陷入平静，因为她的冒险精神在她进入我视线的那一刻就已经被感觉到——我说，山间有清泉流过时冒险家走了出来（在看到她的那一刻我直觉地感到亲切,便确信她是从山间走来的,她绝不是这儿土生土长的人),她来到了城市,闯着红灯向我们靠近,然后我们等绿灯的时候她等红灯——所以这个发现实在不值得兴奋。

为了更多了解,我偷偷地观看她。她依然用那种漠然的态度稳稳地站在那儿,不看我也不看别人。我向后望了一眼绿灯心里替她着急,仿佛她不过去这一生就要过去了。

她身上背着的孩子像个刚刚从天边冒出来的太阳,那孩子眼神里挥发的温热而天真的光芒直直地照着我。我不好意思地跳开视线。也许我观看他奶奶的眼神有点带着神灵一样的慈悲和漠然,就像观看一块长着不起眼庄稼的贫瘠的土地。

确实我看到她脸上的皱纹像土地那样龟裂,从心底莫名地生出一股慈悲之情,但很快就淡了。因此在他的眼神照到我的时候,我才会羞愧和不安。

我从眼角看到孩子的眼睛望到了远处的高楼——他终于不看我了。我也悄悄顺着他的视线望着远处的高楼。那是一座正在修建的只有骨架的楼房,顶上站着的人穿一身黑正在朝什么地方无聊地吹口哨。"那是鸟吗?"孩子说。他可能在问我们站在这儿的每一个人。由于他没有点名并且还是个孩子,我们谁都不理他。"那是不是鸟?"这回他有点不高兴的味道。他的奶奶——那个冒险家——用冷淡的眼神朝房顶轻轻看了一眼说,是鸟。好戏接着就来了,这个任性的孩子弯腰去抓那些矿泉水瓶子,闹着要用它们将鸟儿扫下来。

我们谁都不好意思向他解释说,"哎呀,你奶奶刚刚说了谎话,那不是鸟,那是和我们一样站在高处面目不清的鸟一样的人,"然后我们接着撒谎,"由于我们站在地上不能飞翔而心中总是羡慕自由,于是建起了像这样一座一座的空城爬到高处,在那儿我们可以获得和鸟儿一样的心情。"

显然我们如果真这样解释那就犯了冒险家的大忌。她既然说高处的人是鸟,一定有她的道理。说不定她这些年在城市,正是靠着这样一股想象力生活。

孩子在她背上安静下来。她也一动不动抓着那几个空瓶子等红灯。我看见她的嘴唇有点干裂而手中紧紧抓着的瓶子却没有一滴水。我潜意识中又出现那条山间穿行的小溪,阳光带着树叶的碎片漂在水面……这个念头只是一闪就不见了,眼下是她遮掩不掉的苍老模样,而我实在没有能力舀一瓢过去的水解救她现在干裂的嘴唇,这种无能为力的心境使我仿佛陷入一片枯黄的深草中不能动弹。

就在这个时候她扬起一只手擦汗,我看见她手上的疤痕被汗水打湿。我想走过去跟她说,你手上的伤疤和我的一样。但我羞于走过去。我不能揭穿一个冒险家过去可能和我一样的艰涩的生活。我要为她保持一种起码的尊严,哪怕她的困窘其实已经无法掩饰。

而事实上我心里已经崩塌,甚至想象我们一起抱头痛哭的样子——我们可能会说,活了这么久总难免洒点眼泪吧?然后她说和她一样年岁的人已经死了好几个,我也说和我一样年岁的人也死了好几个。也可能会说,我第一眼看到你就觉得我们是同一类人,虽然你不捡这些别人不要的空荡荡的瓶子,但你总是干一些别人不干的空荡荡的事——最后因为某种原因和力量又不得不突然神一样地站起来,像陌生人那样——就是现在等红绿灯的样子,各自保持着一股高傲的漠然的表情背道而驰。

她的衣服被风掀起来,好像站不住往后退了一步。也许这个不能控制的动作让她有点尴尬忍不住眼睛看向我,毕竟一个人时常保持一种冷冰冰的态度板直地站在那儿,却突然被一阵风险些刮倒,多少要露出一点难堪的神色。

这个时候我已经不想将她视为没有一丝弱点的冒险家,于是向她点了点头。为了表示诚意,我抬手指着后面的绿灯说,你可以过去了,现在是绿灯。

她对我的好意没有任何回应,眼睛也看向别处。刚刚那种难堪的神色过去之后,她又恢复到那种高傲的漠然的样子。

　　我想象有一天我也老成这个冒险家的样子,身上背着我的孙儿手中抓这样几个无用的瓶子,嘴唇干裂却像个冒险家一样怀着年轻时候余存的高傲和冷漠稳稳地站在这儿等红灯。

　　"疯子!"我听见这个声音的时候路口已经多出一个年轻女人。而我的背后红灯亮了,那位冒险家背着她的孙子逼停了一辆一辆的车,从容地走过去。冒险家走到路那边回头看了一眼,我认为她在看我,其实是在看对面那盏我不敢闯过去的红灯。我旁边站着的年轻女人吃惊地望着那个背影,这时候我替她想了这样一句话:这个时候她闯不过去,她的一生就过去了。

夜盲症

久不联系的朋友来找我,他姓陈,我们是在楼下撞见的。

我房间里只有一把旧椅子,他坐在上面担惊受怕的样子。"想不到你过得这么糟糕……"我从他欲言又止的神情中猜测他接下来可能想说点这样的话。可是他没有说,只是不停地拍着刚刚在楼梯口不小心粘上的蜘蛛网,神情烦躁,像个有洁癖的人。他戴了一副眼镜。现在他也戴眼镜了。从前他喊我四眼狗。

也许是戴了眼镜的缘故,我突然发现其实根本不认识这个人,他仅仅有几分陈姓朋友的貌相。这个发现令我坐立不安,是我将他领上楼来,还把唯一的椅子让给他坐,这份热情给得过于仓促以致想收回都来不及。我有点后悔了。

那么接下来我要把他请出去。这对我来说并不困难,只需要一丁点儿时间找个得当的理由。我在这儿没有交一个朋友,楼道因为只有我和少数的几个租客穿行,在拐角处已结满了蜘蛛网。这种状况的形成正是因为住在这栋楼的人都不爱交朋友。即使有那么一次意外——就像现在,我误将这位陌生人当成失联的老朋友带上楼,接着就会想办法将他送走,这里又会恢复如前。

可是我暂时找不到合适的理由。发现他不是我的朋友后,因为找不到话题,干巴巴地连水也忘记喝地坐着,再没有比这更尴尬的气氛了。眼看天色渐晚,而他还没有要走的意思。我已经开始着急。

大概是为了缓和气氛,他提议出去散步。听到这个建议我高兴坏了,正好,出去散步,然后随便说两句就散伙。

我们迎着冬风,前面有只狗给我们开路,它是只流浪狗,平常我一个人散步的时候它会跟来陪我走一段。有一次我的房东跑来跟我说,那是我的狗,是我把它遗弃了,而狗对我不离不弃,我是个没有良心的人。可是我想不起那是我的狗。我大概失去了一部分记忆。其实这也没什么关系,人注定是记不住太多事情的。就像这位陌生人,他以朋友的身份来找我,我却将他忘记了。

这样想来我确实是个没有良心的人。比没有良心更糟糕的是,我得了夜盲症,这是多久以前发生的事我已记不得,也许十年也许八年。我只清楚有一段时间,我抬头只看得见一小片窟窿一样的天,低头伸手不见五指,我是凭感觉走路

275

凭感觉活在世上。好在最近我的眼前出现了一点光亮,虽然模糊但基本可以看到这位陌生人的装束,况且当一个人闭上眼睛的时候她的心眼就开了,她的潜能会得到更大发挥,因此他有什么情绪很难逃过我。

他在我身边走着走着就弯下腰去,这样子倒确实像我那位姓陈的朋友。

之后他跟我提起一件往事——因为提起这件往事,我才确信他是我的朋友。他问我是否记得十年前的晚上,我们坐在一片开败了的荷花池边,计划一件事情。如果当时我们成功了,今天就不会这么潦倒,就不会得夜盲症。原来他也得了夜盲症。我安慰他不要伤心,得夜盲症的不止我们两个。在我租住的房子里,甚至别的房子里,到处都有得夜盲症的人,我们之所以不交朋友正是因为看不清对方。何况灰蒙蒙的世界反而像一层保护膜,更有安全感。

他听我这么一说也就不伤心了,弯下去的腰直了起来。可是接着又弯下去了。

我知道他始终放不下那件事情。那件事如果说给我的房东听,她要么昏过去,要么将我轰出去。

事情是这样的,十年前的晚上,我们坐在一片开败了的荷花池边,筹划在一个有月光的大半夜,去挖我家的祖墓。你没有听错,十年前的晚上,我和陈姓朋友想当盗墓贼,但是

276

我们又非常胆小,怕鬼,尤其怕陌生的鬼——我们把亲人称为家鬼,把陌生人称为野鬼,我们商量来商量去,最后都觉得挖祖墓最保险。先挖我家再挖他家。我们都很肯定,祖墓中的人活着时爱我们,死了一定也是爱我们的,如果他们看见我们穷困潦倒,一定会睁只眼闭只眼——假如他们当时被我们吓得睁开眼睛的话。反正,偷自己家里的东西最容易获得原谅。

可是我们拖拖拉拉了一阵子,不敢动,害怕含口银子是假的,尤其是看见街铺上有铁匠用白铜做了一块像模像样的元宝,我们对挖墓的事情就更冷淡了。姓陈的朋友跟我说,他父母有一双结满茧疤连筷子都拿不稳的手,如果有含口银子给祖辈,他们的手肯定像月光一样白,不会粗糙蜡黄。这样一来真是白辛苦了,所有的计划都要泡汤。我们敢肯定,祖辈们正是用一双结满茧疤的手将他们的孩子——我们的父母——抚养长大。很多例子提示我们,这样的手会延绵地遗传给下一代。

他低下头,再抬头时他告诉我,那次计划告吹之后他偷偷挖了自家的祖墓,顶着月光干了大半夜,想着很快就会挖出银子他还激动得哼起了调子,然而他只刨出一个深深的黑洞,他站在洞底感觉自己像一只害虫,还因为心情慌乱把自己的脚背都挖伤了。他爬出深洞撒腿就跑,那之后他得了夜盲症,好在人的眼睛看不见东西的时候,他的心眼就打开了,他甚至可以在宁静的黑暗中看见平时看不见的。

前些天,他的眼前出现了一点亮光,又可以辨认一些东西了。刚才在楼道拐角粘上的蜘蛛网,他也一丝不留地清理干净。

我们来到一条林荫道上,他始终弯着腰,灰扑扑地走在我前面。我对我们之间的关系又产生了怀疑,甚至,我们刚才所回忆的那件十年前的往事也可能是假的,只不过是两个四处流浪的夜盲症患者为了找到一点共同的话题,虚构了一场疯狂的往事。他所描述的祖墓中的黑洞很可能只是一眼水井。你看他弯腰驼背的样子,很像传说中背井离乡的人。

失踪者

　　窗台上的栀子花开出一个花苞,我很想去敲女邻居的门,请她共赏这个奇迹:一株起死回生的植物。

　　然而她不知去向。发现她不知去向的是我先生。他是个近视眼,我不太相信他的话。我认为她可能还住在房间里。住在房里不传出一点声音也没什么稀奇。何况她还是个单身女人。

　　当然,她也许不单身。

　　我见过她不单身的时候:一个男人和一只狗陪着她。男人有可能是她丈夫,也可能不是。她通常在晚饭之后去林荫道散步。她讨好地跟着那只狗,喊它乖乖,喊它乖乖儿。我们相遇的时候她的目光也只追着那只狗和那个男人——如果他恰好在的话。她轻轻走路的样子像一条蛇——因为她的水蛇腰,以及她水蛇腰上缠着的超短裙。

　　其实,我们的相识只停留在一次点头招呼,连话也没有说一句。只不过我常听见她的声音：乖乖，妈妈回来了……乖乖儿，妈妈回来了——那种脆生生的语气。

有人在过道里嘲笑她。我也在过道里嘲笑她。我们住在这一栋楼里的人平常没什么新鲜事，一旦有新鲜事就会窝成一群，兴致高涨地堵在过道里议论纷纷。只有我先生不参与这样的活动，也因为他不参与这样的活动才使我不相信他说的话。

有一阵子我们没有听到女邻居喊乖乖儿，那位时常在深更半夜造访的幽灵一样的男人也消失了。我们猜，是他把那只狗带走了。

她一定很孤独。一个人孤独地住在空荡荡的房间，是没有一点精力说话的。她只用强烈的关门声来发泄不满。我固执地认为她一定受了什么委屈。她深夜十二点才下班回家，关门声音像打炸雷。我先生跟她说，你的锁是不是生锈了，用菜油抹一下吧。她竟然大发雷霆，赌气把门摔得更响。那之后我们听见她回来就做好准备，把耳朵藏起来。

事实上她以前过得也不热闹。半夜我一觉醒来听见她在唱歌，那种寂寞者特有的清冷的腔调，像站在望不着边际的麦地里。而那时，我的窗顶正挂着一枚弯弯的月亮，洒下冷寂的光芒。我很想在这样一个晚上去找她说话，因为这样的月色特别适合诉说心事，也许我们可以成为好朋友。可是我一直拖着不去,她关门实在太响,我天天在生她的气。

在那位男人和狗一去不返的时候,我们当中有人提议进去看看她。出于住在同一栋楼邻里之间的情谊,出于人多势众,她应该不会拒绝请我们进去坐一会儿。可是我们谁都没有勇气敲门。因为我们并不是真正出于关心,并非对她的遭遇产生同情,何况她摔门的恶行早已惹恼了我们,这样的坏心情下会有什么好脸色呢?

我们挤在楼道里好一阵子——自从我先生说她失踪之后,我们就对着门板上那个小孔观察她屋里的情况,这使我们的眼睛即便在平时也是睁一只闭一只的模样。还好住在这栋楼的人全都成了这个样子,也就无所谓了。我们轮着班看,饭也忘记吃了,时间一长,个个都像营养不良的豆芽菜,就是这样我们也坚持住了。我们倒是要看看,她能在里边待多久。

也许在楼道门口等待的时间太长,逐渐等出一点感情来了。我们注意到那门上生锈的锁,因为锁住的时间过长,已快彻底无用。门边放着的一只踩破了后跟的拖鞋,更让我们想象到她一个人漂泊至此的凄凉,从前在晚间清唱的调子也带着一股游子的乡愁裹挟我们的心。现在她连那个心上人和乖乖儿一起失去了。她成了光杆司令。

我们干了一件自认为相当温暖的事:在拥挤的楼道排好

心形蜡烛点燃它,闭目祈祷,看上去诚意十足。不知道这样的做法是否有用,但起码这里有了和月光不一样的光芒。有人建议写下"你失踪就等于我们都失踪了"的句子,这个建议得到全票赞成,这栋楼之外的人都是这么干的。

我们把心思全都放到失踪者身上,但又不能真正为她做什么,时间像流水一天天淌过去,而我们心中只记挂这件事情——不,是类似这样的事情,操心过重的缘故,短短数日人都变老了。没有重大事件取代之前,我们将一生一世消耗在类似的小事情当中。怪只怪,我们无法放下好奇心,我们关注别人的事情总是超过自身。

有天晚上我们实在等得不耐烦了,楼道里那盏声控小灯因为嘈杂已坏掉,这样的环境下,突然感觉这些日子以来,最寂寞最可怜的就是我们这一群人。我们才是真正的有家不回的失踪者。虽然我们爱凑热闹,哪里有好戏就往哪里钻,但实际上,再没有人比我们更寂寞。我们其实什么都做不好,只是找个理由挤在楼道里虚度光阴。楼道里每天都有人突然失去联系,即便我们相信那人可能还住在房间,也不会有谁亮开嗓子喊她出来——因为我们只是虚度光阴。我们即便弄清楚自己的目的也不愿说透。大家都是这么过的嘛。

有时候我们也想将自己关在房里,这可能并不是一件坏事,现在外面的路越来越难走,一到暴雨天,浑水就灌满街巷,人走着走着便掉到自己挖的马葫芦井下。可是长期关在房里也有坏处,比如说月光,它长时间投射在人身上——尤其当你蜷缩在墙角——天长日久,等你起身想走,发现自己已蜕成一只月光色的鼠。

天哪,她肯定变成白鼠,不用等啦,快点散伙吧。我们之中有人终于想走出楼道干点别的事情,想打退堂鼓了。

然而长期蹲守楼道的习惯已经改不掉了。只好继续赖在楼道里,实在无聊的时候,我们还趁着夜色偷偷跑到别的楼层挨家挨户去走访,当然,我们只是斜着眼睛对着门上的小孔往里瞧。我们看见有人长久地立于窗前,有人则穿着戏服泪流满面地跳舞。每个楼层差不多都是类似的事情。并且,很多房间也像我们蹲守的那间一样,看不到人影。

之后,我们终于累了。当我回到自己的房间,栀子花已经开败了,我在楼道待得太久,我先生不爱打扫房间,屋里尽是霉味,他可能出去散步或者还没有下班,屋里空荡荡的。我走近花盆想给栀子树浇水,发现那树下卧着一只月光色的鼠,不知怎么我先生的眼镜放在旁边,镜片已经花了,现在如果要通过这镜片看外面,那是什么也看不清了。

骑　手

一

　　山脉中的小镇大多建在平缓的峡谷,四周被绵延的高山包围,一条独路通向遥远的市区,另一头通向更为偏僻的县城或小镇。

　　我们这里的小镇建在河道边,贴在山脚像啃剩的半块烧饼。街道不能扩展,房屋修得矮趴趴,商贩的摊子支在通往市区的公路旁,人们在灰尘滚滚的街面上讨价还价……

　　这种场景我在别人的书中看到,一些外国作家的小说或随笔,都描述了比较落后的边陲小镇,那儿的情况——或者说是气味——与我们小镇相似。

　　住在这里不需要特别有钱,但假如过于穷困,生活不是把你磨脱一层皮,就是将你磨成一把灰,或者,像菜饼先生那样的,磨成一个骑手。

菜饼先生当然只是我们给他的绰号。他有别的什么名字,不太记得了。

那会儿上山流行一首歌:干杯朋友。菜饼先生唱这首歌的时候抖着嗓子,特别文艺,天生就是个流浪歌手的样子,他二十多岁,黑皮肤,耳边飘着微长的头发,挂着彝族人特有的左耳环,由于那阵子刚从外地回乡,身上有安静的气质和让人喜欢的忧郁。没有见过世面的年轻的姑娘总是围在菜饼先生的周围,她们喜欢听他唱歌,还会让他讲一些山外的见闻。

然而,菜饼先生很快就变得和山民们一个样子了。山外的见闻讲来讲去都是那个样子,姑娘们不爱听。之后的日子,他在峡谷灰尘滚滚的小镇街面上与人讨价还价,摩托车后座驮着一箱啤酒或两颗莲花白,后背染满一层灰土,咧嘴笑起来满口的泥沙。

长久住在山上需要对付的不是别人,而是自己。山永远比你高,你的祖辈埋在那儿的缘故,使你看它们的时候不得不仰视和敬拜。你永远像个弱者却又不得不强大。在山脉上,你对着每天的太阳就只有一个目的:活着。

菜饼先生出山那阵子,我们都说,好了,总算有个人要去过不一样的生活。他最好永远不回来。

但是谁也不知道菜饼先生在外面干什么。听说,他一分钱也没有带回来,出山时穿的牛仔裤,回山穿的还是那一条。他父亲是乡村教师,坐在门口叼着烟杆给他讲了一上午做人的道理。

有一阵子我们经常在街面上看到菜饼先生,摩托车后座驮的不再是啤酒和莲花白,而是两本翻得稀烂的书。他快三十岁了,又做梦似的重读中学,这必须归功于他父亲,他要他浪子回头,最好将来也做个乡村教师。他父亲对这个职业有一种神圣的情怀。

菜饼先生当然有自己的想法,可是那阵子他刚从外地回来,许多事情身不由己。剪掉长发的菜饼先生扎着学生头穿梭在街面和学校附近的背影让人失落——"像他这种人才,应该生活在别的地方……别的、很远的地方……"

三十岁再读中学肯定不是菜饼先生的意愿。他无数次地跟我们说,坐在教室最后一排的他胡子都快甩到黑板前,他的年纪看上去比老师大几岁,由于剪了头发,耳边几根白发藏也藏不住。同学们下课后怪声怪气地喊他——嗨,老哥!

菜饼先生基本不去学校,这个秘密只有我们知道。他父亲正在做梦:再过几年,儿子上了高中,然后大学,然后成为他的同事。

我们挺愿意看到菜饼先生逃课,跟着他去河边散步,捞一会儿鱼虾听他唱"再回首"。唱这首歌是仰着头的,喉结鼓得很大,像在吞石头。他肯定想到些什么,坐在礁石上像只瘦巴巴的水鸟,放下脖子的时候泪花堵在眼眶。

我们说,有心事可以说出来。

他说,不。

我们玩泥沙,在河坝边烤河虾。他躲在石头背面只有鱼看得见。他的秘密也只照在水里。那儿燃起的火花只有对岸的水黑雀捉住,它知道,这个人在吸一种白色的粉末。这种东西突然流进山区,有人因它偷盗、抢劫、丧命。

我们说,你戒掉吧。要好好过日子。

他说,我就是在好好过日子。

他蹲在石头后面不准我们接近,眼睛高高地望着天边。我们猜,他在回想从前的生活。那会儿,他留着长头发,白衬衣,浅花色领带。他在人们不知情的外地戒食白粉。但是人们以为他在外地过着不一样的理想的生活。他是山区里飞出去的凤凰。

真相不知道怎么传开的。很快人们就将菜饼先生看成绿的了。什么叫"绿"呢?是这样的,人们在看菜饼先生的头发的时候,像是眼皮上盖着一层青苔,吃力地睁开一个小缝说,哟,难怪当初留那么长头发,原是遮羞用的!听菜饼先生唱歌的时候,又用那种绿色芭蕉叶才会拍出的大的声响,横着眼眉道:鬼叫鬼叫的!

姑娘们肯定是要远离菜饼先生的。她们羞耻地聚合起来诉苦:天哪,这个骗子,他竟然编了那么多假故事。

他的书很快也不用读了。

但是,他似乎获得了大解放,以后去哪儿不用遮遮掩掩,也不必装模作样捆两本书在后座上。

有一天晚上菜饼先生驮着我们去邻近的县城玩。山上有车的少年都是在这个县城消磨时间。那儿有乱糟糟的烧烤店,啤酒味,女人的唾沫星子,横睡在马路上的酒鬼。越是这样的地方越可以将菜饼先生的怪病治好。他天生就应该生活在这样的地方。后座上的我们,让他那被风吹起来的头发刺得睁不开眼。

这个县城,就是菜饼先生的"远方"。

事实上,菜饼先生是个极其敏感的人,这种特质让他曾经很想当一名作家,并且也曾有过真正的文艺青年的日子。也就是说他确实到过很远的地方,但是,他熬不住。那儿的城市太大、太空,淹没在车流和人流当中的菜饼,压抑得透不过气。他与人搭伙租住在窄小的房间,室友也是文艺青年,混得比他好点,一年当中有那么几次晒一百块稿费的机会。其余时候他们只能抱怨房间里杀不尽的蟑螂,以及灭不完的轰炸机似的蚊子。这样的环境让他什么都不想写,他只是留了长头发,戴起左耳环,每天给自己煎一块菜饼(他的绰号就是这样来的)。

他成为山区的骑手是命定的。在这儿住着的青年,如果不想出去做工,那就买一辆摩托车,隔三岔五驮点山货去镇上卖。

菜饼先生只有到了那个县城,也就是他的"远方",才会流露出浪子本色,豪迈的,孤独的,远志的,疯狂的。那个晚上我们初次见识他的生活,也或者,我们的骨子里有着相同的气质,也流露出了浪子本色,从那个县城回来的路上,我们坐在菜饼先生的后座唱一首歌,唱得两眼透湿。

菜饼先生的车子驮着我们在山脚飞奔,像疯狂的蚯蚓,要出山,要入海,要乘风破浪。

可是,车子摔倒了。我们从疼痛中缓过来,蹲在路边的草地上休息。菜饼先生望着月亮,有点伤心地说,要是哪天你们发现我说了谎,不要怪我。那会儿月光正好,铺在我们脸上就像一层保护膜,在这种浑突突的光芒中,我们表示任何谎话都可以谅解。

菜饼先生得到谅解后就从草窝里站起来,骑着他的车子又跑回刚刚冲出来的那个县城。他的背影在昏色的月亮下拖得很长,像个浪子也像个逃亡者,两个车轮子在脚下看不见转动,但是可以想象,他是骑着一匹黑马跑走的,扬起的灰

289

尘把人呛得喘不过气。很奇怪,谁也没有问他返回去干什么,也不责怪他把我们扔在草窝里像几颗坏掉的蛋。

那天晚上我们走了很长的路,途中,我们猜测他不想当骑手了,他去的地方很可能不是县城而是更远的地方,不然为什么要走回头路呢? 这条路上每天都有从那个县城出来的人,没有一个走到一半调转车头。想到这些很让人兴奋,扯了几片树叶不停地吹"走出大凉山"。

"这会儿他应该到市区了……明天就到省城……后天的黄昏,他会在省城之外的地方找个满意的角落晒太阳。那儿的太阳肯定不像山区的那么刺眼和烤人。"

我们越说越激动,简直这一生的愿望已经快要实现了似的。

然而第二天上午,菜饼先生回来了。第三天,一位顶着头帕的姑娘从峡谷的小路上被一匹马驮着、被送亲的人簇拥着,向菜饼先生的家走去。

他结婚了。

婚后的菜饼先生在路边开商店。有人说在他屋背后发现一种粉末和亮色的纸片,还有人非常肯定,说某次无意中撞见他蹲在厕所旁边,乌龟似的捧着那张亮纸,非常投入,嘴角还有些颤抖。他们结合了这个人黑得发亮的脑门,很有经验地表示,只有吸食这种粉末的人才会把脑门熏成这样。在这种情况下生意多少会受到影响,他当起了真正的骑手——摩的司机。这个职业干了很长时间,直到他的儿子出生。当了爹的人有点邋遢,衣服被儿子踩满脚印,当他像旗子一样飞在路上,那几双脚印也在背后突突地飞。这个时期,他已经不唱歌了,什么"再回首","走出大凉山","单身情歌",都是很遥远的事情。那个县城当然也不会再去。

菜饼先生怎么滚进大车轮子只有天知道,有人说,看见他的车子像电一样闪进去,他骑得不稳,像喝醉了。人们将他拖出来的时候已经不能听见呼吸,血水把后背洇湿,躺在那儿像一片红色的湖泊。我们赶过去围在他身边,望着这个不幸的人,他的上衣口袋露出一点亮色纸片,这似乎是,那天晚上他要我们原谅的谎言已悄悄地别在口袋上。他半睁开的眼睛无神地望着顶上的天空,摔倒之前他可能想到什么高兴的事情,嘴角扬起的笑意还没有完全放下来。这时候天黑得看不见旁人,我们立在他身边就像虚空的,他蜷起双脚弯成半圆,仿佛在听自身淌出来的血水的响声。

我们说,你还有什么愿望吗?

我们说,算了,他听不见。

月亮出来了。它将黑夜收割却不能将菜饼先生的血液归还到他的血管。但是,在这个山脉上,不是每个人都可以在有月光的晚上走完最后的路。这大概是上天为了弥补一个浪子,降下慈悲的月的光辉来超度他。

我们将他扛起来象征性地送到医院,假设这是他真正的远方之行、一个山区骑手的蜕变。

二

花椒成熟时,公路上就会跑着很多骑摩托车的人。他们像蚂蚁搬家似的驮着花椒到山脚小镇上出售。那段时期他们手上染着花椒的颜色,脸上的汗水都有一股麻味。

我们的同学尔布,他家栽了很大一片花椒。在我们还上小学的时候,摩托车没有那么普及,那种洋玩意不是每个家庭都能享有。尔布家的花椒最早是用一匹矮马往山下驮。等到尔布十七八岁,也像他那早亡的哥哥菜饼先生一样成为一名骑手后,矮马的任务才落到尔布身上。

他的摩托车当然是从哥哥那里继承的。

"它比一辆新车还贵!"尔布拍着摩托车后座跟我们说。

不到万不得已,很少有人愿意搭乘尔布的车。他们认为,这个人是骑着他哥哥的命在跑。

尔布骨子里也有一点向往山外生活的想法,可是,他哪里都去不了,年迈的父母,沉重的农活,以及哥哥留在世上的唯一的骨血要抚养,还有,他很快也要当爹。

尔布栽了更多的花椒来增添收入,在花椒树下忙得像个绿巨人。他个子高,但是花椒树的乱糟糟的枝丫和树刺,逼得他低头哈腰。

有一次大概喝醉了,尔布放倒了几棵花椒树,提着斧头坐在路边哈哈大笑。

我们说,不行就去外面闯荡吧。

尔布说,去个球,哪儿不是一样。

他喜欢喝酒,这倒没什么,山上的男人没有几个不喝酒。尤其像尔布这样的青年,只有每天喝醉了跑在路上才能找到一点活着的乐趣。除此之外,他还有一点不能告诉外人的尴尬的秘密,那就是,到山脚小镇去逛一趟窑子。那儿的女人全是外地来的,她们隐姓埋名,性格豪爽,可以陪着尔布喝很多酒,说很多山上女人羞于启齿的荤话。在那些廉价香水味的场合中,尔布可以模仿他哥哥的样子,说一些上不沾天下不着地的事。

他喝醉了甚至可以假冒父亲的名字,以父亲的名义找女人,以父亲的名义跟人干架,有时候,也以父亲的名义做好事。这个背着父亲名字的青年在镇上混得很出名,而知晓这个秘密的人并不拆穿,类似的事件太少,人们还不想失去这种生活中难得的笑料。

镇上有几个姑娘对尔布动了心,源于他肯花钱,他掏钱的样子可不像摘花椒那么啰唆,当然,姑娘们也不会将这个豪客与摘花椒的农民联系起来。他进窑子之前要到镇上最好的理发店休整一番:梳大背头,抹发油,刮胡子,夹鼻毛,顺便要一点老板娘的香水,朝胳肢窝喷。他做足了逛窑子的准备,才像电视剧里肾虚公子那样,踏着方步,端着他父亲的名字,向他的姑娘们走去。他的口才肯定是客人中最好的。

但是他也有闹笑话的时候,毕竟每一分钱都是从花椒树上结出来,据说某天晚上,一位姑娘从后背拔出一根花椒刺,大惊失色,闹着要尔布给她一个说法。那姑娘很委屈,尔布的身份是教书的,教书的身上怎么到处是花椒刺?这事情尔布拿着四处说,他自己很快就忘记了。当人们走在街面上指着那姑娘的背脊说,"嗨,带刺的!"他才会突然想起来,笑笑。

花椒不到采摘季节,尔布也要去镇上晃一圈。这已经成了习惯。如果妻子偶尔搭乘他的摩托车,他就不去修剪头发,想方设法绕开他的姑娘们,老老实实蹲在桥头吃两块钱的凉粉。

他也有伤心的时候,比如,突然间哪个姑娘不告而别。本来嘛,这些人没有一个来处,也从不给人留一个去处。她们抱着尔布的假名字走,尔布也留不住她们的真情。

不知道是不是厌倦了这种日子。尔布斩断了与他相好的姑娘们的联系。他跑到山顶自家的坡地上撒了很多荞麦，从那之后，每逢荞子花开，一个人骑着车子冲到山顶，坐在花地旁边吹冷风。这时候他已经三十多岁了，由于山区风色苦寒，他的眼角已开始起皱。

而立之年的尔布，立于山顶之上。他看上去离太阳很近但离我们很远。他像修道的，也像讨饭的，平时不多说话，即使到了山顶与他坐在同一块石头上，你也顶多是另一只失语的黑鸟。当他从山顶下到半山腰，才会驼背似的弯着腰杆说，还有冷饭吗？

我们不能说，你从山顶下来吧，那儿空气稀薄，那儿的人站在石头上像一堆荒草。

但是他哥哥的孩子，他的孩子，以及他的妻子和父母，他们倒是很高兴，因为这个人站在山顶的样子实在像根可靠的顶梁柱。

三

有天下午，吉芝阿妈骑着她的五羊摩托到镇上加油。由于没有驾驶证不敢到街上瞎晃，车子只能停在加油站上方的公路边，她扯了几把干草盖着，生怕太阳把车子晒坏。

"他妈的，老子再也不用甩火腿赶场（上街）了。"吉芝阿妈是这样跟我们炫耀的。

其实她很想将车子骑到镇上。

她六十五岁了。是个老年骑手。山区像她这种年纪学车的，不多。

她为什么六十五岁了还要当骑手，这件事得从她的儿子们说起。

她的大儿子菜饼先生三十多岁车祸身亡，人们怕她伤心，将这个丧子的消息一直隐瞒。菜饼先生的骨灰放在草路旁的山洞中藏着。她只知道大儿子出去做工，要好几年才回来。

这件事当然不能隐瞒多久。吉芝阿妈知道真相后哭了一个月。哭一个月对一个做母亲的人来说，不够，但她必须打起精神，因为她大儿子还留下一个很小的娃娃。他还不知道自己的父亲已经不在了。他扬起眼睛看奶奶的眼泪冒出来的时候，会伸手拍拍奶奶的肩膀说，不疼哦。

菜饼先生的骨灰后来撒在松林里，他大概这个时候才完全将自己的文艺青年的特质从地上长出来，那儿的花香飘得很远，那儿的树木长得最旺。然而做母亲的很少从那条路上走，她的眼睛受不住林子里穿梭的长风。可是很多人表示不止一次在夜里听到林中传来老妇的哭声，听上去很像吉芝阿妈的，只有她才能哭出那种落魄的味道。但是，谁都不太肯定自己的判断,因为他们看到的吉芝阿妈总是精神极好,她还主动提起大儿子,说一些他小时候的笑话。

只有一种场合能看到吉芝阿妈掉眼泪,那就是丧葬场中,无论死者是长辈还是晚辈,她的哭声最响,每一次都把嗓子哭坏了,眼泡肿起来。

吉芝阿妈的丈夫死,她是不哭的。自始至终不哭。甚至有点悠闲的样子,扛着一根烟杆——这个时候她已经是个老烟鬼——坐在屋背后一座荒坟上。那荒坟被很多人坐得光溜溜的,像剃了光头,阳光落在上面还能闪光。吉芝阿妈坐得最多,有时她拖了一床草席顺着坟包铺好,躺在上面晒太阳。

我们说,吉芝阿妈,你快从那儿下来啊,你丈夫死了,为什么不伤心?

吉芝阿妈说,我伤心够了。

丈夫活着的时候,酗酒,打人,吉芝阿妈的脑袋上还顶着一个包。丈夫死的前三天,他还能跳起来打人。而这么快他就死了,吉芝阿妈说,她完全想不到,所以来不及为他准备眼泪。

吉芝阿妈下决心学车,那是小儿子出走以后,她再也不能有力气走到山下赶集,一狠心买了一辆摩托车。说起小儿子,她只能摇头。不知道为什么他突然要离家出走,再无音信。他走之后妻子也走了。现在吉芝阿妈要抚养三个孙子，哪有时间操心儿子的事情。

这天下午吉芝阿妈是驮着一麻袋花椒到镇上出售。她顺便加油。她遇到我们的时候花椒已经卖掉了，手中提着两只半大的胶桶，晃晃荡荡从那头走来。我们当时不知道她在学车，还准备请她坐一程。谁知道她摇着双手很兴奋的样子说，你们跟我讲一下，骑摩托车下坡的时候双脚怎么放，人的身子才不往前冲。我感觉我的脖子都冲疼了。

吉芝阿妈就是像长颈鹿一样骑车的。她个子高，脖子也长，下坡又不能很好地收住身子，只能长长地伸着脖子往前冲。我们跟在她后面走，冒着一股冷汗。因为这个老年摩托车手，还不能双脚踩住脚踏板，她是一只脚搭在刹车上，另一只脚拖在地面，哗啦啦地冲到镇上去的。而从镇上回家，那些弯道的地方，她只能下来推着转弯，像卖苦力一样，弯腰驼背，擦汗也不是，喘气也不是，根本忙不过来。

其实她可以拿儿子们留下的旧车子操练顺手再上路。它放在堂屋的一角，用大花布盖着。有人劝她把旧车子拆了卖废铁，他们认为堂屋里放着一辆死者的摩托车不吉利。吉芝阿妈表示伤心，她说世上再没有比这些人更绝情了，她说，这摩托车是她的命。

山顶荞麦花开的时候，吉芝阿妈也会到那儿坐一会儿，可能年岁大的原因，到那儿坐着坐着就在石头上睡着了。那块石头其实很像她屋背后的那座坟墓，她坐在上面有点像根树桩。

她当然不能将车子开到山顶。但是她可以拼命地将它扭到半山腰。她对付车子用的是驯马那一套。眼看车子龙头掌控不住，嘴里就会自然地冒出"乖乖乖……往左往左"的口令。

说来还是矮马比较可靠，毕竟是血肉之躯，毕竟是眼见着长大的，通人性。吉芝阿妈说起她的矮马还很怀念，可惜它摔死了。

而现在这辆五羊摩托，动不动就把她甩翻在地，最可怕的是启动，如果电子启动器坏了，她只能模仿两个儿子，使劲用脚蹬，可她已经六十五岁了，牙齿掉得不剩几颗，一顿半碗饭的力量根本不能奈何它。

下雪天是吉芝阿妈最担心的，以她单脚骑车的糟糕技术想到半山腰驮一捆木柴，太难。

她必须步行到山上，就像年轻时候那样，将头帕挡在脑门，她可以用脑门驮柴，她的脖子那么长，像是生来就要用它驮柴的。

春天当然要好过一点，对于吉芝阿妈这样的老年骑手来说，天气逐步变暖，可趁此加强骑术。最让她焦虑的莫过于找不到合适的人当教练。尤其这个年岁的徒弟谁都不敢收。

事实上,她周围也没有几个骑术好的人,他们骑车用的全是驯马那一套,比吉芝阿妈好不到哪儿去。

一开始就有人阻拦她学车,他们用那种可怜的却让吉芝阿妈感觉到嘲讽的语气说,在你还能放几只鸡的时候,就不要在那儿浪费时间啦!

那天晚上我们也准备劝一下吉芝阿妈,冬天又快来了,她的骑术还没有什么进展。她还是不能将另外一只脚熟练地搭在摩托车踏板上。去哪儿都拖着一只脚,鞋底在路面磨得沙沙响,仿佛她是带着自己的千军万马的阵势,也仿佛,那是她憋在喉咙的暗沉的哭声。

不等开口她已想到我们的目的。她笑着给我们倒了一碗酒,现在她能拿出来招待客人的就是这些酒水。

喝了一碗酒的吉芝阿妈很坚定地表示,她的双脚力气绝对不输给年轻人,并且,如果有必要来一场骑车比赛,她一只脚搭在车上也未必跑不赢我们。为了使人信服,她推着车子在外面的沙地上遛了一圈。

那之后吉芝阿妈总是一个人在场地上操练她的五羊摩托。实际上她可以去山下女儿家生活,那儿的条件不差,甚至在那里,她的摩托车跑起来更顺畅,说不定那只脚轻松就搭上去了。可是她不能去,对于在山上生活惯了的人,在山下根本不能自由,她吐一口痰,白亮的地板就脏了,她出去逛一圈回来,地板上又出现了乱糟糟的脚印,她在那儿不是去生活,而是去打乱别人的生活。更让她不能接受的是,她越来越话多,女儿却不怎么说话,她们的话题很难扯到一起。这种疏远是天生的,她生的不是女儿,而是一条路,一条注定要延向远方的路。而她自己到了这个年岁,就像一间老房子,里边装满她的一肚子牢骚和没完没了的回忆。

她跟我们说起这些事难免叹气。但是,谁也没有更好的办法帮她解决。反正她不去山下生活,这个决定谁也别想破坏。

吉芝阿妈的女儿会选在天气晴朗的时候上山,帮母亲找一些木柴,割两捆猪草,也会到大哥的那片松林掉一会眼泪,再到那位失踪者二哥的花椒地和荞麦地看一看。作为最小的孩子,她其实并不能完全感受母亲的遭遇。对于那架霸占了堂屋一角的旧摩托车,吉芝阿妈的女儿很伤心,她表示过无数次要拆掉它的意愿,母亲不准,为此她们闹了不少矛盾。她认为那不是哥哥的命,而是催命鬼。

她当然不知道六十五岁的母亲也有一辆崭新的五羊摩托,在她上山之前,吉芝阿妈已将车子推到邻居那儿藏起来。她不知道,一个前所未有的山区老年摩托车手正在诞生。

我们没有勇气揭穿,吉芝阿妈的手在抖,油门时大时小,她嗡嗡地跑在路上,就像一个哭坏了嗓子的人从这头冲到那头。

游牧者

多年来,我一直四处漂泊。我把自己当成游牧者,所到达的每一个地方,我都将它视作自己新的帐篷。我将安安静静在帐篷下生活,若有变动,又去别的地方,住进别的帐篷里去。

在我看来,漂泊是一棵行走的树,是我曾到达的木里地区里一棵挂满哈达的树。这棵树在我心里是一粒种子,它随我四处漂泊,就像海鸟常年旋飞在海域一刻不离。我这样比喻是想告诉你,我所到的每一个地方,它的帐篷的样子在我心中其实是一棵古树的模样——树上有叶子,有花,有果实。我千里跋涉的目的就是来收获这些等在路上的果实。有时我去得早了,果实没有成熟,我等待;有时又去得晚了一点,果实坏掉了,我将果核埋下,期望来年赶早。这种等待和期望就像一场修行。

我很明白,人的一生都在收获果实的路上。果实不会一

302

味地熟透了等着你,也不会每一颗都烂掉。

我如今在石龙镇这片有些焦热的土地上,收获了甜蜜的果实,这使我常常心怀感激。

我住在这里,是带着耳朵和心的,我身体年轻,灵魂也不昏庸。在我住进这里的第二年,写了足够多的文字,这些文字对别人也许没什么价值,在于我,它是我的生命历程,是我小半生游牧的足迹。这将是我在这片土地上摘到的最甜的果实。

我住在这里时常回忆,就像一个老年妇人坐在黄昏里想她的一生。

我想起我的小半生时间,它耗在工厂的流水线上,耗在理发店里,耗在针织厂扯不清的丝线里。我时常想起桐乡、乌镇、富阳、洲泉这样的地方——这是别人的家乡,我经常怀念的都是别人的家乡,我带着不舍离开的也是别人的家乡。有人说,那不是你的故乡,走了就走了,不要难过,也不要怀念。我说这是我的帐篷,我曾经在这里遮阳避雨,这里有我亲手摘下的果实或亲手埋下的种子。人们轻笑着离开。他们没有工夫在苦求生存之余还浪费力气去怀念。也没有工夫听我解释。也许,求生存的人必须要像一把钢刀竖在人生的路口,这样才不会被命运打倒。怀念是伤感情的,你会情绪不宁,你会双眼含泪,你会像一只软绵绵的温柔的动物。

我正是软绵绵的动物。住在这里三年,最远去过东莞文学院,险些迷路。我熟悉不过的也只有菜市场这样的地方。为此不少人向我表示同情。她们认为一个成功的女人最好的表现就是远离像菜市场这样的地方。

　　在这里,你几乎可以给我贴上这样的标签:亲人一个。朋友无。音信无。

　　对于曾经相识而今失去联系的,"音信无"这个标签在于我名副其实。

　　说起我的丈夫,他在这片土地上劳作已经十年。十年,足够一个少年变成半个中年人。他在一家厂子做了七年。七年前的同事今天还是同事,七年前的组长今天还是组长,所以这个当初以普通工人进厂的人今天还是普通工人。他连一个组长都没有混上。

　　十年,他像定居者一样生活在这里。也可以给他贴上这样的标签:亲人一个。朋友无。音信无。

　　我如果告诉你这就是游牧者的爱情。你完全可以相信。

　　有一段时间,我和丈夫在讨论是否隐居到山林去。他眼神疲惫,情绪失落,完全是一副落魄诗人在受到严重打击后的样子。只有在说起"山林"这样的字眼时他的眼里才会充满惊奇和向往。他开始厌倦了这顶旧帐篷。不,他厌倦了所有的帐篷。他说,游牧者没有草原,草原上没有水,牛羊要

304

饿死。

"多年来,我住在这里……"他说不下去。

"我们今天又进了二十四个柜。累得半死。"他每天回家进门第一时间先来这样一句简讯。

"去年犯病的科长今年又犯了。去年花掉了他的全部家当,几十万!今年咋办?"他一副担忧的样子。

"我们厂子里百分之九十的人都得了鼻炎!有个人已经花了近万元还没有治好。你不知道,我们这几天都捂着口罩。灰尘真大呀。"他跑去卫生间里擤鼻涕,再冲一杯用于控制鼻炎发作的蜂蜜。

他每天的话题只围绕着工作。他喊累,他连说梦话都喊累。但他坚持工作,就像一个农夫在果树旁抱怨那棵树已经遭了虫患还坚持为它捉虫,为它除草、下肥,添些新鲜的土壤。

他踏着笨重的加了钢块的黑色鞋子,穿着蓝色的工作服,有时胡子拉碴,有时蓬头垢面。他进门的脸总是蒙着一层汗水和灰尘。

我有时在想,游牧者是这样子的吗?很快便有了答案,我跟自己说,是这样子的。每一个游牧者都是这样的。游牧者现在所住的地方,时晴时雨,气候变幻,果树需要精心培养,收获还要等待。

这种等待他其实早已习惯了。在他的等待中也曾品尝过酸涩的果子。事隔多年，再提起竟然有些豪迈的样子。他向我说起一些往事的片段。曾与朋友在天桥上设下一盘棋局等人来破。也曾因为误入黑厂得不到工资，最后与一伙人提了铲子去讨工资。最有趣的是，一次搬家舍不得那二斤猪油，与同事用猪油下面条吃，拉了三天肚子，原定的搬家时间推迟在一星期以后。

　　这些往事现在说来只是一场笑话了。自从 2003 年来到广东，他将帐篷支在这里，就再没有去过别的地方。

　　有一天他在网上看到一条新闻，有人买了一只奶羊拴在顶楼，便兴致勃勃地说："我们也在顶楼养一只奶羊吧，这样就可以喝到新鲜的羊奶啦。城里养羊，除了顶楼还有别的地方吗？"

　　我无法说出还有别的地方。当然我心里是有答案的。我自己是把牛羊养在心里，不知道这是不是疯子才干的事。反正我就是这样了。

　　我的牛羊和果树，在任何一个地方任何一片环境都能生存。

回头路

　　我朋友喜欢把他的头发染得像着火了似的,奔跑的时候,两片灰色长衫(他喜欢穿长衫)在脚上翻滚如海上阴沉沉的波涛,随时要灭掉他头上的火焰。我由此假设,他就是人们传说的那种自生自灭的人。

　　我和这位朋友已相识很久。早些年我们浪迹在南方一些不大的小镇,也分别结交了朋友,但最后依然只剩下我们两个,别的人已经不联系了。也就是说,我们曾经尝试去结交新的朋友,但最后……你知道的,我已说了结果。

　　当然,在那段准备分道扬镳的日子,我们确实各自获得了独立的生活空间,再也听不到旁观者说"一个人和一个影子"这样的话了。

　　我猜测这位朋友在那段分别时期,一定说了我不少坏话——难道会有好话吗? 要离开从前的生活圈子总得找足够的理由,否认一切再好不过。不然怎么办? 你不用思考就能想象,肯定会有人围上来问你"为什么想到改变"这样的话题。

当然,我可能也说了一些坏话,什么"精神分裂症患者""别人的灵魂""我永远不会再走的回头路"等等。

我们分开的那段日子没有任何联系,我甚至不知道他具体住在哪个小镇,只不过时不时有人给我带来他的消息:他喝醉了,他结婚了,他生了小孩,他离婚了,他醉了,他老了,他死了……

这些消息肯定半真半假。至少他没有死。

但那段日子我真以为他死了。给我带来消息的人说得非常用情,赌咒发誓,说他确实参加了我朋友的葬礼。为了使我相信这一事件,他给我描述了当时的情景:

那是个秋天刚刚收完谷子的小雨天气,我朋友从稻田里扛回一捆谷草,那谷草之前是用来吓鸟雀的稻草人,身上还穿着他的旧衣裳,所以当时人们看到的场景是:他把自己从稻田里扛回来了。他将稻草人放在院坝站着,掏钥匙开门,然后折回稻草人身边。就在这个时候悲剧发生了,我朋友脚一软倒了下去。他倒下去的姿势就像一把散开的稻草——这假象肯定由他那火焰一样的头发引起,他倒下的时候火焰必定要熄灭——所以当时人们并没有分清倒下去的是稻草人还是他,发现不对劲的时候,他已经死透了。于是人们奔过去看到湿漉漉的被雨水打湿的稻草人,它身上正在一滴一滴往外漏雨,刚好滴在脚下我这位朋友的身上,这引发了一个伤心的结论:这个人自己为自己的死亡掉眼泪,他哭得太凶以致全身都是泪孔。

给我带消息的人参与其中,作为死亡见证者,面对道义上不可推卸的责任,他必须替我朋友收尸。他们将他放在一块门板上,点亮蜡烛,守在那儿。头一天晚上我朋友还和生前一模一样,因为天气不热,他等于被冷藏了一夜,天亮时一道阳光落在脸上,仿佛要活过来,但很快他就有了死者的模样,甚至发出臭气,顺着那火焰一样的头发往下滴水,对,是在滴水,就像头一天倒下去的稻草人站在他看不见的高处流泪。那些他来不及活着时分发的眼泪——暂且也称之为眼泪——在死后毫无遮蔽地展现给世人一个死者无法掩饰的丑态。

我当然要欺瞒自己,不相信他这么干脆利落地死掉。

他来找我的时候我还没有完全从这个消息中醒来。所以那天下午我们几乎不说话。后来终于说了几句人不人鬼不鬼的话。

我听说你死了。

我们去拍照吧,我知道有个园子,那儿的树正在开花。

我听说你已经死了。

309

我们去园子里拍照吧……

我们买了一个黑白傻瓜相机,将胶卷塞进去然后挂在脖子上,学着人们一摇一晃地走进园子。他走在我前面,也许他走得太急或者生了什么病,张口喘气,脸色灰暗,汗水将头发打湿了。这时候一个可怕的念头在我心中闪现,我觉得这位朋友事实上已经不在人间,他只是对这儿还有点留念,所以他走在太阳底下的时候会忍不住显现隔世的苦相。

由于我这样的想法,再抬眼看他的时候,总觉得他不是用双脚而是仰躺在地上挪动。这种心理负担让我也不能顺畅地行走,我故意避到草地上,却在草地上被蚂蚁叮了一口。

他可能看出了我的心思,有点生气,但没有将生气的话说出来。

我们在园子里拍照,其中有很多张合影,他站得很矮,却让我踩在石头上比他高出几个头,有几次他还把薄外衣脱了给我披上,风从袖管里吹进来,我闻到一股陈年稻草和向阳花的味道。这个时候我忍不住偷偷看他一眼,他没有发现,他顶着一头乱糟糟的褪了色的头发缩手缩脚站在地上,风将他的头发掀开,露出灰茫茫的头皮像着了一场霜降。

拍完照我打算从园子后门走出去,所有人都是用这种方式结束园子之旅。但是我朋友坚持要走回头路。他像中了魔一样对我们之前走过的路充满感情。我还能怎么办?我只能跟着他的脚步。就在这种不太舒服的心情中,我意外地打开了相机盒子,发现里面根本没有装胶卷,可能胶卷被偷也或者压根儿没有买,只是假设性地做了个装胶卷的动作。总之,我们刚才见过的风景以及途中留下的笑容,一点都没有保存下来,全都白费功夫,一场空白。然而我对这个遭遇不抱太深的懊恼,我不想从这儿走出去再走回来。回头路对我来说没什么吸引力,刚刚看过的风景再来一遍会显得很枯燥。

　　我朋友却对回头路抱以痴情,像喝了迷魂汤,非得再走一遍。他走得极慢,就像他是最后一次走这条路,以后再也不能来。我只能跟着。后来我扭头发现很多人都跟在我们后面,有的还插队,还踩着了谁的脚后跟。我猜他们也是像我一样,没有更好的办法,仿佛也喝了迷魂汤,说不定身上也揣着一个没有胶卷什么都留不下来的空荡荡的相机。

秋千上的落叶

我妈妈年轻的时候想成为优秀的商人,她是从小贩做起的。为了将来多一个帮手,她下决心要将我培养成数学天才,这样以后谁也别想赖账,并且有意无意地带我去见世面。

现在想来我确实也具备了天才的成分,数学考 28 分的时候我硬是偷偷抓起老师的红笔把 2 修成 8,对,我是抱着 88 的高分回去领赏。

我妈打了我一顿。这倒也没什么奇怪,我们那个村子当时住着许多凶悍的妈妈,她们之间研究打人的方法可以让人痛得笑出来。我奇怪的是像我妈妈这样立志要做商业奇才的人,却看不透她正在扼杀一个商业天才。我保证如果她不是那么急切地没日没夜地教我打算盘:三盘清、六盘清、九盘清,我的数学不至于那么差。当我怎么也写不好数字 8,研究并得出一个巧妙的方法将两个 0 叠成一个 8 的时候,她又打了我一顿,她不允许偷奸耍滑,自作聪明。

直到今天,我写不好 2 也写不好 8,甚至有时候我写它们就像在写一种命运的符号,怀有极深的恐惧。

经过多年时间,我也想通了,她就是要当那种脚踏实地的……农民。只不过这样一个农民在她年轻时候有过许多超出自己能力的想法,最后,当然一个也没有实现。

在这儿我不妨告诉你,这也是个励志的故事,它的看点就是教你怎样从优秀商人炼成一个成功的农民。

我要说的是关于房子的旧事。我现在还没有属于自己的房子。这些年四海漂泊引来许多同情,但其实,我自己却很满意,对这种生活充满了安全感。

我们一开始住在半山腰,那是四个山脉挤压出来的峡谷。我是在那样一口"深井"中长大的人,在十六岁之前,我都只能看见头顶不规则的簸箕大的天,于是心里断定,飘在村子上空的云彩除了打转它哪里都去不了。

在那口深井中,我父母和别的父母一样,争吵,有时打得头破血流。女人们上吊喝药的大戏时有发生——这儿说"大戏"是因为这些人没有造下悲剧,她们还活着——我当时年岁不大,却是个相当敏感的人,我和这些人(包括妈妈)说话的时候,总是无来由地盯着她们的喉咙,猜测那些被毒药浸泡过的喉咙发出来的声音,它们到我这里是不是还有刺鼻的味道。

妈妈立志要经商,也许跟那儿的条件有关。她想从那口"深井"中跳脱。

（不知为什么写到这儿会想到一个画面:一只中年皮带猴脚下拖着她的三只小崽子,牵成串串欲从"深井"中跳出来。她不是在捞月亮。但又像是在捞月亮。月亮在簸箕大的天空挥发茫茫的光,像正在喊号子:你将脱颖而出——你将家道隆昌——你将德高望重——!）

我考上中学的那一年,父母决定卖房子。妈妈脸色沉重。我可以想象她当时的心情。一个连老巢都掀了的人,哪还有心思经商呢。

那时我爸爸在周边村子背着一个借来的电视机和 VCD 给人放电视剧:《傻儿司令》。这个电视剧的主人公结局是成了光杆司令。房子卖了之后,我父母领着两个小兵去云南打工。我留在县城读书。去交学费的那天,总觉得自己是扛着一所房子:我扛着我家的木门和两幅门神;我扛着一根大梁和散着粗粮味道的磨盘;我扛着一个冒出炊烟的厨房和遮羞的厕所;我扛着一口煮饭的黑锅和一把柴刀;我可能还扛着一只丧家犬的眼神,也或者,我身上还有深井口垂下来的月光的味道,这个样子使我在同学眼中态度冷漠,抓不透心思。

很久以后有人问我,你父母牵着两个小兵上车的时候,你站在那儿有没有哭。我说没有。

很久以后妈妈问我,我们走的那天你为什么不哭。我说不想哭。

你天生是个硬心肠的人。她有点伤心。她叹气。

住在"深井"的时候,我们沿着那四面山坡搬了四次家,就像青蛙围着井壁跳来跳去。后来青蛙跳成了习惯,到井外也是用"深井"中的心情来应付一切的。

借住在姨妈家的时候,我曾努力将自己想象成这一家的女儿。因为姨妈没有女儿。那一段时间我们确实是一对母女,她牵着我去菜市场买菜,将我翘得高高的上嘴唇按下来:你要挂油瓶子吗?谁借了你的钱吗?

她会织毛衣,有一天我穿着她织的毛衣走进长长的老巷子,手里攥着一块五毛钱,那是省了两天的早餐费,我准备用这笔钱给自己拍一张照片。那时候县城的照相馆不多,找了很久。在一家私人照相馆的顶楼——那儿的楼梯黑漆漆的,像古龙小说里的黑店——楼边有一株长得很好的藤蔓,开着细碎的黄花,我是站在这样一蓬藤蔓下拍的相片:右手食指戳在脸边。一个傻帽的第一张照片就算完成。

然而我并不真正感到高兴。虽然姨妈的房子干干净净,墙壁白花花,厕所里贴了瓷砖,睡到半夜绝对不会有泥沙突然掉进眼睛,也不会被老鼠咬到脚指头,我还是有点不高兴。

我有点想念远在云南的妈妈。那个曾经信誓旦旦要经商的人。

有一天下午,我放学后坐在姨妈家的院坝里晒太阳。半下午的太阳不冷不热。这个时候我模仿城里人的生活习惯已经很有样子:饭后散个步,或者听一首歌,或者在院坝里晒太阳。就在这个时候姨妈走来跟我说,你妈妈回来了,你怎么不喊她?

门口站着那个瘦巴巴的穿一身旧衣服、踩一双烂胶鞋、裤脚沾满水泥浆的人,是我妈妈。我没有喊她。但是第二天我就跟着她住进一间小房子,30元租金,没有床,没有凳子,没有阳台,就是个空荡荡的房间,而我妈妈却露出毕生第一次有房子住的那种表情跟我说,真好啊!那时节已入冬,窗口从外间呼呼地吞冷风,房间透凉。我们去城郊买了一床草垫子,她翻开从云南带来的发着水泥浆味道的床单和被子,就这样过起了我们的母女生活。她是和爸爸吵架回来的,所以她说,老子像甩破烂一样把他们甩在那儿了。可是,那堆破烂很快也回来了。可能还没有从被"抛弃"的愤怒中缓过来,他们没有来县城找妈妈,而是回到"深井"里,那儿有人万分同情地免费送了一间柴房给他们住。(后来买下这间柴房,新建了房子。)

在县城住了几天,妈妈又燃起经商的希望。她认为县城里四处都是商机,有好几个晚上我们已经开始规划赚到钱之后在哪儿哪儿建一所房子,我将来要读怎样高级的学校,等我出嫁时,她要穿丝绸衣服,戴亮瞎人眼睛的金项链。说这些的时候她在数钱。从一块旧的自己缝制的手帕里一张一张抽出零零碎碎的票子,十来块钱,数得跟几十万一样来劲,指尖似乎都刮起一股小风(过于激动造成的抖颤)。

有时我们吵架。吵架的时候我们哪儿都去不了。县城是陌生的。它不是我的也不是我妈妈的。它是晚上冷冰冰的月亮和云彩的,那些东西飘出簸箕大的天空,就在我们窗口外边的上空走远。那个时候我意识到,任何东西都是会流散的。这种流散没有任何诗意。它像我们母女,在这样一个小房间里做着随时像云彩和月光一样会流散的梦。这个梦单薄,潮湿,像我们每天晚上睡得腰疼的草垫子。

但是窗口也会飘进阳光。这样的时刻我们会静下来盘腿坐在地上。阳光在妈妈的腿上走到我的腿上。温和。我看见她当时三十多岁的脸,飘着一些云彩流出来的天空中的纹路。那时候我一定读了谁的伤感的诗,很想她看着那些从她腿上走到我腿上的阳光说:算了,明天我们回去种田。

可是她没有说。每个凌晨的五点钟,她急匆匆起来给我做早饭,然后去城郊批发一筐橘子或者什么干果,在县城路边摆地摊。她扛着一杆秤就像我当初扛着一所房子,肩膀打不起来,但又会在某一瞬间像得了什么力量突然挺得直直的。

晚上她回来必须经过我们小房子窗口外面的过道,有时我偷看她,见其左手秤杆右手筐篮,像个拾破烂的。

星期天我要去帮忙。这件事说来头皮发麻,那种神仙才会算的蚂蚁上树般的碎账摆在眼前,我就只想跟买主说,不卖了,行吗?

我没有想到一个优秀商人的路这么难走。我作为她期望的天才帮手,必须每个晚上坐在灯下听她讲:一块七毛五加一块三毛三,再加七毛四,……

可能她想验证一下我是否具备了经商的才能,所以有天早上她说,明天你去摆摊,小孩子运气好。她竟然对我微笑了一下。她很少有这种好心情。

于是,县城雨后灰蒙蒙的天空下,我扛着杆秤和半筐橘子去妈妈经常摆摊的路边,蹲点。那儿的行人看我的眼神有点奇怪,好像我不是在卖橘子,而是卖我自己。后来想到一个办法,退后几步,与橘子保持一段距离,过路的人不知道这橘子是不是我的,也就不会那么奇怪地看着我了。这个效果很使我满意。当然,我也因此丢了几个橘子。被几个比我小的孩子偷偷拿走的。他们拿橘子的时候面无表情,但是眼睛望着我——"我看你会不会走过来,我看你会不会发火。"就是这种意思——就像望着一尊雕像。

妈妈肯定在哪儿偷看，不然怎么会突然杀出来站在筐子面前。

她依然不死心地带我四处摆摊，教怎样对橘子唱赞歌，教刚刚从哪儿学到的一些生意上的虚情假意的话。我心情不错的时候倒也学得不错，主动站在筐子边，对着来往的路人说，来买点橘子吧，好吃的橘子。如果课本中那位卖火柴的小女孩熬过了冬天，她上了中学的话，那么现在她开始和妈妈一起卖橘子了。

我们蹲在街边，小马扎她坐，我站着。我们经常在一棵不开花的树下摆摊。树下有一架秋千。很多次我想去秋千上玩一会儿，妈妈就说，那有什么好玩的，我们山上有多少这样的玩意儿！抓一根粗藤子晃来晃去，比这高级多了。

可是……

秋千上的落叶会飘到我的脚下，我顺着它的路线又把眼睛照到那个方向。事实上那个秋千根本也轮不到我玩，一大群城里的小孩站在边上排队。不过我也有办法，他们任何一个爬到秋千上摇晃的时候，我都把自己想象成他，然后我的眼睛就看到了高于这个县城之外的东西，看到比这棵树更高的树，看到更为宽广的天空。当我高兴得忍不住咯咯笑出来，会被妈妈扯一把衣角说，你疯子吗？

真扫兴。

更扫兴的事情发生的时候我还在吃妈妈赏给我的卖相不好的橘子。做小贩就是这样,吃不完的烂橘子。

我们面前突然冒出几个人,他们收了妈妈的秤杆,把橘子也打翻,滚到地上的橘子像我们那个"深井"里偶尔闹天灾砸下来的冰雹。妈妈和我一样,第一次经历这样的事情。"太可怕了!"她说。她愤怒的神色中夹杂了几分卑微的祈求之意,这种祈求的神态只在某些庙宇中可见。她当然不会跪下去求情。但是她很希望对方不要收走秤杆。那种可怜的神情起了一点效果:他们果断地……只拿走了秤砣。

那天我们是扛着一根没有秤砣的秤杆和半筐破皮橘子躲进巷子里的。妈妈说,我的心都要跳出来了,快跑啊,我们躲一会儿再出去。为了打探那些人的行踪,她让我坐在秋千上假装玩耍。也就是,让我出去放哨,她躲在背阴的巷子中继续兜售那几个破橘子。我敢断定那些橘子只要有人买,随便给几个钱就可以全部拿走。

蹲在秋千上的时候我感觉自己突然轻了起来,顶上被风吹落的树叶在椅子上打转。那些人其实已经走远了,我却故意装作他们就在近处,就在我的眼睫毛上扑扑扑地踏着方步。我喉咙里冲上一股泥沙的味道,一定是躲进巷子的时候跑得太快,风给我们大张着喘气的嘴巴里灌进了泥沙。

妈妈在巷子里站着,那儿一点阳光也落不进,她搓着双手取暖。我在秋千上已经坐够,晃来晃去脑袋发昏,想走过去跟她说"算了吧,回去种地",又不敢说。

我们回到小房间的那个晚上没有吃饭。半夜听见她的肚子饿得咕咕叫,我的也咕咕叫。我说,妈妈,我们还是回去种地吧,这种打鬼的生意再也不干了。

她不说话。转身在枕头底下摸出一根干酸菜嚼在嘴里。

那夜窗口风大,我们把脑袋埋在有干酸菜味道的被子里取暖。处于这种情景下,我有点想念在"深井"的日子,那儿看不到广阔的天空和繁华的城市,却可以向上攀登,在山顶一片雪松的对面,有野生的开着碎花的藤蔓绕在青冈树上,那是天然的秋千。而站在高处往下看我们住的地方,它是个不规则的半圆,像一个窝。我想到妈妈种过的土地,这时候已经在别人的照料下撒满麦种,过不多久,在那片成熟的麦田里就会站着别人的妈妈,她弯着腰在昏黄的阳光里捡遗落在土中的麦穗。

第二天,妈妈又去摆摊了。她说,路是自己创造出来的。

我很高兴她改变主意,不带我去摆摊了。每天自己扛着杆秤和筐子出门。那一阵子她走路很轻,生怕踩烂了房东的楼板。后来我知道,她是不想走出声音让房东听见。我们欠了一个月租金。

欠债的日子当然不好过。我也学着她的样子轻轻走路，甚至一进屋就脱掉鞋子。我假装楼下没有人，周围也没有人，这个县城是空的，只有我和妈妈，只有那架我坐过的秋千和落叶子的树；我假装那天摆摊什么都没有发生，即使我的脑海里总是出现她躲在巷道的缩手缩脚的样子；我假装那些破皮的烂橘子从我的胃里发出一股甜蜜的味道，当我喝水龙头流出来的生水的时候，那些铁锈味道就会甜滋滋地漂在我的舌尖。在这样的假想中，我觉得，我们可以平静地过母女生活，如果窗口有阳光落进屋，她盘腿坐在那边，我坐在这边——假装是姨妈家宽阔的院坝，假装那件毛线衣是她织的……

写到这儿故事就要结束了。因为，这个欠了一屁股账的优秀商人终于发现她骨子里根本就是个农民：她扛着杆秤的架势就像扛着锄头去挖地，她遇到的意外——秤砣被收走——就是锄头挖到坚硬的石头，断了。至于她卖不掉的破皮橘子，是地里救不回来的旱死的庄稼。

她离开县城的那天，我的同学问，你妈妈不卖橘子啦？我掏出一张照片，指着那个手指戳在脸上的家伙说，知道吧，这是用她做生意的钱拍的照片。